耳納《みのう》連山

Kawazu Taketoshi
河津武俊

弦書房

装丁＝毛利一枝

〔カバー表写真〕
耳納連山全景。手前は筑後川（福岡県）
〔カバー裏写真〕
JR久大線（うきは駅付近）と耳納連山
——前山光則撮影

目次

結麗桜
（ゆうれいざくら）

最近電話で知り合ったばかりの福岡県浮羽《うきは》郡田主丸《たぬしまる》町で喫茶店をしている小島さんを訪ねたら、いきなり「ユーレイ桜」が今日満開のようですから、見に行きませんかと誘われた。

「ユーレイ」というから、私は「幽霊」という字を咄嗟に想像して、少し気味悪く感じたが、その名前に興味を惹かれて連れて行ってもらうことにした。

小島さんとは、今日が初対面であった。

初めての人を桜見に誘うのであるから、小島さんの気さくで、明るい人柄がわかる。二週間前の夜、突然小島さんから電話が掛かってきた。私が住んでいる日田市の、地方同人誌『日田文学』に連載している随筆とも小説ともつかぬ私の書いた「耳納連山《みのうれんざん》」を読んで、耳納連山にまつわる民話や伝説を収集しているので、もし必要であれば使って下さいとの電話であった。

小島さんの声は遠慮げで、少しこわばって聞こえた。

見ず知らずの人が、私の作品を読んでくれていることだけでも嬉しかったが、その上資料の提供を申し出てくれたのであるから、私は心から感謝の言葉を述べ、訪ねる日時を約束した。

後でわかったことであるが、小島さんは私の作品を、浮羽高校の同級生で、今は福岡市に居住している森山さんという方から同人誌を貰って読んだとのことだった。森山さんは、両親が日田の出身であったので幼い頃日田に住んでいた。最近、森山さんは日田の文化サークルに研鑽を積んでいる俳画を月に二回教えに行くようになって、日田の書店で偶然に私の作品を見つけた。

田主丸の文芸愛好者の間で、私の作品が回し読みされていると言う。

それで、小島さんはそのことと、耳納連山にまつわる伝説のことを知らせたくて私に電話をしたのだった。見ず知らずの、それも気難《きむずか》しい作家であったらと心配して電話を掛けるのに随分勇気がいったと言う。それで随分声が上擦《うわず》っていましたものねと、私が言うと、小島さんともう一人の客の三人で大笑いになった。その客が、小島さんが自分一人で私に会うのに気が引けてわざわざ福岡から呼んで、来て貰っていた森山さんであった。

耳納連山は福岡県浮羽郡の浮羽町、吉井町、田主丸町と久留米市の一部の南側に跨《また》がって延々二十五キロの長さで、屏風のように連なる連山であった。

標高は八百メートルぐらいであったが、山容が優しく、人間と一体になって共生している山相が私を惹きつけて離さないため、耳納連山を舞台にした随筆風の小説を書いていたのであった。

初対面の挨拶がすんで、コーヒーを一杯御馳走になってから私達三人はすぐに「ユーレイ桜」を見るために小島さんの車で出発した。

その桜は、九百九十九峰もあるという耳納連山の中でも一番高い鷹取山《たかとり》を左上に見あげる山麓の石垣という所にある農園の中に存在するという。車は田主丸駅を通って筑後平野に出た。田主丸駅は河童の顔の形につくられていた。このあたりは火野葦平がよく書いた河童伝説の町であった。小島さんが一枚のコピーを私に渡した。ユーレイ桜の由来の伝説であった。

「ユーレイ」は「幽霊」ではなく「結麗」桜であった。

「田主丸が遊廓の街として盛えていた頃じゃった。町中を流れる新川沿いに紫楼というのがあった。そこには、花街で一番人気の遊女、結《ゆう》と麗《れい》という美人姉妹がおって、きまって秋の彼岸にやって来た。

酔客のあしらいも手慣れたもので、客のえり好みなどしなかった。結と麗のうわさは耳納《みのう》山の向うの八女《やめ》地方にも伝わっており八女の青年達は一日かかって山を越え紫楼へかよったそうな。指名する客の多さで姉妹は昼夜を問わず働いておったが、春の彼岸になると、きまって暇をもらうことにしておった。その間、姉妹は一日も休まず男性に奉仕し、疲れていても決して笑顔を絶やすことはなかったそうじゃ。そうこうしながら姉妹は桜の花が咲くのを待った。石垣萬山望園の桜の木の下で満開になる桜を待った。

蕾から三分咲・五分咲・七分咲と……。そして満開の日がやって来た。結と麗が着物をぬぎすて裸身になったところへ、月の光に照らされた桜の花びらが、乱舞する蝶のようにヒラヒラと散りはじめた。花びらは、結と麗の裸身に、まるで吸い寄せられるように張りついていった。なんと紫楼で働いた半年間のすべての事を桜の花びらが吸収していくではないか。すると、結と麗の疲れた体はみるみる精気をとりもどしていったと思うと、花びらはまた元の木へと舞いもどっていくのじゃった。そうして結と麗は耳納山の中腹にある桜の名所（平原公園《ひらばる》）まで歩いていった。のち姉妹の姿は見えなくなったそうじゃ。

河童の化身ではないかと伝えられている結と麗は、昭和三十三年の春以後から田主丸の町中で見かけなくなった。だが、桜の満開時には今でも平原公園や耳納山麓で見かけられると言われている。樹齢三百年の老木八重桜は、石垣高山果樹園にあり、うす青くピンクのぬけた花を咲かせていて、結麗桜と言われている。この桜の分木が平原公園にあり、その花びら一輪を盃に受け飲みほすと、いつまでも『若さを保つ』と伝えられているそうである」

読み終《お》えた私は、背筋にひんやりとしたものを感じた。遊廓で春を売って働きに働き、疲れに疲れ、汚れに汚れた体を結麗桜の花びらが清浄にしていく情景を思い浮かべると、私は一種の神聖さを感じ、敬虔な気持ちにさえなった。

筑後平野一面の麦畑の緑が目を奪った。萬山望《まんざんぼう》高山果樹園は大草原の小さな家みたいな感じで、私の目の前に現れた。農園主のまだ若い高山さんの案内で、農園の中へ入っていった。柿やブドウはまだ芽を出しはじめたばかりであったので農園は荒涼としていて、今は農作業も暇な時期であった。

農園の北の方の一角に青白い固まりが宙に浮いて見えた。

私には最初のうち、それが何であるかわからなかったが、近づくにつれて桜の花とわかると、思わず感嘆の声をあげた。青味を帯びた純白の巨大な花環で、私は咄嗟には信じられず、むしろ造花かと思った。あまりに豊かで奥深い感じがしたので八重かと思ったが、よく見ると五弁の一重であった。樹幹も大きかったが、樹影というか花影が大きく、端から端まで何十メートルもあった。幹には苔が生《む》したり、草がはえたり、まわりの笹薮の中に、結麗桜の分身である若い桜木が顔を出していた。私達は沈黙してただ桜を見上げていた。

風に花びらが舞った。

私は、樹下に結と麗の純白の裸身を置いてみた。

紅潮してきた顔をあげると、眼前に耳納連山が春霞の中で薄青味を帯びて延々と走っていた。

このあと高山さんの家でお茶を呼ばれ、小島さんの所で資料を戴いて帰った。数日の間、結麗桜の美しさと、これにまつわる結と麗の伝説のために、私の頭は呆然としていた。

だが、何か頭にひっかかるものがあった。私は結麗桜の伝説のコピーをもう一度読み直した。

そして、その拘《こだわ》りが「田主丸が遊廓の街として盛えていた頃じゃった」という所と、「河童の化身ではないかと伝えられている結と麗は、昭和三十三年の春以後から田主丸の町中で見かけなくなった」という下《くだ》りであることがわかった。

あの田圃の中の静かな田主丸の町に遊廓が本当に存在したのだろうか。また、結と麗はもっと昔の、明治か大正時代の伝説の人物と思い込んでいたが、昭和三十三年までその姿を見たというのは本当のことなのだろうか。私は翌日、小島さんに電話をしてみた。

小島さんの明るい声が返ってきた。

「遊廓があったどころの話ではありません。それは大きな遊廓で、置き屋も二十数軒あって、女性の数も二、三百人いたのではないですか。私の家はその遊廓のど真ん中でうどん屋をしていましたけん、よう知っとります」

私は後日、遊廓の話を聞きたいので資料があったら集めておいてほしいと頼んだ。

それにしても、あの静穏な耳納連山の膝元に春を売る街が存在していたことが信じられなかった。

耳納連山は花街をどんな思いで眺めていたのだろうか。蔑《さげす》んで疎ましく見ていたのだろうか、それとも人間の業を慈悲深い眼差しで見つめていたのか。

一週間後の土曜日の午後、私は小島さんを訪ねた。

車椅子の客が三人来ていたが、小島さんは明るく接待していた。小島さんは町の人気者であり、世話役でもあるようであった。話が進むうちに、私と小島さんはひとつ違いで、私が年長であることがわかった。

小島さんは遊廓の由来のことも詳しく調べていてくれた。

太平洋戦争中までは、明治以来、許可された売春婦すなわち公娼を置いて売春させる店を一区域内に集めて遊廓といった。黙認されている娼婦を集めて売春させる店は明治中期から銘酒屋《めいしゅ》と称して集落を作らされた。遊廓の建物は大きかったが、銘酒屋は三部屋ぐらいの小住宅の形式であった。遊廓・銘酒屋はいずれも管理売春であって、娼婦は前借りによって自由を束縛され売られてきた女性であった。戦後アメリカ軍に進駐されてからは、アメリカには形式上は管理売春はないことになっていたので、強権によってアメリカ風に変えさせられた。売春婦は遊廓の建物や銘酒屋を借りて住んでいて、そこに遊びに来た客と恋愛におちいり、プレゼントを受けとる形式になった。遊廓・銘酒街の区別がなく管理売春をする地域を行政上、アメリカ軍は赤線《あかせん》を引いて区分した。

青線《あおせん》とは飲酒街を含む盛り場の区分であるが、キャバレー、バーなどでもホステスの即席恋愛が行われていた。戦後になっても、田主丸は赤線とは呼ばず遊廓と言っていたという。昭和三十三年三月末日をもって売春禁止法が施行されたために、日本から公には遊廓はなくなった。

私は昭和三十三年三月の時点で一浪の大学入試に失敗して、二浪の決った時で、その頃東京の予備校に通っていた。同じ下宿に、特許庁に勤めている二十七歳ぐらいの人がいて、遊廓最後の日、即ち昭和三十三年三月三十一日に、私ともう一人の浪人を無理やりに赤線見学に連れ出した。東京では赤線と呼び遊廓とは言っていなかったと思う。そこが吉原《よしわら》であったのか須崎《すざき》であったのか、どこだかわからなかった。晩熟《おくて》であった私は売春ということの意味もよく知らなかった。両側に雑多な家がびっしり並んで赤い灯の漏れる薄暗い道は男達で満ちあふれていて、客を引き込む女性の嬌声が交錯して異様に盛りあがっていた。特許庁の男は、馴染みの女性に出会ったのか、私達を赤線の出口で三十分程待たせた。人類最後の日を思わせるように騒然としていたことを記憶している。

小島さんは私より一学年下であったから、高校卒業の年が遊廓終焉の年であった。どちらかと言えば小島さんも晩熟の方で、遊廓のど真ん中に住んでいながらも、どんな街であるかもよく知らなかったという。ただ、同級生でも早熟な連中が高校の卒業式の夜に遊廓に上ったとか、小・中学や高校の先生や、小島さんの知っている街の青年達が秘かに遊廓に出入りしている噂を聞いても、その意味があまり理解出来なかった。

昼は死んだように静かな街であるが、宵の口から生き返ったように賑やかな街になる不思議さと、底の知れない沼、あるいは軟体動物みたいな得体の知れなさと不気味さを感じていたことを記憶しているという。

遊廓が消えて三十五年も過ぎれば、その傷痕もこの街には殆ど残っていないという。

小島さんは奇蹟的に昭和三十年代のマッチのラベルを集めていた。その中には遊廓当時の料亭、旅館、置き屋、飲食店、医院、薬屋、衣料品店なども多数あった。デザインは今から見れば幼稚なものであったが、直截的で面白かった。小島さんにもマッチのラベルとして残っている店は記憶にあるという。今では、その名を残している店は殆どない。病院になったり、スーパーストア、パチンコ屋、商店街に変わってしまったりしていた。小島さんの家は当時、うどん屋をしていた。遊廓内の女性達や、客、出入りの業者などで結構繁昌《はんじょう》していた。あの頃は、電話のある家など数えるぐらいしかなく、小島さんのお母さんが風呂にはいっているとき、三軒先の家に電話がかかって取り次いでくれた。

お母さんは着るものも着あわせない格好で駆けて行って電話に出ると、「裸で、すんまっせん」と見えもしない相手にことわっていた時代であった。

小島さんは古い地図も探していてくれていたが、意外に残っていないという。役場や図書館にも見あたらないが、町として遊廓のあった時代の復元図を完成したい意向はあるとのことであった。小島さんが探した地図のなかで最も古いのは、昭和五十年代のものしかなかった。二十年程前のものであるから、今とあまり大差ないとのことであったが、それでもマッチのラベルにある店の名が、その時代には数軒残っていた。

一週間後の土曜日の夕方、福岡からの帰りに小島さんのところに寄った。昔の遊廓であれば賑わいが始まる宵の口であった。だが、小島さんの店の前にあるスーパー・マーケットも閉店して街は静まり返っていた。五月中旬の原鶴温泉の川開き祭りも近い麦秋で、柿若葉が目に眩しい頃であった。私は生ビールと鮎の塩焼きを頼んだ。

小島さんは私の飲むビールを見て、思い出したように言った。

遊廓の戦後すぐの頃には、進駐軍《しんちゅうぐん》のアメリカ兵達が水陸両用艇で筑後川を遡《さかのぼ》って、大挙女性を求めて押し寄せていた。小島さん達は子供心に恐怖心を持ったが、一方チョコレートやチューインガムをくれるアメリカ兵が好きであった。アメリカ兵達は女性を連れだって筑後川原に出て、缶ビールを宙に投げ上げて、それを鉄砲で撃ったりした。弾が当たると鈍い音をたてて缶が破裂してビールの白い泡が花火のように飛び散った。遊廓は物騒《ぶっそう》な街であった。絶えず諍《いさか》いや喧嘩があった。客と客、客と店、客と女、女と女。血を見たり、死に至ることもあった。

どの店にも女を守るというより、監視する男衆《おとこし》みたいな者を雇っていた。女を逃亡させないように見張り、また情け容赦なく女に客を取らせる役目もしていた。そんな男同志の喧嘩もしょっちゅうあった。しかし、そのような出来事は小島さんなど子供達の寝入った後におこることで、あとで大人達の立ち話で聞くことであった。

遊廓は日頃は陰湿であるが、甘美なものを内蔵する不気味な街であった。時々うどんを食べに来る女性達の意外に優しくあどけない素顔を見るとき、揃って性病の検診に行っているときの恥ずかしそうに俯いて歩いている顔を見るとき、小島さんの胸はときめいた。

「ところで、結麗桜に出てくる結と麗という遊女は実際にいたのでしょうかね」

大分酔いの回った私は、ビールで顔を赤くし始めた小島さんに尋ねた。

「そのような伝説があり、河童伝説とも結びついていますので、それに近い遊女の姉妹はいたかもしれません。子供の私にも、売れっ子の売春婦の噂は耳にしていましたから。貧しい家の子で、親や家族のために前借り《まえが》で売られて来た女性ですから、懸命に働いたのでしょう。そんな中には結と麗のように健気で優しい天女みたいな女性もいたことでしょう。客と無理心中した女《こ》もいたようですね。今でも私が鮮やかに記憶している女性が二人いるのです。私の家の近くにいた女性でした。一人はある客に惚れ込んでしまい、どうしても他の客を取らなくなり、ついにどこか遠い遊廓に強制的に移されていきました。もう一人は、西洋人形のように可愛い人で、客を取るといつも客と揃いの浴衣を着て西瓜《すいか》を買って二人で楽しそうに街中を歩くのです。西瓜を売っている夏場はどんな客ともそうしていました。結と麗に近いような女性が居て、萬山望園の花見のあとに裸で花びらをあびるような所作をしたのが、伝説のようになったのではないですか」

小島さんは話し終わると、一枚の紙を私に見せた。それは、昔、田主丸の遊廓で歌われていたものであった。当時の料亭、旅館が歌い込まれている。

「一、花の丸吉、心はよかろう、酔って一楽、魚井のさしみ、男気前が丸一で、植物会議所、さんなめく、とことことん。二、今日は丸福、明日又まるか、月の秋山、まるまん照らすきよ川みどりのかみお、あらや乙女の、顔ホテル、とことことん」

私と小島さんは夜の街に出た。耳納連山が真っすぐな道の正面に黒く延びていた。小島さんが昔の遊廓街を案内してくれた。それは思っていたものよりずっと広く、国道二一〇号線を跨《また》がってかなり先まであった。だが、昔の殷賑のさまは微塵もなく、暗く静まり返えり、住宅街といった感じであった。

遊廓の中を幅二メートルぐらいの堀割《ほりわ》りが幾筋か流れ、道から石段を降りると洗い場になっていた。

「〝ギンバ〟って、知っていますか」

と小島さんが尋ねた。私は想像もつかなかったので、

「どんな字を書くのですか」と私は聞いた。

「私もよく知らないのですが、掘割りの洗い場のことを昔からギンバと言っていたのです。最近やっとその字を考えだしました。〝ギンバ〟とは犠牲の犠、お産の産と、場所の場を取って〝犠産場《ぎんば》〟と呼ぶのですよ、きっと。昔、遊廓で間違って身篭もった女性達が掘割りの石段を降りていって、流れの中に下半身をつけ冷やして堕胎《だたい》したのです。堕胎を促進するためにいろんな薬剤を使ったそうですが、なかでも鬼灯《ほうずき》の実の、あの苦味が効果があったそうです。鬼灯の実を飲みこんで流れの中で体を冷して待ったか、局所に鬼灯の苦味を差し込んで流産するのを心棒づよく真夜中の漆黒の闇の流れで待ったのでしょう。やがて出血とともに水子はこの流れに消えていったのではないでしょうか。鬼灯医者と呼ばれる医者もいましたからね。

あの頃の、この町には……」

小さな音をたてて、弱い月の光を受けて少しきらめきながら掘割りの水は流れていた。

暗闇の流れの中に白い桃のような女性の下半身が見えたような気がして、私は怖くなり、思わず小島さんの肩を抱いた。

耳納《みのう》連山

序章　雨の日曜日

日曜日の明け方、かすかな雨音で目が覚めた。

カーテンの小さな透き間から弱い明かりが洩れている。雨音は余程耳を澄まして聞かないと聴き取れないほどに小さい。屋根瓦や地面を打つ雨音、樋を伝わる水音は聴こえない。寝室の窓辺に張り出してきている樫の木の葉っぱを、密かに打つ音が聞こえているようだ。

日曜日の明け方の雨音ほど、心を安らかに静めるものはない。

昨日の夕刊の天気予報通りだと雨音を聞きながら、達岡は安堵と喜びを感じる。予報は明け方に一時通り雨があるが、日中は小春日和の好天となるとあった。

今、達岡の住む町から耳納連山《みのうれんざん》にかけて、あまり厚くはないが大きな雲の群れが、大地を濡らしながらゆっくり移動している。そのあとには乳白色を帯びた初《うぶ》な青空が広がっているのだとイメージすると、至福の境地になる。達岡は耳納連山と同体になって、柔らかいシャワーを浴びながら、再び眠りに陥っていった。

二度目の深い眠りから目覚めてカーテンを開けると、春先みたいな暖かい日陽しが寝室に入り込んでいた。二度目の眠りはいつも一時間ほどであるが、その眠りが深く快くて、脳髄の休息になることが達岡には分かってきていた。日曜日の明け方一度目覚めて、耳納連山に思い馳《は》せて、耳納連山に抱かれて眠ると、深山か海底に誘い込まれるようにぐっすりと眠れた。

このように日曜日に二度寝するようになったのは何時の頃からかと、達岡は考えながら一人の朝食をとる。トーストと緑茶と、目玉焼きに決っていた。一人での食事は達岡の妻・妙子《たえこ》が重い病気で大学病院に入院してからだから、二度寝は少なくとも一年ぐらい前からだろうか。

妻が入院した頃、達岡は高校の国語の教師をしていて、三年生を受け持ち進学指導で疲労困憊していた。その上、家事をこなすことは大変であることが分かった。妻が元気な頃は明け方に目覚めることはなかった。七時半頃まで毎日熟睡していた。

重なる疲労が達岡を明け方に目覚めさせているのではないかと気付いたのは、妻が入院してずっと後のことであった。明け方の二度目の睡眠が意外に快適であることに、達岡は次第次第に気付いてきた。が、その眠りを楽しみにしだしたのは、それを始めて暫くしてであった。眠りは明け方に雨の降っている日が、より一層深いことも分かってきた。

雨は豪雨といった凄まじいもの、雷鳴を伴う恐いもの、また春雨や霧雨のように降っているのかいないのか分からないような柔らかいものでもよかった。とにかく雨音が心を落ち着け、深い眠りへ導入するようであった。

妻が入院してから達岡は毎週日曜日ごとに、大学病院に通った。

遅い朝食のあと、掃除、洗濯などの家事をすませて昼すぎに家を出る。病院の面会時間は午後二時からである。達岡の妻は入院から死亡まで二年少しの期間があった。その間いろいろのことがあった。最初の頃は病院へ通うことに無我夢中で、妻の病状に一喜一憂するだけで精神的な余裕は全くなかった。自宅から大学病院まで筑後平野の真ん中を横切る道は、距離にして四十キロある。達岡が病院へ通うようになって四季の移ろいを感じ始めたのは、半年も過ぎた頃からであろうか。

午後二時過ぎに病院に着き、午後四時半頃まで居て帰路につく。

通い始めたのが八月末の残暑の厳しい頃だったので、午後四時と言えば、まだ日は高く、炎天下に駐車していた車に乗り込むのはサウナに入るような暑さであった。

しかし、十月、十一月となるにつれて、

「暗くなるから早めに出ないと、買物が大変ですよ」

妻の気遣いの言葉が出るほどに、日が短くなった。その頃になって達岡は初めて四季の移ろいを感じるようになり、豊かに実る田圃や鈴なりの柿山を意識するようになった。

それと相前後して、病院通いの間に何故か、えも言われぬ安心感というか、心静かな気持ちに落ち着くのを感じるようになってきていた。

それが何のためか、なかなか思い付かなかった。それは途方もなく大きく深く、暖かく優しいものに抱擁されているといった、限りない安堵感であった。

妻の病気は神経・筋肉系の難しいもので、この数カ月は小康を保っていた。そのせいかと思っていたが、どうしてもそればかりではないように感じられ、思いあぐねていた。

達岡は病院への往復は自家用車を使った。

福岡まで用があって行く時には稀に汽車やバスを使うこともあった。ある時、病院通いを始めて半年もたった一月下旬のことだったと思う。前日、福岡で来年度の教科書選定の委員会があり、そのあと久しぶりに会った昔の仲間と遅くまで中洲を飲んで回った。

その夜、福岡のホテルに泊った。明くる日、達岡は西鉄急行電車で久留米まで行き妻を見舞って、夕方のJR久大線で帰った。一月下旬で寒さは厳しかったが、日《ひ》脚《あし》は延びてきていた。日曜日の下り線はがら空きだった。弱いながらも西陽の当る側の座席に座って、達岡はぼんやりと窓外を眺めていた。

御井《みい》駅を過ぎ善導寺、筑後草野と進む頃から、何故か次第に心が騒ぐのを覚えてきた。突然、風が吹きはじめた感じだった。不思議な深い安堵感の中にいた。体中に電流が走り金縛りにあったような興奮を達岡は感じてきていた。

「ああ、これだ！」と思わず心の中で叫んだ。

そして、何かに引かれるように思わず達岡は窓外を見上げた。そこには西陽《にしび》を受けた巨大で、長い山並みが筑後平野と平行して遠くまで延々と続いている。汽車はその山懐《やまふところ》に抱かれているように走っていた。達岡は頭を振ってしきりに、あのとてつもない安堵感の感覚を、何度も何度も確認した。

やはり、この山並みの懐に抱れた感覚に間違いなかった。

何故なのだ！　これまで、この山並みを意識したことは一度もなかったのに。

自分がこれまで、そんなに山好きでもなかったのも思い起こしていた。それにしても、この安堵感はなんという素晴らしい感覚なのか。達岡は通りかかった車掌に思わず尋ねた。

「この右手に連なっている屏風《びょうぶ》みたいな山は、何という山ですか」

達岡の唐突な質問に、車掌は一瞬ぽかんとした顔をしていたが、

「ああ、この山ですか。私どもは『耳納連山《みのうれんざん》』と呼んでいますが……。耳を納《おさ》めると書きます」

と、車掌は自分の耳を手でおさえながら言った。

「耳納？　変わった名前ですね」

「でも、いい山でしょう」

車掌は我が事のようにうれしそうな顔をした。

筑後平野は刈田に変わり、山裾に広がる柿、ブドウ、梨などの果樹園も葉を落とした淋しい風景になっていた。が、耳納の山懐から裾野に存在する町々は庭木や街路樹の植栽地であるから、汽車は緑の庭園の中を縫うように進むので大層気持ちがよかった。

山は高からず低からず、山容は優しく、穏やかであった。耳納山脈と呼ばれず、連山と呼ばれるのがよくわかる。多くの山々が連なって脈状を呈しているのが山《さん》

脈《みゃく》であるが、耳納には脈がなく一体の山である。

だが、これを単に一つの山として耳納山と呼ぶにはあまりにも山体が大きく長く、茫洋としているようである。よく耳納連山と呼んだものだと、達岡は感心した。

太古の昔は、恐らく峻険な山々が連なり互いに覇を競っていたのであろうが、長い間に地震、台風、崩壊、風化などの自然現象で、次第に今のような頂上が平行な体形の巨大な屏風のような山塊になったものと思われる。

それにしても自然の造形の何と妙なることか。

西陽が耳納連山の久留米寄りの山の端に姿を消すと、急に耳納連山が巨大なシルエットになり、その影が汽車も山裾の町々をも瞬間に覆った。しかし、少しも寒々とした感じは受けなかった。日陰に入って急に寒くなったので、母親が子供を自分の着物で被《おお》ってくれた感じであった。

達岡は、耳納連山をじっと見続けた。心は安堵と豊潤な境地に浸っていった。妻が入院して、一人娘・陽子は東京の放送局に勤めていて殆んど帰省することはなかったので、達岡は孤独であった。が、その淋しさにのたうち回るような精神状態ではなかった。

だから、耳納連山が達岡の心に入り込んで来たのも、淋しさに付け込んだものでなく、もっと大きな、人間そのものを包容し、癒《いや》すものであるように思えた。各駅停車の鈍行なので、田主丸《たぬしまる》、筑後吉井、浮羽、筑後千足《せんぞく》、筑後大石と進むうちに冬の日はついに暮れて、闇の中に耳納連山は消えた。だが、筑後大石を過ぎ夜明《よあけ》、光岡《てるおか》を過ぎ、日田に着くまで、ずっと耳納の暖かい抱擁を達岡は感じ続けていた。

その夜、長い間探しあぐねていた安堵感が耳納連山のためであることを意識した達岡は、久しぶりに全てを忘れて熟睡した。

それから一週間後、福岡のF大を受験する生徒達を引率した帰りの貸切りバスで、達岡は同じ高校の数学の先生と隣り合せに座った。その先生は、人付き合いが悪く、狷介《けんかい》という噂で寄りつく人がいなかった。が、そんな中で達岡はその先生に悪い感情は持っていなかった。こちらが持っていなければ、自《おの》ずと相手も心を許すものだった。

帰りは九州横断高速自動車道を通ったが、右彼方《かなた》に耳納連山は屏風様の優美な姿を見せていた。

冬の残照をうけて薄黄金色に染まっている。汽車で見るよりも距離をおいて見るので山容全体が客観的に眺められる。先日の汽車から眺めたのに比べ少しこぢんまりと見えるが、達岡の感動は微動だにしなかった。

観光旅行なら生徒達も大騒ぎしてうるさいのだが、受験が目白押しに続くために生徒達も神妙に参考書などを読んでいて、静かなものだった。達岡は隣の数学の先生に気付かれないように、横目でちらっと耳納連山を眺めていた。普通の山のように尖《とが》っていず、丸くもなく、地上と平行にどこまでも走っている山が他にあるのだろうか。何の形と形容したらよいのかと、達岡はあれこれ考えていた。

その時、隣の先生が突然達岡に話しかけてきた。

「あの真向うの南側を走る山を耳納連山というそうだが、私はあの山が実に好きで、何時見ても心が安まる。達岡先生はいかがですかな。私はこの地の出身ではないので、『ふるさとの山』とは呼べないが、あの山を見ると自然と涙が出てくるのですわ。わしも年になってセンチになってきたのかなあ、ハハハ……」

達岡は自分の心を見透かされたようで動揺した。無骨で狷介と考えていた先生にもこんな一面があったのか。日頃趣味を持っていそうにない人から、意外なことを突然打ち明けられたような、達岡の心境であった。

達岡は途惑いを覚えた。

自分も耳納連山を愛していることを先生に思い切り告白したかったが、堪えて同調の意だけを示した。先生は率直に喜んだ。

えも言われぬ安堵感と平穏な気持ち、心の高まりが耳納連山の存在のためと知った達岡は、積極的に耳納連山に近づいてみようと思った。

第一章　冬

耳納連山の持つ不思議な魅力に惹かれ始めていた達岡幸造は、妻の病気が主因であったが、自分でも分からない何かから急《せ》かされるように、高校教師の職を辞することを決心した。

新学期が目前に迫り、教職員の移動が間近に発令される時期であった。校長からは強く慰留された。君には教頭から校長へ進む道が開かれているのにと残念がった。

真面目で、何事にも真摯《しんし》に取り組んできた達岡の性格を知っていた。達岡の妻の病気が回復するものでなく、少しずつ進行して、近い将来いずれ不幸な転帰を取ることを知っている校長ではあるが、この理由の他に達岡を動かしている何かが存在すると感知して、辞職を渋々認めた。

毎日が、日曜日のようになった達岡を、妻はそれが自分を看病するだけの理由でないことを感じとっていたが、追求せず素直に喜んだ。

だが、偶然と言うには達岡は心苦しかったが、初夏の頃から妻の病状が急に悪化し始めた。

新芽から若葉の季節に、病気は悪化すると言われているが、病根もその頃に芽を吹くのだろうか。全身の筋力が次第に落ちていくのが妻の病気であったが、特に呼吸筋が弱まってくると、酸素を充分に吸入出来なくなってくる。そうなれば酸素吸入を始め、さらにすすめば人工呼吸器をつける。食事を噛むこと、飲み込むことができなくなれば、腹部から胃チューブを挿入して栄養を補給することになる。

筑後川沿いの原鶴《はらづる》温泉で、鵜飼の始まる五月中旬に妻が達岡に懇願書を見せた。

主治医と病棟の関連医師数名に宛てたものである。

末期になっても、人工呼吸器や胃チューブを使わず自然に死なせてほしいと書かれてあって、同意書に達岡と娘に署名してほしいと言った。

達岡は頭の中が真っ白になった。

病気については医師から妻と達岡に詳細な説明がされていた。妻は本を買って、さらに勉強していた。

人工呼吸器で生き続けるものと、達岡は信じていた。

妻と達岡は人工呼吸器をつけて在宅療法している患者を数人訪問していた。

「人工呼吸器で生き延びて、貴方や陽子に迷惑をかけるのを気遣っているのではないの。胃チューブや人工呼吸器で生き続ける人は、それは立派なことと思う。四肢が全く動かない、言葉も出ない、瞼も開けられない、眼球も動かなくなって、自分の意志を表せなくて生きるのは辛い。私の性分から来たものなの。認めて下さいね」

「人工呼吸器で、十年、二十年生きる人も沢山いるではないか。現代医学の利器のお世話になろうじゃないか」

達岡はやっと声が出た。

「自分の生き方を決める権利は、本人にあると思う。よーく考えて決めたことなの。お願い、私の考えを許して。あなたから陽子を説得して。私は長い話が段々苦しくなってきているの」

返す言葉が、達岡になかった。

医師に面会を求めると、妻は医師と何度も話し合っていた。

病状の行く末を熟知している医師は言った。

「奥さまの行き方をする人も多いのですよ。これはあくまでも本人の意志です」

「最期は苦しみませんか」

「酸素がとれなくなって、意識がなくなってきますので……」

医師は言葉を濁《にご》した。


陽子が東京から帰ってきた。

妻と陽子は二人だけで数時間話し合った。泣き腫《は》らした陽子は、その後妙子の決心について一言もしゃべることはなかった。

秋口から妻は言葉も段々思うにまかせなくなってきたが、意識はしっかりしていた。ついには、瞼も開けきらなくなった。言葉も出せなく字も書けない、相手を見ることもできなくなった。意識はあっても意志を伝えることが不可能になった。見舞う達岡と陽子には、辛い日々になった。

退職したら、耳納の山懐に思いきり飛び込んでみようと、思っていた達岡の思惑ははずれた。

手足も動かしきれなくなってきた。瞼を開いてやると達岡や陽子のことはわかるらしかった。筑後平野の穂波が色付き始めたころ、かすかに残っていた意識も完全になくなった。中心動脈の点滴だけがされた。

そのような状態になって一週間目に、主治医が、もう間もなく亡くなります、と言った。

陽子は大声で泣き出した。達岡の頭の中に、何故か耳納の山容が脳漿《のうしょう》いっぱいに映し出され、透明な液体の中で揺らめいた。現代医学の及ぶ限りのことをして、生きられるだけ生かしてほしいと、頼みたかったが、妻の確固たる信念があった。

二日後に死亡した。

九月の下旬の星空の美しい、季節にしては冷え込みの厳しい夜であった。病院の屋上から耳納連山の末尾の山が、小さなシルエットで見えていた。

娘は仕事を辞めて、東京から帰って来る心積もりにしていた。達岡はこの二年、妻が病臥《びょうが》してから、ずっと一人暮らしに慣れてきていたので、東京での仕事をそのまま続けるように陽子に命じた。

黄金の穂波と、撓《たわ》わに赤く山を染める富有柿の収穫がすむと、筑後平野の秋は終る。

達岡は妻の死後、残務整理があって大学病院に通った。

十二月にはいった初冬といってよい日、耳納の山麓から筑後川に流れ込む支流の堤のあたりが、真っ赤に染まっているのに気付いた。週日というのにかなり大勢の人が押し寄せていた。

達岡も川沿いの道に折れ込んで見た。川沿いの数百メートルの土手道は櫨《はぜ》の並木道になっていて、まさに櫨紅葉の真っ盛りであった。

こんなに鮮やかに赤く燃えあがるような紅葉を見たことがなかった。並木道には団子や、甘酒、特産品を売る屋台が並んでいた。人々は、ただ紅葉に見惚《みと》れて歩いているようであった。耳納もここあたりになると末尾の部分になってきて、柔らかい稜線を見せて久留米の方へ延びていた。耳納の山裾には、このような美しい並木道があるのかと、達岡は耳納を見上げて囁《ささや》いた。


妻の七七日《なななぬか》の法要は十一月中旬に行った。妻の病気が長期にわたり、最後は消耗しきって亡くなっただけに、静かな沈んだ七七日であった。妻の身内からは達岡に感謝と労《ねぎら》いの言葉が掛けられた。

十二月中旬に娘が東京に戻ってからは、達岡は独《ひと》り者になった。

独りになって煩雑さからは解放されたが、これまで考えもしなかった孤独感がひしひしと達岡の全身を包んでいった。達岡の家は、達岡と妻の好みで居間は洋式で暖炉にしていた。妻が入院してから、達岡は七年間止めていた煙草をまた始めた。

それも、紙巻きからパイプに替えた。

暖炉に焼《く》べる材は、樫や櫟や椎の木は手に入らなくなって、杉のチップを固めた棒状のオガライトであった。便利で、よく暖がとれた。達岡は暖炉の火を見つめながら、耳納連山のことを考えていた。それは久しぶりに得た、限りない安らかな時間であった。妻の病気の悪化と死で、耳納連山への接近は遅れていた。

達岡は、自分の耳納連山への憧憬と帰依をどんな形で実行するかを考えあぐねた。

独り身のために、どんなに長時間ぼんやりと考え込んでも、誰も文句や繰り言を言う者はない。毎日、暖炉の前に寝そべって、考えながら眠り、眠りながら考えた。パイプを燻《くゆ》らし、ウィスキーをストレートで飲んだ。疲れが溜っていたのだろう。いくら眠っても眠り足りなかった。だが、目覚めても、行く場のないのに気付き、途惑ったりもした。話相手の居ないのが達岡には何よりも堪《こた》えた。

やはり、耳納連山より妻の方が、達岡にとってずっと大事で、心の上位を占めていたのだと、達岡は酩酊した澱んだ頭で考えたりした。

例年になく厳しい冬の到来という長期天気予報をラジオで聞いた夜、達岡が忘れかけていた、汽車の中で初めて耳納連山を意識した喜びの日の静謐で至福の気持ちが蘇ってきた。

気が付くと、外は激しい風になっていた。風はこの地から耳納の方へ吹き、耳納の山上あたりで渦巻き、山裾にむかって吹き降ろし、筑後平野を舐めまわし、筑後川を逆波立《さかなみ》たせていると、達岡は想像した。かなりひどい風であるが、それほどの被害は与えないだろうとも思った。

達岡は考えた。これから耳納連山を観察、記録するには、視覚でいえば、写真かビデオということになる。画才があれば絵にすることができる。聴覚といえば、耳納の山の音、鳥の声、川の音を録音することになる。または、その聴覚の感動を自分の音楽に作曲すること、耳納の醸し出す芳香を嗅覚で留めることは、まず技術的に不可能に思えた。

それと、耳納の美しさを文章で書きとめること。達岡は高校の国語教師だったから、これが一番かもしれないと、達岡は考えた。が、教えることと文章を書くことは全く別のことであることも、よく認識していた。画才も文才も、作曲の才能もない達岡は苦笑した。

自分のできることは何かと、達岡は耳納連山の強い包容と愛情を感じながら自問していた。

つい先日、あの赤く美しい櫨並木を初めて見たように、達岡はまだ耳納に関しては何も知らないのを痛感していた。年が明けたらすぐから、とにかく耳納の周辺を彷徨することから始めようと決心した。心がにわかに解放され、落ち着いていくのを感じた。

道路地図とカメラを、先ず買い求めた。

国道二一〇号線と三八六号線の道路沿いであれば、耳納連山は何処からでも見える。だが、屛風のような平凡な形だから何処からでも同じように見えるかと思っていたが、見る角度によって意外に様ざまな形状に見えるのに驚いた。毎日とはいかなかったが、出掛ければ数時間は彷徨《さまよ》った。

一月、二月は寒さが厳しかった。日中からこんなに歩き回ったことはなかった。地球は暖冬化しつつあると言われても、やはり冬は寒い。山の中、路傍、川辺り、田の畦道などで、達岡が一人でぼんやり耳納連山を眺めている姿は、異様か滑稽に映るのか、車を止めて好奇心で暫く達岡と山を見て行く人もいた。

三八六号線から山の方へ折れ込んで、かなり高所に登っても、一、二枚の写真で耳納連山のパノラマを撮影することは不可能である。それくらい耳納連山は長く延びていた。カメラを取る定点を決めて、そこから毎週、耳納連山を一年間撮り続けることを、達岡は思いついた。

正面からと側面から撮りたかった。正面からはどうしても連山を分割して三枚撮りになる。

彷徨から帰ると、その日回った中で、撮影に向いた場所には水性の色ペンで地図上に印を入れた。冬の耳納はモノクロームの世界で、単調を免れなかった。

しかし、冬は来《きた》るべき春への序曲であった。

それでも耳納連山を掩《おお》う雲の群れが、形や動きによって様ざまな景観をつくった。雲の切れ間から陽が射し込み、耳納連山にフットライトを当てる。それは一本のこともあれば、数本、場合によっては数十本のことすらあった。さながら耳納連山は名優である。

またあるときは、雲の群れが耳納に影を落とし、ゆっくりとその影が動くことがあった。すると日の当っているところと、雲の影の部分のコントラストが強いと、達岡に妙に寂寥《せきりょう》感を持たせる。また、非常に風の強い日には耳納の上を飛龍のような形をした奇怪な雲群が、物凄いスピードで通過していくこともある。

ある日彷徨中に大雨にあった。寒さも厳しく霙《みぞれ》になったので、最寄りの図書館に駆け込んだ。ストーブで暖をとっていると、ふと「福岡県地名大辞典」（角川書店）と「福岡県百科事典」（西日本新聞社）が目にとまったので耳納連山に関する項目を調べてみると、かなりのスペースをとり詳細に書れてあった。その場で読むのが勿体なくて、達岡はコピーしてもらい、持ち帰った。二冊の本から、概略を書き留めた。

耳納山地は久留米市の東部から東に二十五キロ続く山地。水縄山地とも書く。山地名は、山地西部の耳納山にちなむが、耳納の由来に関して、山麓に現れた化け物の耳とする説。東北地方で源義家と戦った安倍貞任《あべのさだとう》の耳を納めたという説、中国人の水縄を引いた嶺線の説などあるが定かではない。

この山地は、西端の三一二メートルの高良山《こうらさん》からほぼ東に、耳納山・発心山《ほっしん》・鷹取山《たかとり》など六〇〇〜八〇〇メートルの高度で尾根を連ね、合瀬《おうぜ》耳納峠を経て津江山地に至る。久留米市、浮羽郡の田主丸町・吉井町・浮羽町、八女《やめ》郡広川町・上陽《じょうよう》町・星野村に属する。

この山地を北側から眺めると屛風を立てたような典型的な断層崖が連なり、頂上を通る耳納スカイラインから、耳納の重畳たる山波、筑後平野の集落、筑後川の流れ、また古処《こしょ》、宝満、脊振《せぶり》山系も一望にできる。

耳納連山の歴史、山容、大きさ、高さの概略がわかった。達岡が興味をもってい
た珍しい「耳納」という山名の由来も興味深かった。半月彷徨しているうちに、定
時写真撮影の定点として、原鶴温泉の北側の高山という丘の上に建つ「平成ビュー
ホテル」の庭と、浮羽町の久大線の高見という踏切に決めつつあった。

前者は正面から、後者は側面から撮る。

田主丸から先の久留米の方には、達岡はまだ足を踏み込んでいなかった。どうし
ても住居が日田だったし、一気に足を伸ばすのが怖かった。少しずつ耳納に馴染ん
で行きたかった。

達岡のイメージの中に耳納が巨大な鯨に似ているという考えが固まりつつあっ
た。屛風という表現は勿論大変に的を射ていたがあまりに在り来たりで、陳腐に思
えた。浮羽の合瀬耳納峠からはじまり、連山のなかで一番高い田主丸の鷹取山あた
りが鯨の頭で、久留米の発心山あたりが背で、高良山が尾鰭《おびれ》である。全長二十五キ
ロの巨大な鯨である。

浮羽町、吉井町、田主丸町、久留米市と三町一市を股にかけて棲息しているので

ある。達岡は自分の比喩を楽しみ、膨らませていった。

達岡は彷徨している間にいつからか自分の周囲に、ある人影を意識するようになっていった。

周囲を気を付けて見ても特定の影はなかったが、誰からか監視されているといった大げさなものでなく、誰からか興味をもって見られているといった感じであった。

二月の中旬の早朝から雪が激しく降り、時折風も強く吹く日があった。昼すぎになると雪は小降りになり、薄陽が射してきて道路の凍結も溶けたので、雪の耳納連山が見たくなって出掛けた。風は外に出ると意外にまだ強く、道路には木の枝や風倒木などが散乱していて、片側通行になっている所もあった。

耳納には雪が懸かっているのではないかと思っていたが、意外に連山全体がきれいに眺められ、風に吹き飛ばされたのか雪もあまり被《かぶ》っていなかった。杉や檜の常緑樹を伐採して、柿やブドウ畑にした所に雪が積もっていた。達岡は耳納全体が眺められる「平成ビューホテル」に登って、庭から雪の耳納を撮ったあと、ホテル内の喫茶店「リベックス」に寄った。

広い喫茶店内の耳納連山を向いた方が全面ガラス張りで、居ながらにして耳納全山と筑後平野、筑後川、遠くは久留米市街までの大パノラマが俯瞰できた。

達岡は紅茶をたのんだ。外は相当の風なのに、音すら全く聞こえなかった。

久留米の方では吹雪がひどくなったようで、鯨の尾鰭《おびれ》にレースのカーテンが掛かって見えなくなった。下で見るのと違って上の方から耳納を眺めると、常緑樹の樹葉には雪が吹きつけて、凍《こお》りついているのか結構白く見えた。それは丁度、白馬に少し黒毛の混った馬を連想した。巨大な白馬か、と思わず溜息まじりに達岡が声を発した時に、一人の男がテーブルに近づいて来た。

同席してよいか、と達岡に尋ねた。

広い喫茶店内には二十ものテーブルがあり、そこには誰も座っていなかった。奇異に感じたが、断るのも大人げなく、メガネの奥の目が人懐っこそうであったので承知した。登山帽を被り、黒縁のメガネをかけ、髪は長くしていた。達岡と同年輩に見えた。

脚立のついた本格的なカメラを持っていた。

「福岡の古森《こもり》です」

男は自己紹介をした。

「日田の達岡です」

達岡も答えた。古森はミルクを注文した。

「随分、耳納連山がお好きのようですね」

古森が微笑みながら達岡に話しかけてきた。

その瞬間、達岡は誰かに見られていたと密かに感じていたのは、この古森という男ではないかと思った。彷徨していた時に、車ですれ違ったこともあったようだし、ぽつんと立って耳納を見上げていた時に、背後の車の中から見られたことも、この平成ビューホテルの庭で古森の姿を見た記憶もあった。

「ええ、山から受ける感じが優しくて暖くて、なんとも言えない静かなところに惹かれましてね」

達岡はちょっと恥ずかしい思いで答えた。

「優しくて暖くて、静か。良い表現ですね。達岡さんは実に適確に耳納の良さを言葉に出来る。羨ましいですね。私はどうも言葉で表現出来ないものですから、この写真に頼っているのです」

古森は言って、大きなカメラをいとおしそうに手で撫でた。

「プロのカメラマンですか」

達岡が尋ねた。

「いえいえ、アマチュアの、それも興味の域を出ません」

「もう何年ぐらい耳納を撮り続けているのですか」

達岡は聞きながら、自分の安っぽいカメラをテーブルから取り、ポケットにしまった。

「耳納を撮り出してから、まだ二年ぐらいです。それまでは阿蘇や九重、遠くは日本アルプスや北海道にまで行っていました」

「そんな名山をお撮りになっていたのに、なんで耳納を」

「阿蘇や九重の行き帰りによく三八六号線や二一〇号線を利用していたのですがね。この道を通ると、どうも何か忘れものというか、大事な物を失ってそれを思い出せないもどかしさに何時も襲われていたのですね。それがある時、晩秋の頃だったと思うのですけど、吉井町のあるドライブインから出て、ふと見上げるとそこに耳納連山がどんと立っていたのですね。耳納連山はここから見てもわかるように山の北面が見えているのですね。ですから太陽が南から直接に射さないから陰翳が濃く深く、複雑で繊細なんです。南向きの座敷から北向きの名園を眺めるのと同じなんですね。朝早くや夕暮れ時の耳納は、それは素晴らしく綺麗ですよ。一瞬たりとも同じ色をしていません。そう、その見上げた時に、先に達岡さんが言った優しさ、暖かさ、静かさを私も感じて、耳納の虜になったというわけです」

古森は大きな明るい声で笑った。

達岡は古森の見方に感じいって、これはとても敵わないと思った。

「もう何千枚も耳納の写真をお撮りになっていると思いますが、この耳納の形状を比喩したら、どんなものになりますか」

達岡は恐る恐る尋ねた。古森は暫く考え込んだ。

「屛風は適確だけど平凡。私は最近までに鯨に一番似ていると思っていました」

鯨と聞いて、達岡の心臓が高なった。古森は少し間をおいて続けた。

「真夏の灼熱の太陽のもとでじっと耐えている耳納連山は、まさに青い巨鯨で、凄い迫力ですよ。あまりの灼熱のために山容の周辺が陽炎《かげろう》で暈《ぼか》したように見えるのです。それがまた灼熱の広大な夏の真っ青《さお》な海を泳ぐ鯨に見えるのです。それは素晴らしいですよ。ところが最近ある人物に会ったら、もっと適切な表現に出会ったのです。それは釈迦の涅槃像《ねはんぞう》に似ているというのです。私も驚きました。どうぞ、こちらにおいでになって見ませんか」

古森は立ち上がって窓際に行った。

「大きく長く連なっているのが、今巨鯨と表現した耳納連山の本体です。その鯨の頭の先のところに小さな山があるでしょう。あれは五葉山《ごようざん》と呼ばれている山で、全山がほとんど柿山なんですが、今日は、柿山のところにかなり雪が残って見えます。あの山を、仰臥《ぎょうが》しているお釈迦様の頭部と見るわけです。すると鯨の部分がお釈迦様の胴体となり、鷹取山がお釈迦様の厚い胸板、そしてずっと先の高良山《こうらさん》が足先となるわけです。そう言われれば、まさにお釈迦様の仰臥している姿となるわけです」

古森も少し興奮していた。達岡は大きな溜息をついた。

「なるほど、そう指摘されれば、まさにその通りですね。阿蘇の根子《ねこ》岳などの五岳を釈迦の涅槃像と言われていますが、耳納は全長二十五キロですから、こちらの方が遙かにスケールが大きい」

達岡の言葉に古森も大きくうなずいた。

「先ほど言い忘れましたが、この耳納の魅力のひとつには、実に親しみやすい山ということです。あの山麓から平野にかけて大勢の人々が生活をしているのです。こんな山はなかなかありません」

と古森が山麓の集落を指して言った。

久留米の方の吹雪も収まったようで、雲間から夕焼け色の薄日がもれて、田主丸あたりの街並みだけを赤く染めていた。

「冬の耳納はモノクロで、写真で特徴を出すのに骨が折れますね」

達岡は自分の経験から古森に尋ねた。

「ええ、その通りで難しいですね。でも冬の耳納は思索的、哲学的です。冬の耳納で自分の意に添うものが撮れたら、私は死んでもよいと思っていますよ」

この時だけ古森は真顔で言った。また何時の日かの再会を楽しみにして、達岡は古森と別れた。別れ際に古森が、もう春はそこまで来ています。麦畑が大分緑の色を出しはじめ、春の草も少し芽を吹き出してきましたと言った。

第二章　春

耳納の春はいつから始まるのだろうか。

筑後地方と呼ばれる地域と、耳納連山の影響の及ぶ場所はほぼ同じと考えてよい。達岡は地図で調べていた。筑後川の河口の有明海の方は少し離れているので、筑後地方の内陸部を耳納地方と考えてよいと思った。冬の耳納地方は冬眠期と考えた方がよい。活気づくのは菜の花の咲く頃から、夏の鵜飼《うかい》、ブドウの巨峰、秋の富《ふ》有柿《ゆうがき》のシーズンです、と平成ビューホテルのウェイトレスから聞いていた。

達岡は毎週水曜日を耳納地方を彷徨する日、日曜日の夕方を定時定点写真撮影の日と決めていた。他の日もできるだけ耳納を訪れた。

筑後平野の冬は、空っ風が平野を舐め回すように吹き抜ける。

葉を落した柿やブドウや梨畑が寒さに悲鳴を上げているように達岡には見えた。毎週一回の定時写真では遅々として春の到来を感じさせない。むしろ、真冬へ逆戻る日さえあった。定時定点写真撮影は、浮羽町の高見踏切りを午後四時半、「平成ビューホテル」を五時に決めた。

正午頃に撮っては、季節の日照の度合、日脚《ひあし》の長さがわかりにくいと思ったからである。

午後四時半を過ぎれば、夏至と冬至では同じ夕方でも明るさが全く違う。

達岡は、フード付きのキルティングをした真綿《まわた》のジャンバー・タイプの防寒着を新たに購入した。

完全防寒の異様な姿で、達岡は浮羽、吉井、田主丸の町役場を訪ねて街の宣伝案内書を集めて回った。観光案内のパンフレットはほとんど春から秋のもので、職員が怪訝《けげん》な顔で達岡を見つめた。冬至は去年の十二月下旬に過ぎているのに、寒さは段々厳しくなる。それに比べ、陽は一日一日長くなっていく。

定点写真を撮る「平成ビューホテル」は小高い丘の上にあるので人目に付かなかったが、高見の踏切りの方は車の通行が多く、学童の行き帰りの道になっていた。午後四時半頃は日曜でも人通りが結構あって、踏切りの線路に跨《また》がって写真を撮っている達岡の姿は好奇の目を引いた。

達岡は筑後の人間でないので、知り合いはなかった。最初のうちは割と平然と出来たが、回が重なるにつれて胡散臭《うさんくさ》い目で見られることも意識し出した。が、達岡にはもう失うもの、恥ずかしいことはなかった。自分の惹《ひ》かれるものに正面から対峙《たいじ》し凝視出来れば、何も気にならないと考えていた。

高見の踏切りで見る麦畑は、古森が言ったように寒風や粉雪の下でも、目を凝《こ》らすと植えられた麦が数センチの芽を出し成長を続けていた。筑後平野は麦の栽培が盛んであるようだ。平野の中に大きなビール工場があって、そこからの委託でビール用の大麦を作っている。だから耳納の春はよく目を凝らすと早くから緑の平野が広がる。しかし、二月の厳寒の頃は寒さのあまり、麦のかすかな緑も全く目立たない。

達岡は耳納彷徨の途中や帰りに食事の買物を済ませた。妻が長患《ながわずら》いであったので、食事の用意をするのには慣れていた。料理法やメニューを妻が作っていてくれたので、それで勉強していた。料理を他人に頼むのは達岡も妻も厭《いや》であった。

達岡は男ばかりの四人兄弟の四男に生まれた。それで、幼い頃から母が出掛けた時や病気の時は、炊事や掃除をせざるを得なかった。あの頃の兄達は強く、四男坊の達岡がしないと拳骨《げんこつ》であった。

終戦すぐの頃の田舎だったので、ご飯を炊くのには竈《かまど》に薪《たきぎ》。煮物、焼物は七輪。掃除は叩《はた》きに箒《ほうき》に、雑巾《ぞうきん》掛け。お風呂は薪で焚いた。あの時代は少なくとも炊事、洗濯に関しては江戸時代と同じ労力を使っていたと思うと、達岡は可笑《おか》しかった。あの頃を経験したものにとって、現在の電気炊飯器、電気ポット、オーブン、レンジ、電気洗濯機、電気掃除機、電気洗浄器、電気温水器は一体何と表現したらいいのか。奇蹟、夢、堕落、無味乾燥。時代の変化、便利さの変転を耳納連山はどう見ているのだろうか、などと達岡の思いは広がって行った。

達岡は料理も、一人住まいも苦にならなかった。だが、耳納連山を語りたい時には困った。妻が生きていたら、耳納に魅《み》せられた今の達岡を知って何と思うだろうか。妻も耳納のことについて達岡に同調しただろうか。意外に妻が現実主義であったエピソードを思い出して、そう甘くなかったろうと達岡は苦笑した。

ふと古森のことを思い出し、古森と耳納連山についてとことん語りたいと心から思った。達岡の、今現在の耳納に対する思いのたけを述べたいと感じた。

古森の住所と電話番号を聞いて置けばよかったと後悔した。が、また会えるかもしれないし、初対面の人にいきなり住所を聞くような性格でない自分に気付いて、達岡は苦笑した。ウィスキーで酔った達岡はふと望遠鏡で耳納連山を観察することを思い付いた。

家にあった筈《はず》の望遠鏡を探したがどうしても見付け出せず、妻を恨みたかった。

達岡はやむを得ず新しい望遠鏡を買った。「平成ビューホテル」から望遠鏡で見ると、古森が言ったように五葉山という小さい山をいれると、耳納連山は、まさに安らかな涅槃仏であった。

耳納連山の本体は五葉山の山陰に隠れてそこで終っているように見えるが、そのうしろを通り合瀬《おうぜ》耳納峠で津江山地に連なっている。だから、五葉山も立派な耳納連山のひとつである。

冬枯れの耳納の山肌はささくれだっていた。特に柿や梨や、ブドウ園は落葉して枝や蔓《つる》だけになっているので一層荒涼として見えた。

北面の山だから、光線の関係でシルエットで見る場合が多い。一見平板な山肌に見えるが、望遠鏡でみると、耳納連山は意外に複雑で入りこんで、小さな山や峰が沢山あった。

にこやかで微笑を絶やさない人の、ある時見せる苦渋の刻み込まれた顔の皺《しわ》のように見えた。そして山裾には何本もの煙突が立って煙を出しており、立派な公共的な建物なども多くあり、ゴルフ練習場もあるのが分かって、達岡の頬が緩《ゆる》んだ。

涅槃仏の頭の部分にあたる五葉山を、達岡は仔細に眺めた。なるほど、古森が言うように仰臥《ぎょうが》した人間の頭の格好に見える。

小さな山全体が柿畑になっていて、鼻と頬と顎《あご》に当る部分に杉山の常緑樹が残っている。

望遠鏡で見回しているうちに、五葉山の中腹にふたつの寺を見つけた。ひとつは、古い寺のようで、柿山の中に白壁と高い銀杏の並木があり、その中に瓦屋根の大きな建物が見えた。質素な寺院に思えた。

望遠鏡を少し右に平行に移動すると、もうひとつの寺があった。境内《けいだい》に釣鐘《つりがね》のような白い塔が見えた。それが仏舎利塔《ぶっしゃりとう》であることが分かった。大学時代に過ごした街の山にも同じものがあった。

仏舎利塔の周りには、よく見るとかなり大きな寺院が集まっている。五葉山という小さい山に、かなり大きな寺が二つもあるのに驚いた。それから達岡は、耳納の胴体の方に眼をやった。古森が言ったように、堂々たる体格の涅槃の体が横たわっている。部厚い胸、腹部、足と耳納全体を見回し、再び頭部の五葉山に戻した。

その時、達岡の頭に、ふと白い仏舎利塔は涅槃の頭の部分のイヤリングではないかとの考えが浮かんだ。仏舎利塔がイヤリングならば、左にある古い寺は眼にあたる、と達岡は感じた。

ああ、これは凄い発見だ、なんとしても古森に告げねばと興奮した。翌週の水曜日、達岡は涅槃仏の眼とイヤリングにあたると感じた五葉山の二つの寺を訪ねた。

とても暖かい、二月の末とは思われない日であった。地図を頼りに曲りくねった柿山の中の道を登っていった。全山、葉を落した柿山である。遠くで見るより、スケールが大きかった。山の中には柿を運ぶレールが隅々《すみずみ》まで敷かれてあったのには驚いた。柿の木の根っ子には、所々に肥料らしい袋が置かれてある。寒肥《かんごえ》のためのものだろう。

山には誰一人として姿は見えなかった。

左の方の寺から登ろうと思ったが、同じような道が交錯していて、すぐそこに寺は見えているのに、探すのに手間どった。境内《けいだい》のすぐ前まで車で行けた。大きな杉の林の中に寺は建っていた。臨済宗五葉山大生禅寺《りんざいしゅうごようさんだいしょうぜんじ》というのが正式な名称である。境内には大きな銀杏が何本も立っているが、葉をすっかり落して、あまり目立たなかった。他には杉、檜、楠、樅《もみ》、槇《まき》などの大木があった。石造の小型の五重塔もあった。江戸時代建立の大きな本堂があり、境内には人影は見あたらなかった。寺院の方に声を掛けてみるのも憚《はばか》られる静けさだったので、達岡は境内を散策して、仏舎利塔のある寺に向かった。

耳納連山を仏の寝姿にたとえるなら大生禅寺は眼にあたる。閉じた眼ではあるが、それは澄徹《ちょうてつ》していると、達岡は感じた。「平成ビューホテル」側から見る筑後平野と、大生禅寺側から見るのでは違って見える。

「平成ビューホテル」から見ると、背後に耳納連山がかなりの標高で屛風《びょうぶ》のように延々と続いているので筑後平野が有限というか、少し狭く見える。が、大生禅寺側からみると平野の涯《はて》に高い山があまりないから、広々と見えた。が、耳納連山を背景にした筑後平野の方が、幽玄に見えた。

大生禅寺から一度平野まで降りた。

平野の中の細い道を少し下ると仏舎利塔に登る道に出た。道は細かったが、昔の往還のようであった。曲りくねった道を少し登ると広い駐車場が二つあって、そこにコンクリート造りの見上げるような山門が立っていた。

大生禅寺に比べると建物の数は数倍も多いようである。鎮西西身延本仏寺《ちんぜいにしみのぶほんぶつじ》である。堂々たる石垣の上に白塀を巡らしていて、城郭《じょうかく》のようである。境内はひっそりしていたが、三々五々お参りに来ている人が見えた。

本堂を見たあと、鐘楼《しょうろう》の傍を通り石段を登って仏舎利塔をめざした。境内のあちこちに早咲きの梅が咲いていた。大きな寺院で、修行僧もいるようである。夫婦ものらしい男女が、祈願か、御礼かわからぬが、裸足で境内の小堂を忙しく駆け回っていた。建物は上へ上へつながっていて、赤い旗が両側に沢山立っている長い石段を登ると仏舎利塔についた。

仏舎利塔は近くで見ると、想像以上に大きなもので、純白の綺麗なものであった。愁いを含んだ青みを帯びた白であった。塔の一部がガラスばりになっていて、中に黄金の大きな釈迦像が飾ってある。まさに釈迦像のショー・ウインドーであった。

仏舎利塔は耳納連山のイヤリングにふさわしかった。

パイプに火をつけて、ゆっくり燻《くゆ》らしながら達岡は筑後平野に見入った。

雲の切れ間から早春の陽射しが筑後平野の所々を照らしていた。雲の動きにつれてフットライトをあびた所がゆったり移動していく。どこにも目につくような春らしい緑はないのだが、確かに陽射しは春を感じさせるものがあった。

山麓のうどん屋で、達岡は持ち帰りのごぼう天うどん一人前と、おでん三個と、鶏飯の握りを二個買って帰った。三時を過ぎると急に風が凍るように冷たくなった。

一月から二月にかけて定時観測点から見る耳納連山や筑後平野には遅々《ちち》として春は遠かった。

「平成ビューホテル」からは、日脚の長さによって春が次第に近づいてくるのを感じるしかなかった。

ただ梅の花は耳納の農家の家々で満開となり散っていった。

梅の花を見せてもらいに寄った農家で、達岡は耳納山麓の農業について尋ねてみた。筑後耳納地方は米や麦は勿論、植木と果樹の大生産地である。富有柿とブドウの巨峰、梨が主であった。果樹類も春にはほど遠かった。

二月の中旬にインフルエンザが流行《はや》った。一人暮らしなので寝込まないように、日頃から達岡は細心の注意を払っていた。一日三度含嗽《うがい》し、風呂は寝冷えしないように、寝る前にしか入らなかった。発生すると、人混《ひとご》みには出ないようにしていた。

二月末の寒い日、達岡は内山《うちやま》緑地を訪ねた。前から内山緑地のことは聞いていた。日本有数の植木の植栽地で、耳納連山の中でも、樹影の濃さは一番である。朝、目覚めた時、あまりに寒気《かんき》が厳しかったので出掛けまいかと思ったが、こういう日は得てして好天になることが多く、思いきり防寒具をつけた。風邪に弱い達岡には冒険だったが、動かす何かがあった。昼近くになると、予想した通り晴天になり温度が上がった。達岡は気持ちが良かったので内山緑地を一周して、そのうえ山の中腹まで足を延ばした。植木の手入れをする二、三人の職人はいたが、森然としたものであった。いろんな種類の見事な樹が全山に植栽されていた。特に貝塚伊吹《かいづかいぶき》は小山のように大きかった。

庭木にするものから、植栽林、街路樹まであって、見飽きることがなかった。ただ、落葉した林は淋しく、新緑の頃に来たらどんなに素晴らしいだろう、と思った。

帰りがけ内山緑地内の喫茶店「あかまつ」によって紅茶を飲んだ。

山に登ったため体が暖まって、日頃になく元気が出た。こういう時こそ風邪に要心しないといけないと思った。帰りに遅い昼食を、うどん屋でとった。耳納連山の麓《ふもと》の国道には、不思議と美味しいうどん屋がたくさんある。

熱いうどんを食べて、達岡は汗をかいた。しまったと思った。タオルで喉元から手を入れ、胸や背中までふいた。山に登ったのと、うどんで暖まった体は、汗が吹き出して止まらなかった。達岡は急いで帰路についた。

家に帰り着く頃には、汗は冷たくなって肌着が身に纏《まと》い付いたのを感じた。すぐに風呂にはいって、体をじっくりと暖めた。が、その夜から達岡は高熱を出した。猛烈な悪寒《おかん》と震《ふる》えが襲ってきた。体を「く」の字に曲げて悪寒の襲来《しゅうらい》に耐えたが全身が氷のように冷たく、マッサージ器にかかっているように体が大きく震えた。どんなに耐えようとしても、震えを自分の意志で制止することができなかった。

起きだして押入れから布団を出して、何枚もかぶせた。座布団ものせた。書棚から百科事典を降ろして布団の上に置いた。歯がガクガク鳴った。筋肉、関節が痛くなり、頭にもきた。

思いきって布団から這い出し、薬箱の中からアスピリンの錠剤を取り出すと、大量の水といっしょに飲み再び布団にもぐりこんだ。体を海老のように曲げて、懸命に悪寒と震えに耐えた。一人暮らしが応《こた》えた。冷たい水か、温《ぬる》い緑茶が飲みたかった。誰かに体を押さえ込んで貰いたかった。懸命に耐えていると少し体の緊張がとれて、痛みも少しやわらぎ、体が温《あたた》まり汗が出てくるのを感じ、達岡は眠りに落ちていった。

朝方、カーテンの隙間からかすかに曙光《しょこう》が見えたようで、達岡は目を開けた。悪寒と震えは取れていた。体が軽くなっていたが、体が寝汗でびっしょり濡れていた。体が痛かった。気付くと何枚も布団を着ていて、まわりに座布団や百科事典が散らばっていて、最初のうちは何事があったのかと思った。次第に記憶が蘇《よみがえ》ってきた。

達岡は起き出すと、素早くガスストーブをつけた。それから洋服ダンスからタオル、下着、パジャマを取り出すと、ガスストーブの前で体をしっかり拭き、下着、パジャマを着替えて、ガウンを着た。再び悪寒が襲う予感がしたので、炬燵《こたつ》に電気を入れ、濡れた下着やパジャマを乾かすため中に押し込んだ。

達岡は一旦風邪を引くと完治するまで二週間ぐらいかかる体質である。長期化を予想して、洗えなくても、ともかく下着を乾かして置く必要がある。学生時代に洗濯しようと思って押入れに入れた下着を、雨が続くため、再び出して着た記憶が蘇った。シーツも新しいものに替え、濡れたシーツを炬燵に入れた。それから電気ポットのお湯を取り五十度ぐらいの緑茶を二合ほど作ると、一気に飲み干し再び寝床にはいった。

そしてまた昏々《こんこん》と眠りつづけた。

耳納連山の頭部の白く輝く仏舎利塔の夢を見たように思ったが、すぐに記憶から消えた。コトッという新聞受けに落ちた広告紙か何かの小さい音で目覚めた。昼に近いようであった。早朝に感じた壮快《そうかい》な感じより少し重い感じであった。

前に医師から聞いたことがある。寝冷えや、喉《のど》風邪であれば局所で終るが、インフルエンザはウィルスが血液中にはいり込んで全身に回るから全身病であるので、症状も体の被害も大きいと。

再び汗をかいていた。熱を計ると三十七度五分あった。部屋中が温まっていたので、今度は静かに起き出して着替えた。濡れたのは炬燵に押し込んだ。前のは乾いていた。少しいやな汗の臭いがした。天気もあまりよくなく、寒さが強いようなので、とても洗濯機を回す体力も気力もなかった。

ごそごそと起きだし、食欲はあまりなかったが、とにかく食べておこうと炊飯器を見ると一食分ぐらい残っていた。インスタントの若布《わかめ》の味噌汁を作った。卵を一個スクランブルにして食べた。味噌汁が実においしかった。普通に作るのより味がよくできていた。ごはんは熱《あつ》いお茶をかけて流し込んだ。体はだるかったが、炊飯器を洗い五合ほど米を入れて、スイッチを入れた。一日に自分一人で食べるのは二合半ぐらいだから二日分はある。二日あれば何とか元気になるだろうと思った。ご飯と味噌汁と卵があれば大丈夫と考えた。ウィルスが侵入して上気道の扁桃炎を併発しないように含嗽《うがい》をした。頭が重く、足が地についていない感じで、めまいがした。緑茶を五合ほどつくり枕元におき、ラジオを持ってくると再び床にはいった。

布団に入ったらめまいがした。が、何ともいえない安堵《あんど》感で、さあ、これからインフルエンザと闘うぞという気持ちになった。

子供の頃には母、結婚してからは妻がいたので、風邪で寝込むときの気持ちは決して嫌《きら》いではなかった。自分を心から心配してくれる防衛軍がいる。女性に大手《おおで》を振って甘えられるという安心感があった。そして寝汗が出る度に下着を替え、その度に病気が少しずつよくなっていく感じ。よくなってくれば寝床の中で好きな本が読める喜び。

しかし、達岡は今は一人であった。東京の娘に電話しようと思ったが、これくらいのことで弱気は見せたくなかった。このまま、急に悪くなって手遅れになるのではという不安が少し過《よぎ》った。その時は、その時か、と思った。

どうせ一度はどうかなるものと、熱の出だした朦朧《もうろう》とした頭で考えていた。が、耳納連山のことは気になっていた。耳納を探索し始めて、まだいくばくも経《た》っていないではないか。あんなに愛し、恋している耳納については何も知っていないではないか。このまま耳納と別れてもよいのかと、自問自答《じもんじとう》していた。黒々と寝仏のように横たわる、包容力のある耳納連山が思い浮かび、耳納連山が達岡を手招きするようであった。

カーテンを閉じたままにしていたので時間の感覚がわからない。ラジオを入れると、丁度天気予報をやっていた。当分の間寒い日が続くとのこと。達岡はアスピリンを一錠冷たい水で飲むとラジオを消し、再び眠りについた。目が覚めたら日暮れであった。奇妙な感覚で、達岡は急に一人暮らしの寂寥《せきりょう》に襲われた。子供の頃、目が覚めたら朝でなく、真っ暗闇であったので、恐くなり、母の元に駆けて行って泣き出し、母に笑われたことを思い出した。昼寝をしていたのだった。

寝汗をかいていたので、また着替えた。体の芯がだるく力がはいらなかった。ごそごそ起き出し、まず緑茶の冷えたのを一気に飲み、インスタント味噌汁をつくり、炊飯器から熱いご飯を盛り、生卵に醤油をかけて混ぜて食べた。そして野菜ジュースを一本のんだ。

二十時間近く寝続けたので頭が朦朧としていた。外は雨が霙《みぞれ》になって、夜になり深々としてきた。恐いぐらいであった。

風邪が落ち着くにつれ、独り身の夜が恐くなった。

医師から聞いたことがあった。妻の末期もそうであった。病人は人の声や、足音、鳥の鳴き声、犬の叫び、外での車の音の聞こえる明るい昼間によく眠り、夜、暗くなると眠らないと。明るく騒音のある方が安心して眠れるのだ。夜暗く静寂になると、病人はたまらなく不安になり、再び朝が来ないのではないかと心配するのだ。妻がそうだった。夜はほとんど目覚めていて、外が少し白々と明け出し、鳥の声や車の音がしだすと寝入った。しかし、夜中に眠れないのを、妻は達岡に気付かせまいと気を遣っていた。達岡は妻の心情がいとおしく思い出された。

早く夜が明けてほしかった。体の芯のだるさと、めまいと体中の痛みが続いた。雨音がしていた。

達岡は気をまぎらわすため、夜が明けるまで、CDでクラシックを聴いた。クラシックはこちらから情念を入れ込むことが難しいのでリラックスする。風邪を引いた時、母や妻が砂糖をとかした熱いお茶にレモンをたっぷりしぼりこんだのを飲ませてくれたのを思い出して、達岡は作った。

レモン一個をしぼりこむと、恐ろしく酢っぱかったが、次第に慣れて体が温まり元気の出る気がした。明くる朝、小鳥の鳴き声に達岡は目覚めた。雨も上がったようである。カーテンを二日ぶりにあけた。達岡は、先ず生きていることを感謝した。庭に妻が植えていた春の花がいくつか咲いていて、目をうった。

真っ黄色の大きな花もあったが、庭の隅の方に紫紅色の華麗な花をつけているのもあった。達岡は花の名前をほとんど知らなかった。

妻はよく知っていて教えてくれていたが、興味のなかった達岡は、上《うわ》の空《そら》で聞いていた。

今から考えると、大変な損をしていたことに気付いた。二日間の間に大層な時間が過ぎたように感じた。体はだるかったが、久しぶりに新聞も読んだ。鯖の味噌煮の罐詰でご飯を食べてみたが、少し吐気が来たので、生卵に醤油を一滴おとしたのを飲みこんだ。

洗濯物が溜ってきたので洗濯機を回そうかと思ったが、もうひとつ気力が充実しなくて、また布団にもぐった。いくらでも眠れた。翌朝も微熱がつづいた。風が強かったが天気が良かったので、思い切って洗濯をした。洗濯をしている時はむしろ元気であった。

しかし、その後、また熱がひどくなった。洗濯物を取り込む時、立っていられないほどの倦怠を感じた。風邪を引いたら水分を多く取りなさいと、母からよく言われていた。水分を取ろうとしても受けつけず吐気があった。翌朝も達岡は元気が出なかった。とにかく、だるくて食欲がなかった。これは医師にみせて早くよくならないと、いつまでも耳納連山に行かれないと焦った。すぐ近くであったが、タクシーを呼んだ。

医師は達岡を診察すると、血液、尿、胸部X線写真などを調べて、インフルエンザは峠をこしているが、風邪のために脱水状態に陥り、体が水分を受け付けられない状態になっている。脱水も喉が渇いてどんどん水分がほしい時はよいが、脱水はあるのに水分をほしがらなくなったら危険ですから、点滴をしましょう。炎症もおこしているから、点滴に抗生剤をいれます。食欲が出るまで毎日点滴に通って下さいと言った。

二日目頃から点滴の効果が出てきた。自分でも生気が蘇《よみがえ》るのがわかった。点滴が体の隅々の細胞を賦活《ふかつ》していくのが意識できた。次第に食欲が出てきて、気力が湧いてきて、熱もとれてきた。顔色がよくなってくるのが、日一日と自分でもわかった。庭に様ざまの花が次々に咲き続け、庭まで降りて確かめることを始めた。

一週間点滴して、医師の治癒宣言があった。その夜十一日ぶりに風呂にはいった。ビールも少し飲んだ。早速耳納連山に行ってみようと思ったが、長く寝ていたので足腰ががたがたであった。立ち上がるにも、よろけて、わずかの間の運動不足でも、筋力は驚くほどに弱っていた。

若い時にアキレス腱を切ってギブス固定をしていたことがあった。その時の患側の足のように感じた。あの時は完全に回復するのに二年かかった。達岡は少しずつ歩行の量を多くして筋力をつけた。その後は二階への階段の登り降りを繰り返した。食欲が出てきたので回復は速かった。

年齢もまだ五十代の後半ではないかと、達岡は自分に言い聞かせる。

点滴が終って四日目、インフルエンザにかかって十四日目は、朝から霧もなく、素晴らしい好天になった。達岡の心が騒いだ。体調もよかった。朝のうちに久しぶり家の内外の掃除をすませた。山を見ると、暖かい陽光があふれ、風が光って見える。昼食をすませると、望遠鏡とカメラを取り出した。定時定点撮影が二週間抜けていることに達岡は、初めて気付いて惜しいことをしたと思った。この二週間の間に随分季節が動いているのを感じた。

国道二一〇号線を通って途中から原鶴温泉の対岸の土手道に出たとき、達岡はあっと叫んだ。

土手道から見おろす川の両側が黄色く染まっていたからである。絨毯《じゅうたん》のように一面真っ黄色とはいかなかったが、斑《まだら》ながら黄色に染まっている。達岡は最初なんで黄色いのかが咄嗟に分からなかった。車を止めて、川原で犬を散歩させている人に、大きな声で尋ねた。

「その黄色は何の色ですか」

聞かれた人の方が、ぽかんとして何のことかわからない風であったが、しばらくして、

「この菜の花のことですか」と言った。

「それは菜の花ですか」

達岡は驚いて聞き返した。

その男の人は、さらにあきれたような顔をして、

「毎年、今頃には咲きますよ。筑後川の名物ですから。別に珍しいものではありませんよ」と言うと、犬が吠え出したので川上の方へ行った。達岡は川辺まで車で降りて行った。

菜の花をこんなに近くで見たのは、子供の時以来ではなかったか。菜の花を手にとって見ると、まだ幼い小さなものであった。見渡す川の両岸、土手に菜の花が広がっていた。胸が熱くなり、写真をとった。「平成ビューーホテル」まであがり、庭から見ると、筑後川沿いは黄色に塗られ、それは川下に行くほど黄色を濃くしているようで、一方大きな田んぼは紫紅色の絨毯であった。あとで聞くと、こちらは蓮《れん》華草《げそう》であった。

水色に煌《きら》めく筑後川、黄色の菜の花、紫紅色の蓮華草がコントラストをつくり、視野一面に広がり、風がさまざまな色に光って見える。その背後に紫色の耳納連山が春の到来を喜ぶように延々と連なっている。

シャッターを押すのも忘れてみとれた。たったの二週間で、こんなに風景が変わるものか。風邪上《あ》がりと、菜の花の感激で疲労を感じたので、達岡は平成ビューホテルの喫茶室へ行こうとした。

その時、達岡の肩を叩く者がいた。ふりむくと古森が笑いながら立っていた。達岡は嬉しかった。今、この世の中で一番会いたいと思っている男であった。長い間風邪で寝込んで久しぶりに来て見たら、菜の花が咲いているのに驚いたことを話した。

今日、筑後川の河口から菜の花の写真を撮ってきたのだ、と古森は言った。有明海に近いところはほぼ満開で、菜の花は川を溯《さかのぼ》って咲いて来ているので、これから二、三週間が見頃だという。達岡が日田に住んでいるのを知っていたので、菜の花の咲く川の上限は日田あたりではないかと言った。

そう言われれば、日田より上流で菜の花の咲いているのを見た記憶は達岡にはなかった。

喫茶室には誰もいなかった。二人は紅茶を飲んだ。

「このホテルの社長さんも、余程耳納連山が好きなのかもしれませんね」

達岡が古森に聞いた。

「そうですよ、きっと。耳納が好きでたまらないのでしょう。このような山の上に、こんな大きなホテルを建てること自体が凄いことですよね」

古森も真剣な表情になって答えた。

「耳納連山を毎日正面に見据えて暮らせるなど、幸せでしょうね」

達岡が心から言った。

「達岡さんも耳納が好きなんですね」

古森微笑みながら言った。

「古森さんちょっと窓辺に行ってみませんか。この前、あなたに耳納連山は涅槃《ねはん》仏と聞いて、本当に感激したのですが、私もこうして通《かよ》って耳納を見ているうちに、気付いたことがあります」

達岡と古森は窓辺に立った。

「涅槃仏の頭にあたる山は五葉山ですね。五葉山には、ここからはっきり見える寺が二つあります。左の方に見えるのが、大生禅寺。右の方の仏舎利塔のある寺が本仏寺です。私は大生禅寺は涅槃仏の眼にあたり、本仏寺は耳にあたり、白い仏舎利塔はイヤリングに見えるのです」

達岡は興奮して一気に言った。

「なるほど、白玉《しらたま》のイヤリングですか。そう言われればまさにその通りですね。いや、私はそこまで気が付かなかった。これは瑞々《みずみず》しい表現だ」

古森は感嘆《かんたん》の声を何度もあげた。

「そうだ、この事は西《にし》君と八代田《やしろだ》さんに教えてあげねばならない。どんなにか、あの二人が喜ぶことか」

古森は、何度もひとりでうなずいた。

「物凄くというか、度外れというか、耳納を愛し、耳納に惚れ込んでいる人間が二人居るのですよ。いつか、達岡さんに紹介しましょう。どれほど、度外れかはその時お話しします。一言では言われないし、今日はとても良い事を教えていただいたので、今日話すのは勿体ない気がします」

古森は静かに感動を抑えているようであった。達岡と古森はお互いに住所と電話番号を知らせあった。

「これからが、春たけなわです。耳納連山と菜の花の取り合わせは良いですよ。童謡の『朧月夜《おぼろづきよ》』の歌のとおり『菜の花畑に、入り日薄れ、見渡す山の端、霞ふかし……』。本当に素晴らしいですよ」

古森は何度も繰り返した。

今年の桜前線の予想では、筑後地方の桜の開花は三月二十五日前後になっているが、二十日過ぎてから雨まじりの寒い日が続いて、桜の開花は大幅に遅れ、四月に入り込んだ。桜が咲きはじめてからは、珍しく好天が続いたので、桜は長持ちした。達岡は耳納連山の裾野の桜を見て回った。

筑後川辺りの一面の菜の花は峠を越して、その色合いが次第に薄くなってきた。替わって筑後平野の麦畑が緑を濃くしてきた。だが、耳納山麓の柿山の緑は、まだほんの少し色づき始めたばかりだ。耳納は春から夏への移行期にはいろうとしている。山道を歩いていると、染井吉野《そめいよしの》に替わって、山桜や八重桜が咲きはじめていた。染井吉野の華やかな咲き方より、山桜のようにひっそり咲くのを達岡は好んだ。

そんな日に古森から速達のハガキが届いた。

『前から一度見たいと思っていました田主丸にある〝結麗桜《ゆうれいざくら》〟と呼ばれている桜が、明日にも満開と友人が知らせて来ました。よろしかったら同行しませんか。明日、田主丸の中央バスセンター近くの喫茶店〝サンヤ〟で午後二時にお待ちしています。二時までにお見えにならなかったら、出発しておきます』

達岡の心に、桜《はな》が咲いた。

二時に喫茶店に着くと、古森が横顔で座っていた。喫茶店主の小島と、土建業をやっている西という人が一緒にいて紹介された。二人共いかにも純朴そうな人であった。古森は達岡にそっと手を差しのべた。少しやせたようであったが、語調に熱気が感じられて元気であった。

達岡がコーヒーを飲み終わると、小島の運転ですぐに出発した。喫茶店を出ると南に真っすぐにのびた道路の先に耳納連山が見えた。暖かい感じで耳納の丘陵が横たわっている。戸を開けたら眼前に耳納がそっと立っていたと古森が感じたのと同じと思った。

〝結麗桜〟は、九百九十九峰もあるといわれる耳納連山の中でも最も高い鷹取山を右上に見あげる石垣という場所の広大な農園の中にあるという。耳納連山を涅槃仏にたとえるなら、その臍部の裾野にあたる。小島は〝結麗桜〟をタウン紙などに紹介する記事を書いていて、コピーしたのを達岡に渡した。

小島は児童文学も手掛けている。

田主丸が遊廓の街として盛えていた頃じゃった。町中《まちなか》を流れる新川《しんかわ》沿いに紫《むらさき》楼《ろう》と云うのがあった。そこには、花街で一番人気の遊女、結《ゆう》と麗《れい》と云う美人姉妹がおって、きまって春の彼岸に石垣萬山望園《いしがきまんざんぼうえん》にやって来た。酔客のあしらいも手慣れたもので、客のえり好みなどしなかった。結と麗のうわさは耳納山《みのうさん》の向うの八女《やめ》地方にも伝わっており八女の青年達は一日かかって山を越え紫楼へかよったそうな。指名する客の多さで姉妹は昼夜を問わず働いておったが、春の彼岸近くになると、きまって暇をもらうことにしておった。日頃、姉妹は一日も休まず男性に奉仕し、疲れていても決して笑顔を絶やすことはなかったそうじゃ。

石垣萬山望園の桜の木の下で、毎年満開になる桜を待った。

蕾から三分咲・五分咲・七分咲と……そして満開の日がやって来た。結と麗が着物をぬぎすて裸身になったところへ、月の光に照らされた桜の花びらが、乱舞する蝶のようにヒラヒラと散りはじめた。

花びらは、結と麗の裸身に、まるで吸い寄せられるように張りついていった。なんと紫楼で働いた一年間の総《すべ》てを桜の花びらが吸収していくではないか。すると、結と麗の疲れた体はみるみる精気をとりもどしていったと思うと、花びらはまた元の桜の木へと舞いもどっていくのじゃった。そうして結と麗は耳納連山の中腹にある桜の名所（平原《ひらばる》公園）まで歩いていった。

のち姉妹の姿は見えなくなったそうじゃ。

河童の化身ではないかと伝えられている結と麗は、昭和三十三年の春以後、田主丸の町中で見かけなくなった。だが、桜の満開時には今でも平原公園や耳納山麓で見かけられると云われている。樹齢三百年の老桜木は、今は石垣高山果樹園にあり、うす青くピンク色のぬけた花を咲かせていて、結麗桜と云われているそうだ。この桜の分木が平原公園にもある。その花びら一輪を盃に受け飲みほすと、いつまでも『若さを保つ』と伝えられているそうである。

読み終えた達岡は背筋にひんやりとしたものを感じた。

田主丸は火野葦平が書いた河童伝説の町である。田主丸駅舎は河童の顔の形をしている。それにしても遊女を河童の化身とするのは哀憐《あいれん》と感じた。遊廓で春を売って働きに働き、疲れに疲れ、汚れに汚れた体を桜の花びらが清浄にしていく情景を思い浮かべると、達岡は敬虔《けいけん》な気持ちになった。それにしても耳納連山に抱かれた静かな田園の田主丸町に、昔遊郭があったとは、達岡はとても信じられなかった。

車は、達岡が最近足を延ばしはじめた町並みや森を通って、石垣という地名にある萬山望園高山農園についた。

連絡してあったので四十代の若い農園主の高山が迎えに出てくれていた。

三ヘクタールもあるという農園は主に柿をつくっている。柿の葉がやっと芽を出しはじめた頃だったので、まだ索漠としていた。高山の案内で歩きだしてすぐに、かなり離れた農園の中ほどに青白い大きな塊《かたまり》があって、まわりを白く染めていた。達岡と古森は最初のうち何であるか分からなかったが、次第に桜の大木と知ると、同時に感嘆の声をあげた。

樹全体が一個の花環《はなわ》かと思うほどに、青味を帯びた純白の桜木であった。

これだけの豊饒な量感と色彩の深みから見て八重桜かと思ったが、意外に五弁の一重であった。高山によると、言い伝えでは、樹齢三百年にはなろうという。まさに爛漫と咲き誇っている。農園の中の少し窪地《くぼち》の笹藪《ささやぶ》の中に立っているので遠くからは見えにくい場所にあった。笹がきれいに刈り込まれていた。樹幹も大きいが、樹影が広かった。端から端まで何十メートルもあった。大木の幹に苔や草が生《は》え、一部の枝は枯れていた。樹影の笹の中から、結麗桜の種から育ったかなり大きい桜が何本も顔を出していた。

みんな黙って呆然と桜を見上げていた。

花弁の大きさが染井吉野の倍はあったし、厚みも倍はある。三百年の歳月が花に染《し》み込んでいる。樹気という言葉があれば、樹から発するえも言われぬ芳香を微風《そよかぜ》に感じた。

古森が動き回って静かに桜木の写真をとっていた。最後に自動シャッターで皆の記念写真をとった。薄ぐもりの花日和で、見上げると耳納連山が紫色になって延々と連なっていた。達岡たちは丸太で作った高山の自宅に寄ってコーヒーを飲んだ。あまりに桜が綺麗であったので、かえって寡黙《かもく》になっていた。花に酔ったようになっていた。

西が採ってきていた桜の花弁の一枚を、コーヒーに浮かせて飲んだ。結と麗の伝説に慣《な》らったものである。皆に笑顔が戻って、西を真似た。それから話がはずんだ。高山の父は田主丸の近くの生まれで、戦後にある人に頼まれて原野を三ヘクタール買っていた。都会で育った高山は農業をする気持ちはなかったが、十九年前に急に農業がしたくなってこの地に越してきて果樹園をすることになった。主に柿とブドウを作っている。今では高校、大学時代の友人の帰省時の集まり場所になっているという。

高山は人の集まってきそうな飄々《ひょうひょう》とした魅力を持っていた。

西が小島を見て笑いながら、一カ月前に、この農園から一キロほどの耳納連山の中腹にある伝説の滝〝七郎の滝〟に登った時の話をした。結と麗が絡《から》んでいた。

小島は子供の頃から伝説として、あまり大きな滝ではないが、綺麗な滝が耳納山中にあるのを聞いていた。だが、誰も見つけ出せずにいたし、その存在を知っている人もいなかった。三年前の大台風十九号で筑後地方は大損害を受けた。平野の中の街道の電柱は軒並み倒れ、家屋の破壊、瓦の吹き飛んだ家は無数で、三年たってやっと屋根を被《おお》っていたビニールがとれた。耳納連山の森林もひどい被害を受けた。

風速六十メートルの風をまともに受けた森林は樹々が倒れたり折れたりして、重なり合い、それが遠くから眺めるとまるで風倒木で編んで作った筵《むしろ》のように見えた。杉や檜の六十年以上の大木は根っこから倒れ、三十年ぐらいの木は真中あたりからぽっきり折れた。五メートルから十メートルの爪楊枝《つまようじ》みたいな木々が乱立して、針の山のようになっていて不気味であった。風倒木が山裾から頂上を越えて真っ直ぐに山陰に消え、まさに風倒木が道を造っているところもある。小島は無残に荒れた風倒木の山を見て回っているうち、偶然に〝七郎の滝〟を見付けた。五、六メートルの落差の、小さいが気持ちの良い滝で、伝説に言われている〝七郎の滝〟と小島は直感した。

滝のすぐ横に石で出来た小さな祠《ほこら》があり、つい最近誰かが来て供え物をしていた跡があった。小島はそれから何度か七郎の滝を訪ねた。行く度に花や果物が供えてある。滝は難所にあったが、何時行ってもお供えものをしているのであった。それはお花が主であったが、お茶やお酒のこともあったりした。話を聞いて西は小島に案内してもらうことにした。

二人は口にこそ互いに出さなかったが、お供えに来るのは結と麗でないかという思いがあった。昭和三十三年に田主丸の遊郭から消えているので、今六十歳台だろう。毎春、結麗桜を浴びて、昔のままの若さかもしれない。小島は山の入り口を間違えたのか、なかなか到達できなかった。風倒木はあるし、道は荒れてなきに等しい状態で、西は小島のあとを必死に追った。

小島は自信をなくしかけていたが、面目上何とか〝七郎の滝〟に着きたかった。山中を流れる小川に沿って登ったり、下ったりしたが、滝らしいものはなかった。あきらめて帰ろうと西が小島に声を掛けそうになった時、草の中に流れが見えて、小さな細い滝が落ちているのを見つけた。

滝のそばに小さな石の祠があって、花がそえられていた。西は小島に声を掛けた。

「ああ、これが〝七郎の滝〟やろう」

小島は大きな声をあげた。

自分で探し出せなかったので、小島は照れたが、滝に降りて来て、顔を洗った。花をあげる人の正体を見たいと小島はこれまで時々見張ってみたが、見つけきらない。

「お供えに来るのは、きっと結と麗ですばい」

西は心底から、そう思った。

「私もそう思っとります。一度見てみたいですな」

小島と西は不気味を感じながらも、結と麗がいとしかった。

高山農園のすぐ上には、大塚古墳と呼ばれる大きな六世紀前後の古墳がある。環《かん》濠《ごう》跡もあり、台地のようになった古墳はソフトボールも出来るぐらいの広さがあるという。まだ未発掘という。

〝結麗桜〟、〝七郎の滝〟、〝大塚古墳〟といい、耳納連山には、まだ沢山の謎がある。高山とは柿の熟れる秋に再会することを約束して、達岡たちは小島の店に戻った。古森の提案で、達岡、西の三人で国道二一〇号線で浮羽町に行くことになった。

まだ三時すぎだったが、春の陽は耳納に斜陽を当てはじめていた。

「耳納の朝日も綺麗ですが、少し陽の弱まった夕陽の方がよいですね」

運転をしながら西が達岡と古森に言った。

「西さんは羨ましいね。生まれた時から、ずっと耳納を見ているのだから。僕なんか、ほんのこの数年だもんね」

古森が嘆いた。

薄紫色の春霞の中に耳納連山の稜線が幾重にも重なって見える。

「一日中見ていても飽くことがないのです。一時《いっとき》として同じ色合いであることはありません。一刻一刻変化していきます。慈悲深く、私たちを見つめてくれているように感じます」

西は耳納連山に心底惚れ込んでいた。

「達岡さん、耳納の山頂を御覧になって下さい。二十五キロも連なり屏風のように一見平坦に見えますが、九十九峰とも、九百九十九峰ともいわれるように、小さな峰々が無数に見えます。私には耳納の稜線の上に、いろいろな帽子が置かれているように見えるのです。ベレー帽、ハンチング、トンガリ帽子、チロルハット、赤ちゃん帽、サンバイザー、野球帽、山高帽、麦藁帽子、兜《かぶと》のようなものもあります。中にはリオ・グランデの砦みたいなものもあります」

古森が言った。達岡と西が同時に呻《うな》った。

「そうですか、なるほど。耳納の頂上は帽子の展覧会場ですか。素晴らしい見方ですね」

達岡は深くうなずきながら言った。白玉のイヤリングのようだと達岡が喩えた本仏寺の仏舎利塔の下の道を通り過ぎて、少し行くと道幅の広い所に西が車を止めた。三人は降りて西の誘導で田んぼの畦道にはいりこみ、涅槃仏の頭にあたる五葉山を真正面に見るところで止まった。

そこは達岡が涅槃仏の眼と喩えた大生禅寺の真下にあたっていた。五葉山はほとんどが柿山であったので、まだ柿の緑が見えず、荒肌のように見えた。五葉山は額と鼻のところに杉山が残っているだけだった。

「達岡さん、実は耳納連山を涅槃仏のようだと言い出したのは、この方、西さんなのです。あなたに是非とも紹介したい方です。五葉山はちょっと見ると耳納連山とは別の山に見えますが、五葉山の陰になって見えませんが牛頸《うしくび》峠で耳納連山の本体につながっている立派な連山のひとつなのです。地元では昔から連山のなかの五葉山なのです。西さんは勿論そのことは子供の頃から知っていましたから、私たち外部の者とは違った発想で涅槃仏と感じ取っていたのですね。耳納の本体に西さんの指摘の五葉山を加えればまさに涅槃仏そのものです。阿蘇の五岳も涅槃仏と称せられていますが、耳納連山も形は優しいですが、まさに堂々たる膨《ふく》よかな涅槃仏そのものです」

少し肌寒くなりはじめ、夕暮れが迫ってきた中で三人は耳納連山を見上げ続けた。

「西さんは土建業をなさっているのですが、涅槃仏の頭部の鼻の部分をもう少し高くしたら、もっと顔らしくなると考えたのです。これから見える五葉山の鼻に当たる所、ちょうど大生禅寺の裏山の三角形の小さな山です。あの山を四、五倍の大きさに築き上げたいと考えているのです。そのためになんとかして土石を運び積み上げようと考えているのです。スケールの大きな話でしょう」

古森が西を振りかえって言った。西が照れて下をむいた。

「凄い話ですね。確かに鼻がもう少し高かったら本当に仏の横顔そのものですものね」

達岡が感嘆した。

「しかしね、達岡さん、西さんの試算でも何十万トンもの土石がいるそうです。まず道を造らねばなりませんし、法律的な問題もあるようなのです。思い付きといい、その実現に努力しているだけでも、男のロマンですよね」
古森は何度も首を上下にしながら言った。
これほどまでに耳納を愛している人たちがいることが、達岡の胸を熱くした。

第三章　夏

樹々の若葉の中でも、柿若葉ほど艶やかで美しいものはない。耳納連山の夏は柿若葉の色合いとともに深まっていく。頬擂《ほおず》りしたくなるような薄緑から一日一日と色は深まり、杉や檜の濃緑に近づき、耳納は成人に達していく。達岡は定時定点の観測を続けていて、毎週ごとの写真を見て、意外に一週の間でも変化の大きいことに気付いた。柿は果実としてしか意識していなかった達岡には、柿若葉の美しい変化に未知の世界を見たように思った。

そんなゴールデン・ウイーク明けの日に、古森から封書が届いた。

先日の結麗桜見物の礼状に対する便りでもあった。

『毎週の定時定点の写真撮影を続けられているそうで、大変うれしいことです。達岡さんの耳納に対する気持ちが拝察できて感激しています。今後もお続け下さいますようお願いします。さて、私はアメリカ、ヨーロッパを視察する旅に出ることになりました。場合によっては海外で長期滞在して研鑽することもあり、帰国するのは秋になるかもしれません。

帰国したら御連絡します。耳納の裾野の柿山もいよいよ緑を濃《こ》くして、今頃の色合いが最も綺麗です。一週後に原鶴温泉の川開き祭りがあります。鮎釣りが解禁され、筑後平野に本当の夏が来たことを祝うお祭りです。花火が上がり、遊船、鵜飼がはじまります。千灯明《せんとうみょう》流しがあり、これが大変に素晴らしいのです。西さんに伝えてありますので、是非ご覧になって下さい。筑後川に流される千灯明が、耳納の山影に実にマッチしてこの世ならぬ幽玄の感にひたれます。西さんに、八代田《やしろだ》綾《あや》さんという方を紹介するようにたのんでいます。この方も耳納を愛してやまない女性です。一度会ってみて下さい。それではまた、お会いできる日まで』

原鶴温泉の川開き祭りのことは知っていたが、見たことはなかった。西から便りが来た。

『先日は、涅槃像の鼻を高くするなど、私の恥ずかしい思いを聞かせて申し訳ありませんでした。古森さんから、達岡さんに原鶴温泉祭りを是非ご覧になって頂くように言われています。来る五月二十日の金曜日、午後六時半に原鶴温泉の原鶴大橋の原鶴温泉側の袂でお待ちしています』

日田の盛大な川開き祭りは毎年見ていた。盆地なので周辺の山に花火の音が木魂《こだま》して、大変な迫力がある。あの広大な筑後平野の中での川開きは、どのようなものだろうと達岡は想像してみる。耳納連山も物珍しげに下界のお祭りを見物するのだろうか。

原鶴温泉に行くときは、筑後川の土手道を行っているが当日は交通規制があって国道三八六号線を通った。夕闇の色が濃くなりはじめた原鶴温泉街は見物客でごった返していた。川辺りの原っぱに茣蓙《ござ》を敷いて酒食をしながら花火を見物する。露地には、いか焼、たこ焼、たい焼、天津甘栗、フランクフルト・ソーセージ、ラムネ屋などの露店が立ち並んで賑わっていた。橋の袂で西が待っていて、川辺りの茣蓙へ案内した。

茣蓙には白っぽい和服の女性が座っていて、達岡を見ると会釈した。

「八代田綾と申します。本日は西さんからお誘いを受けましたので、遠慮なく伺わせていただきました。」

「達岡です。よろしく」

二畳の茣蓙に三人が座った。古森が海外出向して、今日の会に来れなかったことを残念がった。茣蓙の上に三つ重ねの赤い重箱とポットが置いてあった。八代田綾が作って来たもので、ポットには燗のついた酒が入れてあった。川辺りの原鶴温泉側は立錐《りっすい》の余地もないほど人で埋まり、筑後川の対岸の土手では打上げ、仕掛け花火がされるため交通規制がしかれて人も車も見えない。見物客たちは食べたり飲んだりしながら花火の始まりを待っている。子供たちは歓声を上げて飛び回っている。

川岸には十隻以上の遊船が浮かんでいて、旅館の窓という窓には灯がともっている。

「平成ビューホテルか、川岸の旅館をとろうと思ったのですが、川辺りの茣蓙の方が雰囲気を直《じか》に感じられますし、千灯明流しがすぐ傍で見られると思って……」

騒々しいのを気にして西が申し訳なさそうに言った。

夕闇が迫り、耳納連山が黒い塊になり裾野の町の灯が輝きを増し始めた時に、お祭りの開宴を告げる放送があって、いきなり打ち上げ花火が連発されて、少し明るさの残った空に大輪の花が咲いた。耳納連山の中腹部の所々に小さな灯が見えた。あんな所にも人が住んでいるのだろうかと、達岡は思った。

達岡と西は、綾の作ってきた料理で酒を飲んだ。夜風が冷たいくらいであったから、熱燗がおいしい。打ち上げ花火が次々に上げられはじめた。道、土手、遠くの橋の上にも沢山の人が押し寄せ、歓声があがる。遊船が風にゆっくりと揺らいでいる。

花火が上がると小さな紙くずみたいなものが霰《あられ》のように落ちてきた。広大な筑後平野なので、日田のような音響の木魂《こだま》はなかったが、日田と違った興趣があった。対岸に仕掛けられた滝を模した仕掛け花火が、眩しいほどに観客を染めあげる。

そのあと、千灯明流しが、はじまった。

達岡には千灯明の意味が最初のうちは分からなかったが、綾によると精霊《しょうりょう》流しを模《も》したものだという。川上の方に白い小さな灯が無数に見えてきた。花火が中断され、街灯や旅館、民家の灯も全て消された。真っ暗闇の中に無数の灯だけが浮かんだ。

しばらくのあいだ花火会場が静まり返った。それから大きな拍手がおこった。

それはよく見ると何百もの小さな舟の上に、四角い白い紙の囲《かこ》いを置き、その中にローソクを立てたものであった。それらは川上から静々と流れて来るので、この世ならぬ美しさであった。深い感動が達岡に押し寄せた。隣の綾がハンカチで涙を拭いているようであった。千灯明の先端が原鶴大橋にかかりはじめると、再び打ち上げ花火が連続して上げられ、その合間に仕掛花火が続々に姿を現し、祭りは最高潮に達し、大歓声が続いた。

達岡と西と綾は花火が終ると、近くの喫茶店でコーヒーを飲んだ。

「古森さんがいないのは残念でしたが、外国旅行中だそうですね」

達岡が西と綾に尋ねた。二人はしばらく黙っていた。

「古森さんのことだから、外国の素晴らしい風景と、面白い旅行話を持って帰ってくるでしょう」

西はあまり多く語らなかった。西の車で綾を家まで送って行った。

綾の家は平野の中の道筋に家が十軒ほど並んでいる静かな通りの端にあった。

「お寄りになって、お酒をお飲みになっていきませんか」

綾が二人を誘った。

「今夜は折角の店休日でしょう。またにします」

西は綾を降ろしながら言った。

綾の家は居酒屋をしているようであった。夜なので、綾の家がどの辺りになるのか達岡には見当がつかなかった。家から直北に耳納連山の涅槃仏が見えた。達岡は一瞬気が遠くなるような感じになった。夢ではないかと思うぐらい見事な耳納連山の夜の眺めであった。

「達岡さん、私の知っている店があります。一杯やりませんか。帰りは代行タクシーでよいでしょう。古森さんから、達岡さんに八代田さんのことを知らせておくように言われていますから……」

達岡はうなずいた。原鶴の町内の小さなバーに行った。花火の後の原鶴は意外に静かで、他に客はなかった。隅の方のボックスに座った。西はこの地方の生まれであったから、耳納連山や筑後平野、筑後川の事に詳しい。

涅槃仏の鼻を高くする作業を、西は自力、即ち自分だけで土石を背負って山を登ろうと考えていたという。一日二十キロ運べたとして、計算したら三百年かかることがわかったと苦笑した。いくらなんでもそんなに長く生きられませんもんね、と達岡も笑った。

話がはずみ、大分酔いが回りはじめた頃に、西が尋ねた。

「達岡さん、ところで八代田さんはどこの生まれの人と思いますか」

「私は、この辺りの人と思っていましたが」

「そうでしょうね。言葉もすっかりこの地方の方言を使いますしね。実は、八代田さんは北海道の人なのです」

「えっ、本当ですか」

達岡が驚きの声をあげた。

「達岡さんのことですから、他言することはないと思いますので……」

西は断って話しはじめた。

八代田綾は今から十五年ほど前の三十歳の頃に、夫の転勤のために久留米市に移ってきた。夫は保険会社に勤めていた。女の子が一人いた。休みの日は家族でドライブしてこの辺りによく来ていた。綾は段々と耳納連山に魅せられていく自分に気付いた。

丸五年目に、夫の郷里に近い茨城県水戸市に転勤が決まり、夫は喜んだ。しかし、綾はどうしても耳納連山が忘れられず、この地を去りたがらなかった。夫は青天の霹靂にあったように驚き、怒った。

その場はなんとか綾を連れて水戸に行ったが、綾は耳納連山を忘れきれず、二年後に離婚されて一人この地に戻って来た。

いろんな仕事をして苦労したようだが、数年前から現在の場所で居酒屋をしているという。綾の前歴、特に耳納連山に惹《ひ》かれて、夫と別れたのを知っているのは、古森と西と達岡だけであった。

西も二年前に、古森から聞かされた。

古森は数年前から耳納の写真ばかりを撮り続けていて、ある日、喉が渇いて水を飲みに立ち寄ってから、何度か綾の家に寄るようになって、その事を知ったという。古森は一滴も酒が飲めなかった。

「それで八代田綾さんは、西さんと私が、このことを古森さんから聞いたことを知っているのですか」

達岡は尋ねた。

「いや、古森さんのことですから、八代田さんに負担をかけないように、言っていないと思います。ただ、古森さんは、八代田さんみたいに耳納に惹かれた純粋な人がいることを、私と達岡さんには知らせたかったのでしょう。私も、古森さんが一《いち》途《ず》に耳納の写真を撮る姿に惹かれて、私の方から古森さんに話し掛けて行って、知己を得たのです。耳納が涅槃像に似ていること、涅槃像の鼻を高くする方法を考えていることを私が話してから、古森さんは心を開いてくれました。そして、古森さんから、毎週定時定点で耳納を撮り続けている達岡さんという方がいて、実に耳納への観想が深く細やかで、五葉山の大生禅寺を涅槃仏の眼、本仏寺の仏舎利塔をイヤリングと喩えたと、大変に喜んでいました。そして、私に是非紹介したいと言っていたのです」

「そうでしたか。度外れに耳納を愛し、惚れ込んでいる人が二人いるので、私に紹介したいと、古森さんは言っていたのです。西さんと八代田綾さんのことだったのですね。古森さんは、耳納に対する思い入れの信頼できる人を探していたのでしょう。西さんの涅槃仏の鼻を高くしようとする考えも凄い。それにしても、あの大人《おとな》しそうな八代田さんが家庭まで耳納のために犠牲にするとは」

達岡は絶句した。

「古森さんは遅くとも秋口には帰国出来ると思いますので、それまで各自が耳納に対して何が出来るかを考えましょう。八代田さんのことを、私と達岡さんは聞かなかったことにして、自然に振る舞いましょう。それにしても達岡さんのような耳納を心底から愛してくれる仲間が増えて本当に嬉しいです」

西は達岡の手を強く握りしめた。

代行タクシーに揺れながら達岡は考えた。

八代田綾の離婚に耳納連山への思い入れが這入《はい》り込んでいる、と考えるのは穿《うが》ち過ぎだろう。

離婚にはいろんな事情が絡《から》み合ったに違いない。綾は苦しみに苦しみ抜いたろう。

その時、達岡は妻の死のことを思った。妻は自らの生命を自ら決心した。綾も離婚を自ら決めた。その心の拠《よりどころ》に耳納連山があったのではないか。

原鶴温泉川開き祭りが終ると筑後平野は麦秋になる。大きなビール工場が平野にあるので、委託された多くの農家が大麦を作っている。黄色に熟した大麦畑が刈り入れられると、すぐに田植えの準備がはじまり梅雨に入り、筑後平野は見る間に薄緑の田園にかわっていく。そして、執拗な梅雨が筑後平野に逗留する。

六月の下旬になると梅雨が本降りになり、なかなか耳納の方へ行けなかったが、雨の止んだ午後出掛けた。平成ビューホテルから見る耳納連山には、山の中腹に長い雲がかかっていたが、頂上あたりには不思議と雲がなくて、テレビ塔がはっきり見えた。だが、その上には厚い雲が重く伸《の》し掛かっていた。山裾の方は薄いレースのカーテンのような霧がかかっていたが、白い仏舎利塔はかすかに見えた。

雲が耳納連山をサンドイッチにしていた。

筑後川の水は増量して茶褐色に濁って音をたてて流れていた。そのうちに中腹の厚い雲が移動すると、後に薄い霧だけが峰々の稜線を縁取りするように残ったので、普段は平板に見える耳納の中腹にも複雑な山景が入り込んでいるのがよくわかる。

ホテルのレストランでコーヒーを飲んで、国道に降りた。耳納を見上げると、別の雲が流れてきて、涅槃仏の頭を除いて稜線全部を隠すように雲がかかっていた。耳納連山が羽毛布団を着て眠っているかのように見えたので、達岡はかわいくて思わず一人で笑い出した。

筑後川は上流にダムができるまで暴れ川であった。

洪水は恒例のように毎年筑後川流域を襲った。達岡も経験した昭和二十八年の大水害は地獄絵であった。ダムもほとんどなかったのでバケツを引っ繰り返したような雨が、そのまま河川に流れこんだ。何百人もの水死者を出した。目の前の川を家や人や、馬や牛が流されていった。上流にダムができて筑後川は蘇《よみがえ》った。

梅雨が三日後に明けると気象庁の発表のあった日、達岡は薄日のもれる筑後平野を定時定点観測のあと、八代田綾の家を車で探し回った。原鶴温泉祭りの夜は月が出ていなかった。八代田綾の家をなかなか特定できず、筑後平野をさまよった。

筑後平野から耳納連山の涅槃仏姿を真横から見て一等良い眺めは、朝羽大橋と両筑大橋の間の川辺りの土手道と達岡は考えていた。川開き祭りの夜に見た耳納は、その道筋からの眺めと達岡は感じていた。達岡はその姿を頭に描いて小さな道を車で回っていると、あの夜の耳納と同じ姿を見たと思った時、八代田綾の居酒屋を見付けた。

車を徐行させながら店の前を通ると、八代田綾が、暮れなずむ耳納連山に向かって、静かに手を合わせている後ろ姿が目にはいった。


耳納にかかる雲は夏の入道雲に似てきていた。

今年の梅雨は降雨量はあまり多くなく、洪水の出るようなことはなかった。だが、台風十九号の風倒木で荒廃した山は、少しの雨でも崖崩れをおこした。倒れた風倒木が橋に引っ掛かり川を堰止めて、増水した流れに巻き込まれて死者も出た。

梅雨明け宣言は出ても、夏らしい太陽はほとんど見られず、低温と雨の日がずっと続き、お盆すぎになってやっと暑い日が少しあるようになった。達岡は毎週の定時定点撮影を続けながらも、筑後平野の稲の作況が素人目にも悪いのがはっきりわかった。二、三年前、意識しはじめた頃の夏の耳納連山は、燃えるような太陽の炎の中に浮きあがって見えた。

耳納連山を涅槃仏でなく、まだ巨鯨としてとらえていた頃であった。甘木《あまぎ》の三奈木あたりから見た耳納連山は、涅槃仏の頭の方が陰になって見えにくい。あまりにも強い夏の陽射しで大気は熱せられ陽炎が立ち、遠景がかすむなかで耳納連山だけが元気で大海を泳いで回る青い巨鯨に見えた。耳納には入道雲が似合うが、今年はそのような光景も見なかった。霧雨で耳納が薄《うっす》らとベールを被っているのに、近くの田畑の上にはカラスの大群が、異様なほど群れ飛んでいるのが見えたりもした。

お盆すぎの入道雲が立った日、西から電話で、甘木の板屋という所にある福岡センチュリー・ゴルフクラブの〝わらべ（堂）地蔵公園〟から見える耳納連山は、素晴らしい眺めですから行って見ませんか、と誘われた。

ゴルフをしない達岡も福岡センチュリー・ゴルフクラブが日本有数のコースであると聞いていた。達岡の近所に住む庭師が、福岡センチュリー・ゴルフクラブの植木や庭園を見せてもらいたいと申し込んだが、断られた話を聞いていた。

「メンバーでもない限り、センチュリーには入れないのではないですか、私はゴルフはまる切りしたことがありませんから」

達岡は西に尋ねた。

「私はメンバーですので、支配人に頼んだら許可をしてくれました。原鶴大橋の下の駐車場で待っています」

西は良いものを見せたいという気持ちで、弾んだ声で言った。

福岡センチュリー・ゴルフクラブは筑後平野を隔てて耳納連山と対座する甘木側の山裾にある。人の背の高さ以上の大きな石を積み重ねて造った門をはいると、一キロ半もの欅の並木道がクラブハウスまで続いていた。途中に守衛の詰所があり、許可なくしては入場出来なくなっている。ゴルフ場に来たことのない達岡は、厳重な警戒に驚いた。

並木道の両側はゴルフコースになっていて、芝や大きな樹木が隙間ないほどに植えこまれ、途中に人工の滝も落ちている。下界とは隔絶された磨き上げられた緑の別世界であった。達岡は気が遠くなるように感じ、言葉が出なかった。西も黙っていた。

大理石で出来たクラブハウスは深閑としていた。ゴルフ場はこんなに静かなものかと、達岡の想像していたのとは全く違っていた。午後二時頃で一番陽が高かった。スタート室の女性が達岡にも丁寧に挨拶した。裏庭は大きな日本庭園になっていて、池があり、巨大な石の峰が山水画の世界を造っている。

暑い陽射しの中を西と達岡が歩き出すと、スタート室の女性が、乗用カートを利用して下さいと呼びかけてきた。西が礼を言って、日陰にあった二人乗りのカートを出してきた。

クラブハウスから葛折の坂を登った。急な坂で、わらべ地蔵公園までは距離もあった。〝慈悲峠〟というニック・ネームのついたホールの横を通って小高い山の頂上にむかった。

「この〝慈悲峠〟というホールはこのコースでは一番難しいホールで、メンバーの間では、〝地獄峠〟と呼んでいるのですよ。ちなみにこのセンチュリーは、今のところで日本でコース・レイトの高い、難しいコースとなっています」

西は達岡に説明した。カートは急な坂を登った。ゴルフ場が真下に見えてきた。真夏の陽光に、耳納連山は陽炎でぼやけていた。丘の上から耳納連山の全体が真正面に眺められた。

耳納連山は堂々として延々と横たわっていた。

山の頂上に近い所にでき上がったばかりのわらべ地蔵公園があった。そこに地蔵が何段も並んでいる。地蔵は百八体あって、全て子供の地蔵で、十二支に因んだ地蔵があれば、受験地獄に悩む地蔵、あるいはゴルフが上達せずに泣きべそをかいている地蔵もいる。

いろいろな表情をしているが、皆な涅槃仏の形をした耳納連山にむかって手を合わせている。

公園の東屋《あずまや》のベンチにこしかけて、西が持ってきていた缶ビールを達岡は飲んだ。十八ホールのゴルフ場が真下に地図のように小さく見え、所々でプレーしている人達が蟻が動いているように見えた。プレイヤー達の一喜一憂も、こうして見れば他愛のないことに見えた。

「達岡さん、毎年、このようにやさしくて、真っ白に近い入道雲が耳納に立ち始めると、たちまち秋に入ります。今年は真夏がなくて、梅雨からいきなり初秋ですね。私は秋はとても好きなんですけど、今年の秋はなんだか淋しそうな気がします」

西がぽつりと漏らした。

日は高く、蟬の声も喧《やかま》しかった。

「古森さんが早く帰国なさるとよいですね。あの方はお仕事は何をなさっているのですか」

　達岡は前から聞きたかったことを西に尋ねた。

「私もよく知らないのです。自由業であることは間違いないと思います。年齢から見ても、まだ第一線を引退しているとは考えられませんもんね。もうすぐ秋ですから、秋になったら元気に帰ってまいりますよ」

　西は少し奥歯に物が挟まったような感じで言った。達岡は古森に会いたい気持ちが湧いてきた。古森にこの耳納の景観を見せてやりたかった。

第四章　秋

西と会った四日目の朝、達岡が朝目覚めて窓をあけると、西が予言していたように、ひんやりとした秋の風が吹き込んできた。空気が急に透明になったように感じ、空を見ると白々とした清澄さが目に痛い。急いで庭に降りた。昨日までとは全く違った大気の軽やかさを感じた。雲を見ると入道雲が消えて刷毛で払ったような薄い雲が棚引いている。雲の色が純白になっていた。遠い山の稜線を見ると、すぐ近くに見えるようにくっきりと見える。

「ああ、秋が来た」、独り言をいった。

毎年、初秋を告げる白々とした日が来ると、達岡は大声を出して妻を庭に呼び出していた。妻は微笑みながら降りて来て、空を眺めていた。妻もこの日が好きだった。胃腸が弱かったので秋が来ると喜んだ。

この日から冷たい麦茶に替えて、温かい煎茶を妻が入れてくれることにしていた。呼び出す相手のいないのに達岡は気付いた。煎茶を入れて飲んだ。爽快な風が吹き込んできたが、心は冷え冷えとしていた。

朝食をすませると、溜った洗濯物、掃除をすませ、一週間分の買物に出掛けた。近くの店で買物するのは侘しいので、少し離れた近所の人と顔を合わせない店を選んでいる。

昨日とは全く違った大気の肌ざわりである。さらりとして毛穴が開き、皮膚が充分に呼吸出来ているのがわかる。物が驚くほど遠くまで見えた。頭がすっきりした感じになった。

正午近くになると朝に棚引いていた薄雲が流れ去り、円《まろ》やかな片雲が漂っていた。達岡は急に耳納を見たくなった。用事を済ませると耳納連山に行った。初秋を迎えて耳納連山は、姿を鮮明に浮きあがらせ、悠々と構えている。

達岡は原鶴温泉の対岸の土手道を降りて鰻屋に寄った。初秋が鰻屋に引き寄せた。

老舗らしく、週日でも客が多かった。鰻重を食べて生ビールを一杯飲んだ。初秋の乾いた大気に合って旨かった。旨いものを旨いと言える相手がいないのが、淋しかった。あまりにも気持ちの良い天気だったので、土手道で酔いを醒ますと久留米の方まで足を延ばしてみる気持ちになった。土手道を恵蘇宿《えそのしゅく》橋《はし》、朝羽《あさは》大橋《おおはし》、両筑《りょうちく》橋《ばし》を抜けると、筑後川大橋の袂の片の瀬温泉に出る。

原鶴から片の瀬までの土手道からは、耳納連山が左側の真横に見え続けて、まさしく耳納の寝姿を見る格好のコースであった。耳納の稜線、テレビ塔、古森が帽子の展覧会場と譬《たと》えた小さな峰々が手に取るようにはっきり見える。片の瀬温泉は筑後川に面した小さな温泉地で名物の鮎料理の季節を迎えていた。達岡は初めて片の瀬温泉の存在を知った。片の瀬温泉で車を降り筑後川の川面を見ていると、急に善導寺に行ってみようと思い立った。

善導寺には、地名にもなっている古刹がある。昨年の中秋の頃、妻の病状が悪化の一途を辿っている時、久留米に見舞に行っての帰りに善導寺という寺院の案内板に惹き付けられて訪れた。国道二一〇号線から少し入り込んだ松林の中に幾つかの古い伽藍が建っていた。古色蒼然とした佇まいで、冷たい風が吹き荒れていたので、余計にその感を深くした。達岡は境内の本堂に行き、妻のことを祈願した。

あれから一年過ぎていた。

あの時、境内に途轍もなく大きな樹があったのを思い出した。あの樹はなんという木だったのか、何故か達岡の心に残っていた。

筑後川大橋を渡って左に曲がり二一〇号線を目ざした。

今度は耳納を真正面に見て走ることになる。午後の強い日差しで朝より稜線が霞んできていたが、山肌の樹々もはっきり見えた。これまで達岡は耳納連山を日田方面からと真横からは意識して眺めていたが、久留米側からは見たことがなかった。筑後川沿いの土手から見ると平坦に見える耳納も段々近づくにつれて、頂上の峰々が意外に凹凸があり、険しく厳しく、ささくれ立っているのがわかる。

片の瀬温泉から二一〇号線に出た所は、涅槃仏にすれば腰のあたりにあたるところであった。

右に曲がって二一〇号線を暫く行くと、善導寺と書いた交差点があり右折した。住宅街を迷い、やっと山門についた。記憶していたのとは大分違った光景である。車から降りて長い石畳の参道を歩いた。両側に石塔が立ち並んでいる。境内は大樹に鬱蒼と被われて薄暗かった。初秋が来たばかりと言うのに、境内はひんやりとしていた。

公園の先の松林の中に高校生の男女らしい人影が見えたが、それ以外には誰もいない。

広い境内には、疲弊した伽藍が点在している。境内の真ん中に、楠の大樹があった。これまでいろんな大樹は見てきたが、これほどの大きなものを見たのは初めてだった。二本の大きな楠が接近して立っている。

案内板によると、両方とも樹高は四十メートル、根回りは三十メートル、胸高における樹周囲は十メートルもあり、樹齢は八百年とされている。両樹の樹葉によってできる樹陰は何千平方メートルにも及ぶと思われる。樹の枝が大きくなりすぎて、石柱で支えてあったりした。他にも菩提樹、杉、銀杏、欅、紅葉などの大木が境内にあって、ほとんど空は見えないほどである。

昨秋は妻の平癒祈願をすませると早々に境内をあとにしたので、印象の違いに驚いた。時々、葉末《はずえ》を鳴らして初秋の白い風が吹き抜けた。一本一本の大樹を見て回り、時には垣根を越えて子供のように樹囲を測ったり、落葉を拾ってみたりした。花とか木の好きであった妻が生きていたら、どんなに喜んだだろうかと達岡は思った。

傾きかけたり、隙間が目立つ傷んだ御堂も一つ一つ丁寧に見て回り、祈願した。しかし、何を祈願したらいいか、達岡には思い浮かばなかった。自分と娘の健康のことぐらいしか思いつかない。これも自然にまかせるしかない。達岡がいる間、境内を訪れる者は誰一人いなかった。話しかける相手のいない寂寥感がひしひしと胸を打った。

陽射しも日暮れが近くなるにつれて澱んできて、耳納連山も久留米側の方から紫色に染まってきていた。

達岡は国道に出て日田の方へ帰りかけたが、車を止めて耳納連山を見上げた。中腹にはいろんな形をした小さな山々が幾重にも突出していて、いびつな形さえしている。

達岡は、耳納の恐い面を見た気がした。耳納はたおやかで大人《おとな》しいだけではないのだ。内部に苦悩を秘めているのが達岡にわかり、慄然とさせられた。

誘いこまれ善導寺駅から、草野の方へ達岡はハンドルを切った。

草野は涅槃仏の大腿部にあたる。山稜の真下に広がるこぢんまりした町である。古い家並みが残っていて、道は直角に曲がっていたりして城下町の趣があって、寺や神社の多い町でもある。草野から耳納を少し登ると中腹に発心《ほっしん》公園があり、さらに登っていくと連山の一角の頂上へ登れるようであった。達岡は時間を考えて喫茶店に寄った。古色蒼然としていて、喫茶店というより茶屋の感じで、暗い土間にテーブルと椅子が置かれているだけだった。

七十歳ぐらいの愛想のいい老婆がいた。

江戸時代から続いた大きな薬屋を買い取って、お茶とダンゴを出し、おみやげ品も売っている。江戸時代の薬品棚や明治時代の薬のポスターなども残っている。抹茶と煎茶と、漢方薬を煎じたようなお茶があるだけで、コーヒーや紅茶などはない。

達岡は抹茶と草餅を注文した。老婆は耳納連山の麓の村の生まれで、耳納を語る端々《はしばし》に嬉しさが表われていた。耳納連山が好きでたまらないようであった。

達岡は、自分も耳納連山に惚れ込んでいることを口に出したかったが遠慮した。耳納連山の麓でこうして生活を営むことができるのが、老婆の生き甲斐であるようだった。延々たる耳納連山の麓には、人間に役立つものが沢山あるのが老婆の自慢である。耳納山麓には柿山やブドウ畑、梨山、植木の栽培、田畑などは言うに及ばず、病院、老人ホーム、肢体不自由児施設、学校、神社仏閣、結婚式場、火葬場、ゴミ焼却場、植物園、ワイン工場、レストラン、料亭、喫茶店、ゴルフ練習場、公園、モーテルなど、ないものはないと老婆は自慢した。

なるほどと達岡は感心した。日本に名山と呼ばれる山は沢山あるが、山の麓にこれだけ多様なものを備えている山はあまりないと思った。老婆は急に思いついたように大声を出して、達岡に言った。

そうそう、もうひとつ大事なことを忘れていた、と達岡の手を取って戸外に出た。そして、連山のひとつで、山の樹木がなくなって原っぱのようになっているところを指して、あそこにはハング・グライダーが飛び立つ基地があるのですと、嬉しそうに教えた。

毎年十月の日曜日に大会があるという。そうか、耳納連山にはハング・グライダー基地まであったのか、と達岡はもう一度見直した。稜線にはいくつかの巨大なテレビ・アンテナも建っている。それが竹トンボのように見える。

夕暮れがいよいよ迫ってくると、耳納の中腹の小さな峰々に夕靄が流れ込んできて、普段は隠れている峰々を浮きあがらせていた。

その日、達岡は日暮れて耳納が見えなくなるまで麓を彷徨って、夜になって家に帰りついた。

風呂からあがると、久しぶりに燗をつけて酒を飲んだ。帰りがけに買ってきた鮭弁当と豆腐を肴にしてコップ酒にした。秋の到来を感じさせる日に、妻はいつも湯豆腐を作ってくれた。達岡は妻が土鍋の底にダシ昆布を布いていたのを思い出し、そのようにした。煮過ぎて豆腐に鬆《す》が出来ないように妻は気を付けた。快い夜に湯豆腐が、コップ酒に合った。

秋が酒を呼ぶ。

久しぶりの外出と老婆との長話で、快い疲労が酒と合って、心と体をしびれさせた。

二、三杯飲んだ頃、今夜は酔い潰《つぶ》れるかもしれないと予感した達岡は、夏布団を寝室から持ってきてソファーにおいた。

ソファーに吸い込まれていく陶酔感を覚える。

達岡はコップ酒をかさねる。水のように酒が快く喉を通っていく。

老婆の店を出て、達岡は本仏寺の下の耳納連山を見渡せる所に車を止めて、暮れ切ってしまい耳納が黒い塊になるまで見続けた。耳納連山は、夕焼けに山肌が染まりはじめると、朱色から金色に、それから銀色に輝き、次第に鎮《しず》まってきて銅色になり、最後は鉄色の塊になっていった。

酒をあおりながら、一刻一刻変化していく耳納連山の山色を思い浮かべて、自分がその中に吸収されていって恍惚となっていた。酔いが達岡の頭から、耳納の山容を遠ざけていった。夜半に、ひどい口渇で、達岡は耳納の山中に湧きでる岩清水を何度も飲んでいた。それでも渇きがおさまらなく起きあがった。夢の中で岩清水を飲んでいたのだ。

一升びんを抱いたままで、達岡は寝込んでいた。酔ったときは、妻がいつも枕元においてくれていた魔法ビンの水差しを手探りしたが、なかった。

次第に、妻が亡くなっていて、自分が独り者なのに気付いた。抱きかかえたままの一升ビンをおろして、カーテンを開けた。

夜は明けていなかった。

冷蔵庫の麦茶のビンを取ると空であった。昨日作るのを忘れていた。昔みたいに焼麦を煮立てなくても、冷水に麦茶の袋を入れればよかったのを、達岡は酔って忘れていたのだった。氷水でもと思って冷凍庫をあけたが、氷も作り忘れていた。水道水をそのまま飲んだ。少し生ぬるく、麦茶のように一気に飲めなかった。

一息ついて、庭に見える部屋のカーテンのガラス戸を開けると、涼しい風がはいってきた。

煎茶を入れて飲んだ。初秋の明け方の煎茶は、びっくりするほど美味しかった。達岡は、ふと妻のことを思い出した。ずっと達岡の家では豆腐といえば、冷や奴も湯豆腐も木綿ごしだった。達岡が木綿ごしの歯応えが好きだったからである。妻も好きなのだと思い込んでいたら、妻と娘の会話を聞いた。妻は絹ごしの繊細さが好きだと話していた。妻が、自己主張、好き嫌いを隠して達岡に合わせていたのかと思うと、少なからず達岡は衝撃を受けたのだった。

またある冬のことであった。

達岡が帰宅すると居間がほどよい室温に暖められていた。その日、機嫌の悪かった達岡は、暖房は自分が帰宅してから入れないと、贅沢だと妻を非難した。

妻は何も口答えしなかった。

規則正しく帰宅する達岡に合わせて、妻は暖房を入れていたのを、後で娘から教えられた。

それを聞いたとき、自分の浅慮が、情けなく侘しく思った。妻は、達岡のことをどう考えていたのだろうか。先日、友人と飲んだあとタクシーで帰っていた時、運転手から聞いたのを思い出した。ぐでんぐでんに酔っ払った客を乗せたら、その客がいくら電話しても女房の奴が出ない。酔った時には、車で迎えに来てくれるのに、と怒っていた。家に着くと、裏口を激しく叩いて妻の名を呼んだ。運転手は数カ月前に客の妻が死んでいたのを知っていた。そっと、客にそのことを告げた。客はがっくりと膝をつくと、大声で泣きだした。

達岡は再び寝入った。自宅の座敷に鋼製のベッドが置かれ妻が寝ている。妻は人工呼吸器に繋がれて、体は全く動かない。瞼は閉じている。人工呼吸器の音だけがしている。達岡はベッドの傍のソファで本を読み、時々妻を見る。人工呼吸器の異常を知らせる警報ブザーに驚いて達岡は飛び起きた。暫らく震えが止まらなかった。夢であることが、やっと分かった。妻の死はあれでよかったのか。やるべきことがあったのではないか。

酔っ払って、達岡は妻の死を失念していた。

東の空が白んできて、庭の樹木がうっすらと浮かびはじめていた。庭に降りていった。達岡は八代田綾のことが頭を過《よぎ》った。離婚した綾は、どんな妻であったのだろう。従順であったのか、それとも自己主張の強い女性であったか。思いやりの深い妻であったのではなかろうか。

それ故に家族の驚きは強く、またその行動も是認され耳納に戻って来たのではないか。

九月下旬に小さな台風が来た。

風も弱く、雨量も少なかったが、台風一過の快い日になった。その日の午後、達岡は定時定点観察に出た。八月下旬からの天気の回復で稲作も少し盛り返してきているようであった。が、全体的に色が悪く出来は良くないようである。雲が渡って翳りがさすと、秋は終りみたいな淋しさを感じた。

平成ビューホテルから眺めると、幾つかの小学校で運動会をやっていた。

近頃は春先に運動会を済ませる小学校が多くなってきたが、運動会はやはり秋がよい。

なんと言っても、高い青空のもとでやるのが良い。陽が弱くなりはじめると、達岡は両筑大橋へ降りていった。運動会があるせいか、人も車もほとんど見かけなく、達岡は不思議な気持ちになってきた。何か不安な気持ちであった。

達岡は両筑大橋を渡って少し行ったところに車を止めて、田んぼの畦道に入り込んでみた。

耳納連山が真正面に悠然と構えている。

耳納の美しさに、達岡は気後れを感じるほどであった。五葉山を真っすぐ見る畦道を、いつの間にか歩きはじめていた。しばらく歩いた時、横道から人影が近づいて来るのが見えた。稲穂の陰に、小さな人影は時々消える。近づいて見ると、手押し車を押している老婆であった。青っぽいもんぺ姿で、頭に日除けの白いタオルを被っている。耳納連山の方向へ進んでいた。達岡は擦《す》れ違った。手押し車の中には、何も入っていなかった。

見渡す限り人も家も見えない。

しばらく行くと、五歳ぐらいの黄色い服を着て、麦わら帽子を被った女の子が、黙々と泣きもせずに歩いてきた。声を掛けたが返事をしない。先ほどの老婆とも、関係ありそうになかった。またしばらくすると、黒猫が一匹歩いてきていた。赤い首輪に鈴がついている。これも黙々と、急ぎもせずにゆっくり耳納連山の方へ歩いていく。大平野の中の畦道を老婆、幼女、猫が同じ道を同じ方向に歩いていく。お互いに関係がありそうになかった。達岡は別世界に迷い込んだような錯覚と不安に襲われ耳納連山を見上げると、耳納連山はそのままの姿で達岡を優しく見つめている。

達岡は恐怖心に襲われて、車に戻った。

想像していた以上に、達岡は車から遠い所まで行っていた。国道に戻ると夕闇が迫り、車や人通りが多くなっている。老女、幼女、黒猫のことを達岡は誰かに話したくて仕方がなかった。達岡は八代田綾のことを思い出し、方向を変えた。そこに行けば西にも会えそうに感じた。綾は暖簾《のれん》を掛けているところであった。達岡を見ると嬉しそうに頭をさげた。

「午後三時頃に西さんから電話があって、今夜、達岡さんを誘ってこちらに行くと電話があったのですよ。ただ電話しても達岡さんが居ないので、少し遅れるかもしれないと仰しゃっていましたのよ」

　達岡が昼から家を留守にしていたことを告げると、綾はすぐに西に電話をした。

「西さん、今からすぐいらっしゃるそうで、お先に一杯やっていて下さいとのことです」

「いや、西さんの到着するのを待っています。お酒は一緒に飲み始めるのが良いのです。少し熱めのお茶を下さい」

　綾の店は三和土《たたき》に七席の背もたれの付いたゆったりした椅子がおかれ、部厚い幅の広い木のカウンターがある。綾が接客するところは畳敷きになっていた。椅子席からカウンター越しの北向きの窓からは耳納連山が正面に備え付けの絵のように眺められた。達岡は陶然となった。このような席を作っているのを見ても、綾が耳納連山をいかに愛しているのか分かった。

　奥から暖簾を押して、綾がお茶を持ってきた。

「綾さんは、心から耳納連山が好きなんですね」

　思わず達岡は呟くように言った。

「ええ、大好きなのですよ」

　綾は何の照れも恥じらいもなく素直に答えた。

「達岡さんも、お好きなんですか」

「ええ、私も好きなんですよ。老いらくの恋みたいで恥ずかしいのですが」

「まあ、老いらくだなんて、達岡さんはまだお若いのに」

綾はいたずらっぽく笑いながら達岡を睨んだ。

「それにしても見飽きない山ですね。興味のない人から見たら、何の変哲もない山にしか見えないでしょうけど、痘痕《あばた》もえくぼかもしれませんね」

達岡は照れ隠しに笑った。達岡は後悔した。耳納に惹かれて戻ってきた綾にとっては、不謹慎な言葉と思った。が、綾は微笑みを変えなかった。達岡も綾が家庭まで捨てたことは知らないことになっていた。

「お待たせして、すみません」

西が息せき切って入ってきた。赤銅色の額に玉の汗が光っていた。三人はビールで乾杯した。

「今夜は綾さんの店で、達岡さんと飲みたいと思いはじめたら我慢ができなくて、ずっと達岡さんに電話をしとりました。もし、達岡さんを摑まえきらなかったら、わしは狂い死にしていたでしょう」

と西が大げさに言ったので三人は大笑いになった。ビールのあとは酒になった。

「達岡さんは、きっと耳納連山の見えるどこかにいると思っていました。でも、広すぎてさすがに探しようがなかった。しかし、今夜は必ず会えると思っていましたよ」

西はぐいぐい飲みながら言った。達岡も、西に今夜はこの店で会えると直感したと言うと、

「まあ、二人はまるで恋人みたいね」

と綾が茶化して嬉しそうに笑った。

三人はまた乾杯した。耳納連山の東の端に月があがった。皓々とした月光を受けて連山は、眩しいほどに青く輝く。耳納の稜線を鳥が群れをなして越えていくのが見える。

平野の畦道をある間隔をもって歩いて行く。老婆と幼女と黒猫のことを達岡が話した。

三人とも、しばらく沈黙した。

「その老婆と幼女と黒猫は家族で、一緒に出発したのだけど、段々差がついたのよ」

綾が口を切った。

「その割には老婆は遅れた幼女や猫のことを心配していなかった。それに、老婆と離れれば、大概幼女は泣いて後を追うはずだし、黒猫も黙々と歩いていた」

あの時の情況を頭の中で何度も反復して、達岡は言った。

「みんな耳納に向かって歩いていたのですね。それは耳納の霊魂に魅せられた者たちが、耳納の神に招かれていたのでしょう。老婆も幼女も黒猫も幻であったかもしれない。それは耳納に魂を奪われた人にだけしか見えないのです」

西が真剣な顔で言った。三人の間に沈黙が流れた。

「西さん、それは穿《うが》ち過ぎですよ。耳納にはそういう霊とか魂とかいったもののない、人間を暖かく抱きこんでくれるところが魅力なんですから」

綾が西を少し責《せ》めるように言った。

「ごめん、ごめん。あまりに不思議な話だったものだから。老婆も幼女も猫も単なる散歩の帰りだったのかもしれない。達岡さんが見たという場所に僕も行ってみましょう」

西があやまるように答えた。

月がいよいよ高くなり輝きを増し、裾野の村々を昼のように明るくし、峰々の陰影が濃さを増してきた。三人は耳納をただ眺め続けた。

「古森さんが十月中旬に帰国して、十月二十日の夜にこちらに来たいと連絡がありました」

西が沈黙を破るように言った。達岡と綾がびっくりして西を見た。

「帰ってきますか。それはよかった」

達岡が嬉しそうに言った。綾も頷いた。

「結麗桜《ゆうれいざくら》を見に行ってからですから、半年ぶりになります。古森さんは前から耳納連山の見える筑後川の川原で、薪能《たきぎのう》をしたい夢を持っていたのです。しかし、諸般の事情からとても実行不可能と考えたらしくて、この四人で川原で鮎を焼いて月見をして、月の夜の耳納連山を楽しみたいとのことのようです」

西が古森の言付《ことづ》けを伝えた。

「素晴らしいことですね。是非実現させましょう」

綾が顔面を紅潮させた。

「私が全て準備します。場所は恵蘇宿橋と朝羽大橋の間、土手下のゲートボール場の横がよいと思います。そうだ、鮎は達岡さんにお願いしましょう。鮎は日田の名物ですから」

西は強い意志を示すように言った。

綾の店の帰りに、花火大会の夜に寄った原鶴のバーに西と達岡は寄った。客はいなかった。

鵜飼の遊船も終って、筑後川はひっそり月影を浮かべていた。耳納にかかる月は草野あたりまで移動していた。逆光をうけた涅槃仏の上半身は暗くシルエットになっていた。

達岡と西はウィスキーの水割りを飲んだ。

「達岡さん、これから申し上げることは誠に失礼なことと思いますが、お聞き捨てにして下さい」

西が静かに口を切った。

「奥さまがお亡くなりになって一年近くになると思いますが、八代田綾さんと再婚なされたらいかがでしょうか」

「えっ」

思わず達岡は大声を出した。

「不躾《ぶしつけ》なことを言って申し訳ありません。私も考え抜いた末のことなのです。達岡さん、人間は一人で暮らすより、やはり二人で暮らした方がよいのではないでしょうか。達岡さんも綾さんも、独り身。お似合いのカップルと思います。それにお二人とも、この上なく耳納連山を愛しているところも。これは古森さんとも、どちらが先というのではなく、自然に話し合ったのです。本来年長の古森さんからお話しするところですが、帰国が遅くなり、私の方から勧めてみるようになったのです」

二人の間に沈黙が流れた。達岡さんの顔に困惑と沈痛な表情があらわれた。

「このことは綾さんには、まだ言っていないのですね」

「勿論、ひと言も言っていません。先ず達岡さんの意向をお聞きしてからと思いまして」

「ああ、そうですか。それはよかった。西さんと古森さんの御意向には本当に感謝いたします。妻が死亡して一年を過ぎようとしています。心身共に独り暮らしがボディー・ブローのように効いてきて、疲労を感じるようになってきました。しかし、一方では亡き妻のことをよく思い出したり、また有難みが分かってきましてね。気障《きざ》かもしれませんが、妻への愛を近頃感じているのですよ」

「そうでしょうね。それが夫婦の本当の愛情といえるのでしょう。達岡さんはまだまだお若いので、これから先の人生、一人では癒せぬこともありましょう。綾さんは優しい人で、達岡さんの相手として申し分ないと思います」

「一人より二人で生きるのが自然と思います。話し相手のいないことは淋しいものです。とくに美しいものを美しいと、讃え合える相手がいないのは耐えられないほどに淋しいことです。そういう時には心から孤独を感じます」

「綾さんは、耳納連山をこよなく愛しています。そういう点でも達岡さんとはフィーリングが合うのではないでしょうか」

達岡は、うーんと呻ると、暫く沈思した。

綾の離婚が耳納に惹かれたためといった単純至極なものでなく、厳しく困難なものであったのは、達岡、西、古森は百も承知していた。三人の間では、綾と耳納連山の関連を美しい寓意《ぐうい》と暗黙のうちに諒解し合っていた。

「綾さんは耳納連山を離婚の苦しみを癒す拠《よりどころ》としている人です。その人が耳納連山以外のものに心を移すことが出来るものでしょうか。もし、この話が綾さんの耳に入ったら、綾さんは落胆するでしょうね」

「私も、そこまでは配慮していませんでした。人間は年ごとに成長して、考え方も変わってきているかもしれませんが……。それに人生には限りがあります」

「いや、綾さんの耳納に対する想いは変わらないと思います。この話、私のことを親身になって考えていただいて有難うございます。古森さんには、私には話し出せなかったことにして下さい。西さんも私に話さなかったことにして下さい。綾さんをそっと見守ってあげましょうよ」

　西がうなずいた。

「耳納がつくってくれた麗しい人間関係を大切にしたいのですね。達岡さんは心から耳納を愛しているのですね」

　と西が静かに言うと、ウィスキーを一気に飲んだ。二人は代行タクシーを呼ぶと一緒に帰った。

　夜、達岡が風呂からあがって日記を書いていると東京の娘から電話があった。

「今日、昼から電話をしているけど全然出ないので心配していた。良い人ができてドライブでもしているのだったらいいけど、耳納の山中の谷でも落ちこんでいたら大変と思っていた。良い人ができたのだったら、お父さん、その人と結婚したらどう。人生は長いのだから、これからが大変よ」

　達岡の脳裏に綾のことが浮かんで、動悸が打つのがわかった。

「お前は何を言っているのだ。この前、お母さんが亡くなったばかりというのに」

「あら、もうすぐ一年になりますよ。生前のお母さんが一番心配していたのは、お父さんの再婚のことだったのよ。お父さんは何もできない人だから、良い人がいたら一緒になりなさいよ。お母さん、化けて出てくることなんかないわよ。お母さん、本当にお父さんのこと愛して、心配していたのだから、その事をお母さんは、お父さんに告げたかったのだけど、筋力が弱くなってきて、言葉も出せない、書くこともできなくなっていたのだからね」

「親を茶化すのではないよ。それより、お前、東京から早く引き揚げてこい。日田までとは言わないが福岡まで帰ってこい。東京に居たってどうしようもないだろう」

達岡は日頃言いたかったことを一気に言った。

「この前までは、帰ってきたらどうか、だったのが、帰ってこい、になりましたね。大分切羽詰まってきましたね。ここが汐時《しおどき》。桑原、桑原」と言うと電話を切った。

達岡は苦笑したが、娘の言っていた妻のことが心を締め付けてきた。

妻は本当に達岡の再婚のことを考えていたのだろうか。

その夜、達岡は耳納をめざす老女、幼女、黒猫、西が勧めた綾のこと、妻のことが頭の中で混乱してなかなか寝付けなかった。

古森と再会できる十月二十日が近づくにつれて、達岡は落ち着きを失ってきた。

十月十四日と十五日は耳納連山のイヤリングにあたる仏舎利塔のある本仏寺の日

蓮上人御会式があり、夜は提灯行列で大変賑わうと、達岡は前に西から聞いていた。十四日の夜の二一〇号線を浮羽に行くと、山裾に長い提灯の列がずっと延びていて、太鼓を手にして叩きながら大勢の人々が歩いているのが見えた。

その行列は吉井駅あたりを出発して本仏寺の仏舎利塔をめざしている。数十人一組のグループが数十組あるようで、遠くから信者が集まり、次々に行進しているようである。道路は交通規制がしかれていて、本仏寺に近づけない。

なかには山車《だし》を引いているグループもあり、太鼓を叩きながら経文をとなえ、時には大声で調子を取ったりしている。見物人が本仏寺の山から境内にかけて、大勢押しかけている。団体が山門にさしかかる度に大歓声があがる。達岡は稲穂の中の畦道に立って眺めていたが、行列は尽きることなく続くので、帰ることにした。

見上げると、桔梗色をした月の光が耳納の山々を昼のように明るく照らしていた。

長い行列の太鼓の音には耳納も驚いていることだろう。達岡は、ふと、耳納連山の山頂を走る耳納スカイラインを車で縦走してみたいと思った。西が前から一度行ってみませんか、素晴らしい眺めですよと勧めてくれていた。

家に帰りついた達岡は、西に案内してもらおうと受話器を取ろうとして止めた。

西が今仕事に追われていることを知っていた。どんなに忙しくても、西は断らないと思った。

確《しっか》りした道ができていますから、迷うこともなく危険はありませんと西は言っていた。

一人で行こう、そして、じっくりと耳納山頂を見て、そこからの眺めを脳裏に写し込んでこようと決心した。だが、次の瞬間に綾の姿が浮かんできた。綾を誘ってみよう。長い間耳納連山を見続けている綾であるから耳納スカイラインも通っている筈だ、案内をしてくれるだろう。

達岡は受話器を取って番号を押した。綾の静かな声が聞こえた時、達岡は受話器を置いた。

高鳴った胸を撫で下ろすように深呼吸を繰り返し、台所で水を飲んだ。

自分一人で頂上を走ろう、それが一番耳納に打ち込めるのだと、自分に言い聞かせた。

耳納連山を縦走する前日、達岡は書店で浮羽《うきは》郡の地図を求めたが、独立して一枚に収まったものはなかった。そこで、達岡は国土地理院発行の地図から耳納連山に関係した部分を五枚拡大コピーしてもらった。帰りに車の点検をして、魔法ビンの丈夫な一リットル入りを買った。夜、地図で入念に登り口と縦走コースの下調べをした。だが、初めてのことであるから皆目見当がつかない。成り行きにまかせるしかなかった。それにしても、あの耳納連山の屛風のような稜線の上を車で行けるものか、またどんな絶景が待っているのかと考えると寝付かれなかった。

朝早く起きて、にぎりめしを作りにかかった。妻はこんな時には、達岡の好きな梅干、鰹ぶし、缶詰の鮭入りを作ってくれた。達岡はまねて作りにかかった。どうしても三角形に握れず団子状になった。誰も見ているわけではないし、それにタクアンを添えて持っていくことにした。雲がわずかに浮かぶ好天であった。

日田では稲刈りがはじまっている。筑後地方よりひと月近く早いようである。

達岡は耳納連山へはいり込む前に、二一〇号から左に少しはいった清水湧水《きよみずゆうすい》に寄った。日本名水百選の一つであるらしい。この湧水に、達岡は記憶があった。十年ほど前に達岡が胃病を患ってなかなか治らなかった時に、妻と長女がどこからか聞いてきて、清水湧水を汲みにゆき、それで漢方薬を煎じたりごはんを炊いたり、お茶を入れたり全てのものに使った。達岡は、名水が体によいとまでは信じなかったが、半月後には忘れたようによくなった。

清水湧水は、山裾のこんもりとした森の中に存在する清水寺の小さな池に、湧出している。境内の湧水池の番をしている老人が、一人石段に座っていた。

澄んだ池底の砂地が、時々浮き上がったり下がったりして、時に小さな水泡が出てきた。杉林を映した池は静けさの極みで、この湧水のために借景として森や寺院があるように思える。池番の老人によると一日七百トンが湧水していてどんな旱天《かんてん》が続いても、池の水位が下がることはないという。名水に選定されてからは都会から水を求めてくる人が多く、池を守るために檀家の人々が交代で池番をしているのだという。

この霊水と崇められている湧水に含まれる放射能は五ピコキュリーしかなく、普通の水は三〇ピコキュリーぐらいあるので、専門家の研究では、この湧水は少なくとも数十年前に地上に降った雨水が、今この池に湧き出てきているそうである。この池の下には八〇ヘクタール以上の涵養《かんよう》域があり、その水源は阿蘇山ではないかと推測されているらしい。朝の秋陽の中で池の水を杓《しゃく》に掬《すく》って飲んだ。老人がおいしいでしょうという顔で達岡を見た。達岡と老人は顔を見合わせて笑った。

達岡は計画通り、浮羽から八女に抜ける道を登った。

道は谷川に沿っている。車の往来はほとんどなかった。〝調音《ちょうおん》の滝〟から右折して耳納連山の背後に回り、そこから頂上の尾根に出ることになっている。十五分ほど行くと、かすかな滝音が聞こえ、〝調音の滝〟公園があった。達岡は手前の駐車場に車をおき、できたばかりの木橋を渡った。右手に高さ十五メートル、幅三メートルの小さな滝が見え、橋から下には滝水を利用したプールがある。中秋のウイークデーの午前中なので公園には誰もいないと思っていたが、公園内の東屋《あずまや》の中に三人の若いOLとおぼしき女性がいた。

言葉つきからどこか遠いところから旅行中と思われた。よくこのような、あまり名の通っていない滝を訪ねてきたものと、達岡は感心した。達岡の姿を見ると、滝を背景にして写真を撮ってくれと頼まれた。

〝調音の滝〟は耳納連山のなかの鷹取山に源を発している。滝は小さいが、緑黒色の岩肌を真っ白い泡を混ぜた澄みきった水が、小さな音をたてて流れ落ちてきている。先ほど見てきた清水湧水のように水は澄んでいた。秋の水は一年で一番きれいと言われている。滝に近づくと寒いぐらいで、崖上の喬木《きょうぼく》の中から〝調音の滝〟の由来のとおり妙なるメロディーを奏でて落ちてきていた。この滝水は筑後平野にはいると、筑後川と並んで耳納連山側を流れる巨勢川《こせがわ》となって久留米市で筑後川に合流する。滝の水は岩にあたって曲折して落ちるので、平仮名の草書体のように見える。滝の水に手に入れると、思ったより冷たかった。

ＯＬが去ると達岡は一人になった。魔法ビンの熱いお茶が中秋の季節に合っておいしかった。

時計を見ると十二時近かった。

〝調音の滝〟から折れ込むと道は狭く、カーブが多く険しかった。杉と檜が両側に密に植えられていて、風倒木になったまま放置されているところも多い。〝魚返《うおがえ》りの滝〟と〝斧淵《おのぶち》の滝〟を道下に見た。この辺りから山が深くなり車も人も人家も見あたらなくなり、昼なお暗いといった感じで心細くなった。

少し雲が出てきたようである。山中の道からは耳納の山影は全く見えない。時間は経《た》っていないのに、長い間運転しているように思え怖くなって引き返そうかと思った。その時、視界が少し開けてかなり広い茶畑と人家が二、三軒見えた。このあたりは八女に近く、茶の産地である。それから少し登るとまた茶畑があり、それをすぎると三叉路に出た。耳納に行くには左のような気がしたので、それに従った。

まもなく右手の山越えに平野らしきものが見えたが、左手は山が重畳するだけである。峠を越えたのか道が下りになった。その山々の中へ降りて行くようであった。車を止めて、引き返すかどうか迷った。先の三叉路を右手に行くべきであったかと考えた。車を道端に止めて、人が来るのを待った。十分ほど待つと中年の女性が運転する軽トラックが来た。

達岡が尋ねると、わざわざ車を降りて来て教えてくれた。やはり三叉路を右の方へさらに登らねばならなかったのだ。三叉路に戻りさらに登って行くと、道の左側に鷹取山の山頂への登り口があった。車を降りて、三十メートルほど登ると山頂に着いた。ここからは三百六十度展望がきく。誰もいなかった。鷹取山は耳納連山九百九十九峰と言われる山々のなかで一番高かった。標高八〇二メートル。

鷹取城跡には礎石と、案内板があるだけである。十三世紀の初めから四百年にわたって星野村を統治した星野氏が、この山頂に山城を築いた。東南面はゆるやかな山並み、北西面は急峻な斜面が浮羽から三井に下り、遠く甘木、朝倉を一望に見られる眺望佳絶の地である。難攻不落の要所で、幾多の攻防合戦が行われた。しかし、それらを偲ぶものは何もない。

ただ、絶景が残されている。

その後は、案内の地図看板のとおり、すこし戻って、耳納の頂上線を走る耳納スカイラインを走った。幅は広くないが舗装されている。筑後平野からは竹トンボみたいに見えるテレビ塔が、近くで見ると凄く大きいのに驚いた。それが幾つも立っている。テレビ塔のすぐ横にハング・グライダー基地の案内板があったので止めた。

先日、草野の茶屋の老婆が言っていたハング・グライダーの飛び立つ所である。石のごろごろした道を登った。何度もすべりそうになった。頂上は広くなっている。そこから先は絶壁で、ほぼ垂直に山が切り込まれていて、達岡は恐くて座りこんで下を見た。

ここから筑後平野が真下に見える。広大な平野の右寄りに、筑後川が蛇行して光って流れている。

国道二一〇号線沿いに浮羽、吉井、田主丸町のそれぞれの中心街が見え、左の先の方には久留米の市街地がかすんで見えた。定時定点写真を撮り続けている平成ビユーホテルも、高見の踏切も見える。原鶴大橋、恵蘇宿橋、朝羽大橋、両筑大橋、筑後川大橋もわかった。十月二十日に四人で篝火《かがりび》を行う場所も、恵蘇宿橋と朝羽大橋の間の筑後川沿いの土手道を見ていくと川原に小さい白い場所が見え、そこがゲートボール場と思われる。

眺め続けることはとてもできなかった。ここから飛び立つのを考えたら気が遠くなって背筋に電流が何度も走った。基地の頂上近くに大きなジープが止めてあって、何本ものアンテナが立っている。無線を聞くための調整を男性が一人やっていた。

いつの間にか雲が空をおおって筑後平野に広大な影をつくって、かなり早いスピードで移動していた。その影の中に久大線の黄色の車両一台だけの電車が、姿の割には大きなカタコト、カタコトと音をたてて、豆粒の大きさで走っていた。結麗桜のある萬山望高山農園、田主丸のレストラン「サンヤ」、草野の茶屋もすぐ真下に見える。筑後川より耳納連山側に〝調音の滝〟から発した小さな巨勢川が見える。耳納連山を父とすれば、筑後川は母であり、巨勢川は子供である。三者はまさに「川」の字を造っている。達岡は車に帰ると、弁当とお茶を出して、眺めのよい草地で食べた。風も強くなってきていた。

にぎり団子を食べながら、達岡は妻や長女や、古森、西、八代田綾のこと、また耳納連山が好きだと告白した高校の同僚の数学教師のことを思い出していた。

信じられないように、天気が急変し雨が降りそうになったので、達岡は出発した。

この先の道は道幅が三メートルぐらいで、まさに耳納の尾根を行く。道の両側は急峻な崖になっている。いよいよ雲行きが怪しくなってきた。発心城跡の案内板が目に入った達岡は、欲が出て車を止めた。

暗くなったなかを発心城跡をめざして、薄《すすき》をかき分けて歩いた。秋風が冷たいほどだった。

城跡は秋草の中に埋もれてはっきりしない。その先にグライダーの基地があるので足をのばした。プールの飛び込み板みたいな所だったが、下を見ると絶壁になっていて、目がまわった。

雨が降り出したと思ったら、あっという間に大降りになり、風が強く吹き出した。

走って車に返った。午前中はあんなに好天であったのに、烈しい雨と風になった。車の中に閉《と》じ籠もった。あたりは暗くなり、烈しい雨で視界は全くきかない。山と山とに切られて逆三角形に見えていた筑後平野は見えなくなった。

車の中でただ風雨の通りすぎるのを待った。

暴風雨で車が浮いて、激しく揺れた。流されるのではないかと思った。道端を川のように流れる山水を見た。草木が折れて車にあたった。ラジオを入れたが、雑音で何も聞こえない。十分も経ったのだろうか、次第に風雨が遠のいていった。すると眼前の霧が風に流されて、にわかに視界が広がり陽もさしてきた。達岡は車の周囲の草木や石をのけると車を出した。

久留米の高良山《こうらさん》まで行こうと思っていたがあまりの暴風雨に度肝《どぎも》を抜かれて、善導寺林道から草野へ降りた。道は狭く、今の暴風雨で、折れた木の枝や石ころで荒れていたが、屈折の道を気をつけて降りて行った。

草野に着いた時には、朝のような秋晴れになり、街並みは打ち水をしたように新鮮に輝いていた。

達岡は先日の茶屋に寄った。

老婆は達岡のことを憶えていて、煎茶と草だんごを持ってきた。

「今月の末にハング・グライダー大会がありますけん、見においでなさい」

先ほどの暴風雨のことには何もふれずに笑った。

終章　初時雨の日

十月二十日、達岡は早朝に目覚めた。

帰国してきた古森と、筑後川の川沿いから耳納連山を真正面に見える場所で、再開することになっている日である。

寒いと感じるぐらいの朝で、達岡は押入れから冬布団を出した。妻がいれば、この季節になると、足許に冬布団がちゃんと置かれていたのを思い出した。カーテンを開けると快晴で、雲ひとつない明け方の空は、むしろ薄曇りに見える。

ほっと胸をなで下ろした。しかし、先日のように突然天気が急変して暴風雨になることもあると考えた。古森とは半年ぶりに会うことになるが、達岡は緊張していた。古森とは耳納連山を介して知り合った仲だったが、畏敬の念に近いものを感じていた。

耳納連山に深い思い入れをしている古森という人物を知り、古森はさらに同じ思いの西と八代田綾を達岡に紹介してくれた。しかし、達岡は古森についてそれ以上のことを何も知らない。考えてみれば古森とは三回しか会っていないのだから、無理もないことであった。

それにしても古森とは肝心のところで、深く知り合う機会が途切れるように感じた。

古森はどんな仕事をしているのか、達岡は思いをめぐらすことがある。大きな会社を経営していて、海外に出張所や工場や研究所があり、そこを訪問して、場合によっては長期に滞在するのが一番考えられる。

耳納連山という恋人を持っている古森は、一日も早く帰りたい筈だと、達岡は勝手に想像していた。古森には毅然とした孤独の影があるのを感じていた。その影が達岡を惹きつけ、緊張させ、精神的な励みに導いてくれている。朝食後知り合いの川魚屋に電話して、夕方に鮎を取りに行くことを確認した。西が薪や椅子を用意し、達岡は鮎を持っていくことになっている。

十月も半ばを過ぎれば落ち鮎の頃で、できるだけ美味しいものをと頼んでいた。

「今朝、とても良い鮎が手にはいりました。ポリ袋に酸素を入れて、生きたまま持っていかれませんか、焼くときの竹串も用意しておきます」

店主は張り切っていた。

鮎を生きたまま持って行けば、古森は喜ぶだろうなと思うと達岡の顔も自然に綻《ほころ》びた。夕方五時に会うのが待ち遠しく、何も手につかなかった。今日持っていこうとする写真機をバッグにつめていると、定時定点写真が全くの未整理であることに気付いた。写真を撮る時には、自分自身で対象を決めてレンズをのぞく。自分の頭の中に対象の風景が残っているために、現像したフィルムをまだ見ていなかった。

寒い二月に撮影を始めたので、既に八カ月が過ぎている。

カメラ屋から持って帰って、そのまま放り込んでいたのを机の抽出《ひきだし》から取り出した。達岡の胸は高鳴った。

一月の中旬から撮り始めた写真を時間的な順序に並べていく。

どの写真にも何かの思いを、達岡は感じる。平成ビューホテルと高見の踏切の定時定点写真の他にも、毎回違う角度から撮っていた。まず、定時定点だけを順番に写真帳に貼っていった。一週間ごとであったので、一枚一枚を見てもあまり変わらないが、それを一月《ひとつき》ごとに見ると驚くほどの変化が見られた。

麦畑が日々に緑を増していき、菜の花が咲きはじめ、やがて川辺を黄色に埋めつくす。桜が咲き、耳納の山裾の柿山やブドウ園が次第に緑を濃くしていく。原鶴の川開き祭りの花火大会、福岡センチュリー・ゴルフクラブからの真夏の耳納連山、本仏寺の夜の提灯行列、そしてつい先日の耳納スカイラインからの眺望、富有柿の実る山々と、それらは目を見張るような変貌を来たしていく。

時計を見ると三時半を過ぎていた。達岡は着替えると、川魚屋へ急いだ。

店主が水のはいったポリの大きな袋に生きた鮎を網ですくって入れると、酸素ボンベの管をポリ袋につっこみ、酸素をシュッと吹きこんで、ポリ袋を輪ごむで閉じる。鮎が袋の中でピチピチ、バチャバチャと元気よくはねた。助手席にポリ袋を載せると、古森たちと会う約束の場所へ出発した。

原鶴温泉の向かいの土手道へ出ると、西に傾いた日が鮮やかな茜色で耳納連山、筑後平野、筑後川を染めている。恵蘇宿橋を渡って原鶴温泉側の土手道へ折れると、西が言っていたゲートボール場はすぐわかった。

まだ、数人の老人がゲートボールをしていた。

道幅の広くなった所に軽トラックが置いてあったので、達岡はその後に車を止めた。下を見ると、西が手を振っている。川辺に降りると、西がゲートボール場の横の草むらに薪を積んでいた。その傍に篝火《かがりび》を焚く鉄製の籠《かご》が立ててあって、薪も入れてある。ポリ袋の中のはねる鮎を見て、西が歓声をあげた。西は鮎を料理するのも手慣れたもので、古森と八代田綾が着いたら目の前で鮎を竹串にさして焼き、

二、三匹は背越《せご》しにすると言った。包丁も用意してきていた。ゲートボール場の老人達が去ると秋の陽は釣瓶落《つるべお》としに沈んで、あたりは薄暗くなった。

土手道にタクシーが停まり、八代田綾が降り立った。白っぽい紫色の和装で、夕暮れの中でも、際立って見えた。土手下の達岡と西に丁寧にお辞儀した。それから用意してきた荷物をタクシーから降ろしにかかったので、西と達岡が坂を登って行った。

重箱とクーラーに入れたビールと、お酒と燗をつける鍋と、錫でできた〝錫燗《すずかん》〟と呼ばれる銚子や盃などであった。綾は岸辺に立つと、耳納連山とすぐ前を流れる筑後川に手を合わせる。西は、筑後川の流れまで達岡の持ってきた鮎のポリ袋を持って行き、飛び跳ねる鮎を一匹ずつ取り出すと川瀬で洗い、鮮やかな手つきで大きな竹串に鮎を波打つように刺していった。鮎は串に刺されながらも、なお痙攣している。

いよいよ陽は沈み、久留米の高良山あたりにわずかに残照をのこしていたが、既に耳納連山の涅槃仏の頭にあたる五葉山の上に満月に近い月が皓々とした光を放って登ってきていた。

西がゲートボール場の横で焚き火をはじめた。あたりが急に明るくなった。綾と達岡は西がもって来た椅子にこしかけた。車がほとんど通らなくなった時にタクシーが灯をつけて土手道を川下から登ってきた。ゲートボール場の上で止まり、羽織袴の人が坂道を降りてきた。西と達岡と綾が立ち上がった。その人影はゆっくりと一歩一歩焚き火に近づいてきた。

古森であった。

焚き火のちらつく薄明かりで見る古森は日焼けして、少し太って元気そうであった。

達岡、西、綾と順に久闊《きゅうかつ》の握手を交わした。四人は焚き火を取りかこんで椅子に座った。

「長い海外生活、大変でございましたでしょう」

綾が言った。

「いろいろありまして、つい長居してしまいました。しかし、心はいつも耳納連山と皆さん方にお会いしたいことでいっぱいでした。原鶴温泉の川開きの花火と千灯明流し、夏の青々とした耳納連山、本仏寺のお開式など懐かしくてたまりませんでしたよ。今夜こうして皆さん方に会えるのを一日千秋の思いで待っていました。やはり日本が一番。特に耳納連山は最高に心を慰めてくれます。今日は福岡から耳納連山を凝視し続けてきました。なんとも快い気持ちでいっぱいです。さあ、一杯やりながら、お話ししましょう」

西が串にさした鮎を焚き火のそばの土にさして焼きはじめた。鮎が痙攣すると、古森が思わず声をあげた。

綾がクーラーからビールとウーロン茶の缶を出すと、古森にウーロン茶を注《つ》ごうとした。

「いや、今夜はビールを貰いましょう。本当に気持ちがいいので、十年ぶりですが一杯いただきます」

驚いて、綾が古森の顔をみた。これまで一度もアルコールを口にした古森を見たことがなかった。

「いや、綾さん、そんなに驚くことはありませんよ。私は十年前までは斗酒も辞さずの大酒飲みだったのですよ。ただちょっと感じるところがあって禁酒していただけなのです。こんな素晴らしい仲間、素晴らしい耳納連山をまのあたりにしたら、もう飲まずにはいられないですよ」

いい笑顔で言った。古森の乾杯の音頭で、皆一気にビールを飲み干した。

あまりのおいしさに、皆の口から感嘆の声があがった。綾が重箱の料理を皿に分けた。鮎があぶらを吹き出し、芳しい香りをあげて焼けた。

「粗塩《あらしお》を沢山かけていますから、塩を落として鮎にかぶりついて下さい」

西が串をくばりながら言った。

地鮎であったから肉が引き締まって、芳しく、それが塩味と焼きたてと相まって、えも言われぬおいしさであった。綾が炭の上に鍋をかけ錫燗で酒をつけた。月の光がいよいよ中天にあがってきて、耳納連山と筑後平野を薄紫に染める。土手道を時々車が通った。鳥の群れが耳納連山へ飛んでいったりもする。もう最後と思われる秋の虫の声が草の中から聞こえた。筑後川に耳納連山と月が映っていた。

綾が銚子で盃に酒をついだ。

海外での生活のことを古森はあまり多く語らず、むしろ耳納連山への恋慕を訥々《とつとつ》と述べた。

達岡がつい先日耳納スカイラインを車で縦走したことを話すと、皆驚いた。古森は大変喜んだが、暴風雨にあったことを心配して、あそこ辺りは天候が変わりやすく、降り口を間違えると、とんでもない所に出ますので、用心しないと危ないと注意した。西は誘ってくれれば同行したのにと口惜しがった。綾は黙って笑いながら男達の話を聞き、時々耳納連山をいとおしそうに眺める。

古森が西に涅槃仏の鼻を高くする計画はどうなっていますか、と尋ねた。西は真顔で、何か良い方策はないかと、いろいろ研究していますと答えた。炭坑のボタ山は人工の山で標高百メートル以上あるのもあります。あれだって何十年もかかって、何万人もの人々が営々として築き上げたのですからねと、古森が西を励ました。西が篝《かがり》に火をつけた。松明《たいまつ》が静かに燃えはじめ、次第に火勢が強くなり音をたて始めた。

古森が袋の中からテープレコーダーと扇子を出した。

「あまりに気分がよいのと、西さんが篝火を用意してくれていますので、下手の横好き程度で申し訳ないが、薪能《たきぎのう》を耳納連山に奉納させていただきます」

皆がしーんと静まりかえった。

古森がテープレコーダーのスイッチを入れると謡曲「羽衣」が始まった。古森は耳納連山に向かって深々と一礼すると舞いはじめた。

迦陵《かりょう》頻伽《びんが》の馴れ馴れし。迦陵頻伽の馴れ馴れし。声今更に僅かなる。雁がねの帰り行く。天路を聞けば懐かしや。千鳥鷗の沖つ波。行くか帰るか春風の空に吹くまで懐かしや空に吹くまで懐かしや。

篝火と焚火のちらつく微妙な光と影の中で、羽織を脱いで袴姿に扇子をかざした。古森の舞いは、幽玄にして、大自然と一体になって厳《おごそ》かに続いた。清々《すがすが》しい舞いであった。綾がハンカチで目頭を押さえていた。

筑後平野の秋は、めくるめくような秋色と豊穣のなかに、またたく間に深まっていく。

十月の末に綾から十一月五日に山苞《やまづと》の道を歩きませんか、と電話があった。西と三人を予定していたが、西は都合で参加できないという。山苞の道を達岡は知らなかった。耳納連山と筑後川の間には北側から国道二一〇号線、県道、山苞の道とあり、山苞の道は耳納連山に最も近く、山裾を平行して走っている。一番古い大昔の道という。

耳納連山の、日田から行けば、森部から善院までの五キロの道程《みちのり》をいう。涅槃像でいえば、下半身の始まり辺りで、緩やかに下降していくところである。山裾から耳納連山の真ん中の山脈あたりを南側に見上げるので山影の陰翳《いんえい》が深く濃《こ》いので心が静まる道であるという。

達岡は心が震える想いであった。

十一月五日、達岡は綾を迎えに行き、山苞の道の中程を二キロほど歩いた。綾はしっとりした和服姿であった。前の日に山苞祭りが終って、行き来はほとんどなかった。

富有柿があらわに実って山裾を赤く染めている。こんな場所があったのか、と達岡は驚いた。

「山苞の道って、どんな意味かご存じですか」

綾が聞いた。

「いや、初めて聞いた言葉です。地名ですか」

「難しいですよね。万葉集の〝あしひきの山行きしかば山人の我に得しめし山苞とぞこれ〟からとって名付けたそうです。山苞とは山から持ち帰るみやげ、山里の土産のことだそうです」

「いや、とても内容のある、きれいな名前ですね」

「耳納の山裾の穏やかで静かな道を大切に保存しようと、最近名付けられ、お祭りも行うようになったのですよ」

「それはよいことですね」

道は耳納の山懐に包まれている。

道の両側は主に柿、ブドウ、植樹園であるが、巨峰ワイン、ゴマ焼酎の製造、販売、貯蔵庫、窯元などがあり、少し入り込めば画廊、料亭、バーベキュー、老人ホーム、養護学校もあった。草野の茶屋の老婆が、耳納の山裾には何でもある、と自慢していたのを思い出した。

ある処《ところ》はこんもりした森であり、また竹林の中であったり、道からひょっこり筑後平野の広大な眺めが目に飛び込んでくることもある。道すがらには内山緑地、高山農園、大塚古墳もある。

「それにしても、いい道ですね。心が落ち着きます。綾さん、よくお見えるのですか」

「一年に三、四回です。耳納の峰々が朝日、昼の光、夕日、月光を受け、雲が影を落して流れて行きます。風、雨、雪、霧とさまざまな天候が通りすぎます。四季折々の色合いが耳納連山と山苞の道を染めていきます。それがたまらないのです」

「そうですね。この道は陰翳の極みですね。綾さんが耳納を愛しているのが、よく分かります」

「愛しているなんて……」

綾が頬を染めた。

達岡は妻のことを思い起こしていた。

折から陽が弱まり、耳納の北面に夕靄《ゆうもや》が立ち籠めてきて、山肌の大小の峰々がさまざまな形をして、風情《ふぜい》を見せていた。

十一月中旬頃に稲刈りが終る頃から初冬にかけて、日本一の富有柿《ふゆうがき》の産地はその収穫に追われる。収穫の終った平野、山裾に一気に冬が到来する。筑後川での古森の薪能のあった日、皆で十二月中旬に綾の店で忘年会をすることを申し合わせた。達岡はもちろん定時定点写真を続けていた。忘年会の時は、ほぼ一年になる写真を整理して、皆に見せようと意気込んでいた。

十二月初旬の早朝から耳納おろしの冷たい北風が吹き始めた。昼すぎから時雨になった日の夜、西から電話があった。

「達岡さんですか、夜分遅くに申し訳ありません。信じられないことですが、今夜、ほんの今さっき、古森さんがお亡くなりになった、と奥さまからお電話がありました。生前大変御親交戴いた達岡さん、西さん、八代田さんにくれぐれもよろしくお伝えしてほしいと、死の間際に言い残していったとのことです」

「えっ、本当ですか。この前あんなに元気にしていたのに」

「ええ、私も生前古森さんからなんにも聞いていませんでした。達岡さん、綾さんもそうだったと思うのです。古森さんは福岡で大きな個人病院をなされていたようですが、五年前に肝臓癌にかかり入退院を繰り返していたようです。今年の春からの海外旅行も、実は大学病院に入院して治療を受けていたとのことです。私達に心配をかけたらいけないと、曖気《おくび》にも出さなかったのですね」

「うーん。それにしても、あの古森さんが癌で亡くなってしまわれた。それもドクターをなさっていたのであれば、全て知っていたことでしょうから。それを心にしまわれて、耳納を訪ね、我々と交友してくれていたのですね」

達岡は絶句した。西がすすり泣いているようであった。

時雨が本降りになったのか、屋根から樋に流れこむ水の音が激しくなった。

桜_{おう}翳_{えい}

桜の頃になると、なぜか私の脳裡に浮かんでくる光景がある。それは光景というより、絵巻物の一画面といった方が妥当かもしれないし、あるいは村に語り継がれた伝承、民話の類《たぐい》、又は私がこれまで歩いて来たさまざまの人生経験から、何時の間にか私の心に自然に形作られた物語と言った方が当たっているかもしれない。

もし、このようなしみじみとして、人生の哀切をのぞかせる話を私の幼児に聞かした人がいたとすれば、それは母以外には居ないと思うのだが、私にはそのような記憶は全くなかったように思う。

今年の春、小学六年生になった末娘が、何の切掛けからか知らないが、妻を通して、この町から数十キロも離れたK市の学習塾へ日曜ごとに通いたいと申し出てきた。

私からその子に教唆したり、強制した記憶もなかったし、まだ尚早という気持ちはあったが、本人が自主的に申し出たのであれば、とにかく途中でどんな事があろうと絶対に止めない覚悟であればと、私は許可した。

入学式の日は、妻に他にはずせぬ用事があり、私が替って連れて行った。

大勢の親子が幾つかの教室に分けられ、入学心得、勉強方針などの説明があり、最後に校長の訓辞がマイクを通して各教室にあった。

まだあどけない子供達の顔を見ていると、私には可哀相という思いが先に立った。

帰りの自家用車で、私は末娘に敢《あ》えて勉強については何も注文をしなかった。

折から桜の満開の頃で、往く時には気付かなかった桜が山裾、川沿などに散見できた。

数年前、まだ子供達が皆小学生であった頃は、桜が咲き始めると何故か落ちつかず、家族揃って花見に出掛けた事もあったが、子供達が成長するにつれて、それぞれに用が出来、また家族揃って行動することに抵抗を感じる年頃に子供もなり、何時の間にか花見も途絶えていた。

今年もその機会はなさそうであった。

帰路の半ばも過ぎて、ある賑やかな街並みをすぎて静かな山峡にはいった時、小高い丘にほんの数本の桜がひっそりと咲いているのが、ふと目には入った。

私は道幅の広い所に車を寄せた。

「お父さん、桜でしょう」

と娘が私の心を見透かしたように微笑しながら言った。

「そう、よくわかったね。登って行ってみよう」

私は娘の心遣《づか》いが嬉しかった。

あたりには民家もなく人影もなかった。すでに落ちかかった春のやわらかな陽射が山峡の半分だけを照らしていた。

山道を百メートルも登ると雑木林の中の少し窪になったところに数本の桜が満開であった。

最初は木陰のため、目にはいらなかったが、先客がいて、先方も私達も共に驚いた。

まだ三十前後の若妻で背中に三才ぐらいの子供を背負っていた。

若妻は一寸恥ずかしいところを見られたといった笑顔で、私達に目礼を返した。

桜は数本とも老大木で窪を花で蔽《おお》いつくしていた。

私と娘はただ花を見あげて、手をつないだまま、立ち尽《つ》くしていた。

あまりの美しさに私は気も遠くなるようにさえ感じた。

桜花は秘やかに静かに見るもの。また桜花は親子か、本当に気の許せる間柄の少人数で見るものと、今までずっと私が感じていたことが間違っていなかったと一層身に沁みた。

そして、私は娘の手の暖みをいとおしみながら、また桜花は旅立ちの花、別の言い方をすれば別離《わかれ》の花かもしれないと感じた。

自分から進んで学習塾に通いたいと言い出した娘は、ある面で確かに親から旅立とうとしている事で、また自我が芽生え自立しょうとする覚悟も、親との精神的な別離の萌と言えた。

旅立ち、別離の哀惜には桜花の純白の凄絶《せいぜつ》さが一等似合うように思われた。

母親に背負われた子が、小さな手でハラハラ散ってくる花びらを受けようとした。母親が小さな笑声をあげて、花の落ちてくる方に体を動かした。

娘も真似て花を追った。それは本当に静かでやすらかな光景であったが、一面何かさえざえとした美しい、哀《かな》しいものにも見えた。

私は私の脳裡にある、あの光景を娘に話して聞かせようかと瞬間思いついた。が、娘のあどけない仕種《しぐさ》を見ているうちに、あまりにも、話し聞かせるには可哀相に思えた。

そして、娘もこれからの長い生涯において、何時か、私の桜花に対する思いのほどを自分なりに経験し、そしてそれを咀嚼《そしゃく》して、自分の心に静かに包みこむことがあると感じた。

あの光景は一体何時の時代の事なのだろうか。

それは遠い昔の事であることだけは確かであったが…。

そこはどこからも、こんな山奥に桜が咲いているとは伺い知れないような所であった。

樵《きこり》か狩人《かりうど》しかこの桜の木の下を通ることはない山深さであった。

薄紫色の春霞がいよいよ濃さを増し始めた夕暮近く、着物姿のまだ若さの残る母親が十歳ぐらいの着物姿のおかっぱの女の子の手をひき、背中には乳飲児を背負って、桜の大木が数本咲き乱れる奥山の中腹に、俚謡《りよう》をうたいながら静かに登ってきた。

桜の花を見ると女の子は母親の手を離れ、歓声をあげて、桜の木の下を鳥のように、飛び廻った。

その歓びようは、何かから心の芯まで開放されて、ここではどんな大きな声を出しても、飛び跳ねようとも誰からも叱られないと、言っているように見えた。

母親はしばらくたたずんで、そんな女の子の後姿を見ていたが、いとおしさに涙を流しているようであった。

女の子の嬉しそうな立ち回りに、母親は乳飲児を背負ったまま、子供にかえったように、女の子の後を鬼ごっこでもするように追いかけた。

女の子は喜こんで、母親に捉《つか》まらないように桜の木の間を逃げ回った。

凄絶な春の夕暮の大気がおし寄せているのに、桜花の下は、田舎芝居の舞台のように、そこだけ異様な光沢のない白さに包まれていた。

桜花は絶頂の頃で、少しの風、二人の笑声、足音にでも反応して、その度にハラハラと散った。

女の子をやっと捉まえた母親は、子を高く抱きあげ頬ずりをした。

女の子は母親の優しい抱擁に甘えて何時までも身を委《ゆだ》ねた。

その時、山上の林の方から、馬のいな泣きと蹄《ひづめ》の音と、木々の葉ずれがかすかに聞えてきた。

女の子は不安な眼差《まなざ》しで母親を見て、さらに強く抱きついた。

母親はそんな子をいたわりながら、音のする方に静かに歩るき寄った。

やがて目前の木々が大きく揺れたかと思うと、豆しぼりの手ぬぐいで頬かぶりした樵ふうの男が、薪《たきぎ》を背負わせた馬を挽《ひ》いて桜花の下に出て来た。

母親は女の子を降ろすと、男に近寄り手を握り合った。

男と母親が出合ったのが偶然なのか、前に申し合わせていたのかは定かではないが、こんな山奥の誰も知らないような桜花の下《もと》で出会うことからして、申し合せていたとしか考えられなかった。

それにこの二人が夫婦者であれば、こんな山奥で出会う必要もなく、恐そうに二人をみつめている女の子の表情からして、そうは思われなかった。

母親は女の子を手まねきした。

しばらく逡巡していた女の子は、率直に二人の元に走り寄った。

女の子も何かを感じたようであった。

男は両手を広げて、女の子を迎え、両腕に女の子を抱くと、まるで宝物でも抱くように、何度も何度も頬ずりし、それから、高く女の子を抱《かか》えあげ何度も上げ下げして、高く抱えたままの姿勢で回転した。

女の子は恐いのを我慢するといった風ではなく、生まれて始めて感じたような安堵と恍惚に身を委ねているようであった。

男が女の子を地におろすと、母親が男に言葉少なに、何かの事情を話した。

家庭の事情で、それも何かこの男が関係したことのために、女の子を遠い所に女中奉公《ほうこう》に出すことのように思えた。

男の頬に幾筋もの涙が流れた。

この男と女の子の出会いは、女の子の旅立ちを男に知らせるためであり、それはまた二人の今生《こんじょう》の別れのためでもあるようであった。

男は涙の流れるままに、女の子をふたたび抱きあげ、その髭《ひげ》づらを女の子の頬に、この顔を一生忘れさせないためかのように強く何度も、何度も押しつけた。

夕暮がいよいよ迫り、濃い紫色の春霞が、白い舞台をも少し染め始めた。

野鳥が、突然林からかん高い声で飛び発ち、それまで隅の方で、静かにしていた馬が驚いて、高いいな泣きを何度も発っした。

桜花がそれにつれて雪のように散り、桜木の下は馬の立つ跡を残して一面、白くおおわれた。

男は山上の方へ来た道を、母親子は山下へ別れて降りて行った。

寸刻ののち、桜花の周囲《まわり》で逡巡していた紫色の春宵《しゅんしょう》が、あっという間に桜花を溶かしこみ、そこを漆黒の闇に変えた。

寒菊物語
<small>かんぎくものがたり</small>

壱

朝霧の立ちこめた川沿いの道を、産婆のお夕ネは迎えの人力車に揺られながら、両手を合せ口の中で、〝何とぞ百合乃《ゆりの》さまのお産に間に合いますように〟と必死に祈っていた。

お夕ネの見立てでは、お産の予定日までまだ十日程余していたのに、向こう岸の旧庄屋竹若《たけわか》の百合乃が急に産気《さんけ》づいたとの知らせと、迎えの人力車が同時に寄せられたのは、村中が深い霧に覆《おお》われた極寒の二月の夜明け前であった。自分の見立てに絶対の自信を持っていたため、お夕ネは最初自分の耳を疑ったが、日頃からよく知っている竹若の律儀な男衆《おとこし》茂助の差し迫った表情から、家の戸締りも早早に人力車に飛び乗った。

一間《いっけん》先も見えない霧の中を、車夫は気にもせずに人力車を飛ばし、その後を茂助が懸命に追った。人力車の中に霧がはげしく流れ込んだ。

人力車が渡船場に着くと、車夫は向こう岸にむかって大声で船頭を呼んだ。

川の上では霧が特に激しく流れ、霧が雨のように川面をうつ、かすかな音さえ聞こえるようであった。

た。

「迎えに来ている筈なのに」

と車夫は舌打ちをして、再び船頭を呼んだ。

眼の前に急に影がさしたかと思うと、渡し船がすうっと黒い大きな姿をあらわした。

「返事ぐらいしたらどうだい」

若い車夫は手ぬぐいで頰被《ほうかぶ》りした船頭を怒鳴った。

「わしを呼んだのかい。わしは近頃耳が遠うなって、よく聞こえんのじゃ」

と船頭は気に掛けずに言った。

おタネが乗り込み、次いで車夫と茂助が人力車を舟に抱え込んだ。

舟が激しく揺れた。船頭は巧みに竿をさして、静かに舟を出した。深い霧の中を舟は這うように、上ったり、下ったりしながら、見えぬ対岸にゆっくりと進んでいった。

「百合乃さまも運の悪い人じゃね。去年の春、輿《こし》入れして来たかと思ったら、秋には婿どんに死なれてしもうた。あの若さで後家になりながら、今度はいよいよ出産だ。お腹《なか》が大きくなっていなけりゃ、あの器量良しじゃから、もう一度出直しも出来たじゃろうに」

と船頭が、舳先《へさき》に座って手を組み必死にお祈りをしているお夕ネに同意を求めるように話しかけた。お夕ネはそれに答えず、ひたすら念じていた。

「お夕ネさんも、こんな場合の取り上げは気が重かろう」

と船頭が再び話しかけた。

「爺さん、そんなことはどうでもよいから、もう少し、真っすぐに川を流れんもんかね。こっちは急いでいるのだから」

と車夫がいらいらしながら船頭に文句をつけた。

「川渡りのことは船頭に任せるものじゃ。川には川の道というものがある。ただ真っすぐ進めばよいというものではない。そんなことをしたら船がひっくり返えることもある。こういう急流は上ったり、下ったりしながら川は渡るものじゃ」

船頭は車夫を軽くたしなめた。

このあたりは筑後川の上流で、日田盆地に流れこんだ幾本かの川が一緒になって三隈川《みくまがわ》になり、それが峡谷を二里程貫《つらぬ》いて広大な筑後平野に出て大河筑後川になる。

渡し船のあるところは峡谷のちょっと広くなった、比較的流れの緩やかになったところであった。が、雨で増水すると渡しはたびたび止まることがある。日頃になく黙り込んだおタネを気遣うように船は重い足どりで対岸の船着場についた。

茂助がすばやく岸に飛び降り、舳先をしっかり押えた。

「大変じゃろうが、無事なお産を祈っているよ。何年に一度のこんなに霧の深い夜明けに産れてくるというのも珍しい。百合乃さまと産れてくる赤ん坊の幸せな一生を祈っておくよ」

と人力車に乗り込んだおタネに、船頭は頬被りの手ぬぐいを取って霧に濡れてぐしょぐしょになったのを絞りながら、おタネに声を掛けた。

旧庄屋竹若の前庭に着くと、おタネは人力車から飛び降りると、土間に駆け込んで行った。

土間には既に七、八人が忙しく立ち働いていた。

「おタネさん、たった今生まれたよ！　早よう行ってやって」

とおタネをせかせた。おタネは納戸に走った。

納戸《なんど》では百合乃の実母のコトが、生まれたばかりの赤子を、臍の緒を付けたまま抱きあげて途方にくれているところであった。

赤子は血や帯水にまみれて暗紫色になり、まだ息もしていないようであった。

おタネはコトから素早く赤子を取りあげると両足をとって、逆《さか》さまにして背中を軽くたたいた。

赤子が突然大きな産声をあげた。

「お夕ネさん、間に合ってよかった。どうしょうかと思っとったよ」

とコトが、ほっと溜息をついて、愁眉を開いて言った。臍の緒が切られ、半切桶が納戸に持ち込まれて産湯《うぶゆ》が使われた。赤ん坊は元気な声で泣き続けた。

「どっちでした」

と、その時百合乃が、たったいま生みの苦しみから解放された疲れきった体から、弱々しい声を出して尋ねた。

納戸にいたコトと義母のヨシと百合乃の姉の藤乃の三人が顔を見合せたが、

「女じゃったけど、百合乃さん落胆せんでもいいのよ。子は天からの授かりもの。それにとても元気そうな、百合乃さんに似た器量よしだよ」

と義母のヨシが百合乃をいたわるように優しく言った。

生まれたばかりの赤子に器量よしと言ったので皆笑い出し、百合乃も口元に微笑をつくった。

納戸には無事にお産をおえた安堵感が流れた。お夕ネは産湯をつかわした後、後産を待つ間、念のために百合乃のお腹《なか》を触ってみた。

後産が残っているにしても、お腹が少し大きかった。さらに念入りに診察してみると、児頭らしい硬いものが触れた。おタネの顔にかっと血がのぼり紅潮した。

おタネは高鳴る胸をおさえながら、まさかと思いながらさらに入念に腹部をさわり、もうひとつの児頭というか、生命がお腹の中に残っていることがはっきりしてくると、胸の鼓動が高まり、そのうち急に全身の血の気が引き、今度は顔が青ざめるのを覚えた。

何十年も産婆の仕事をして、取り上げた赤子の数も軽く千は越そうというのに、おタネはこれまで双児であることなど見落したことなど一度もなかった。おタネの顔色が急に変わったのに気付いた藤乃は、

「おタネさん、どうかしたのかね。何か百合乃に変ったことでもおこったのかね」

と心配そうに尋ねた。

おタネは一瞬迷ったが、隠しおおせない事実であることを認識すると、藤乃を廊下に呼んで、もう一児お腹の中にいることを告げた。

「なんと、もう一人お腹の中に！　そんな無茶な！　最初からわかっていれば……」

と言いかけて、日頃から女性にしては厳しい藤乃の顔が、さらに急に引き締ま

り、

「おタネさん、このことは今のところ私しか知らないのね。ねえそうだよね。よし、その子をなんとしても無事に生ませるのよ。わかったね。おタネさんはいまその事に専念して、後は私が何とかするから」

女児ではあったが、旧家竹若の座敷に急遽集まっていた身内の者は無事な出産にほっと安堵して、今日は鶏でもつぶして昼から祝宴ということになっていた。

旧家の豪勢な中庭には、この家の先祖が余程梅の木が好きであったのか、庭の随所に梅があり、特に大きな庭の左端にある築山《つきやま》には何十本もの梅が今をさかりと咲いていて、生まれたばかりの女児に、この梅の花からとってウメと名付けることも決って、座は一層喜こびが深くなっていた。

その座に少し顔を赤らめた藤乃が静かにはいってきて、藤乃の婿養子で日田で竹若と同じ酒造業を継いでいる源三を呼んだ。

廊下で藤乃に耳うちをされた源三は驚きと困惑で、どうしてよいのかわからず体がうちふるえた。藤乃と源三は酒造組合の寄りごとで昨日久留米に出向いた帰りに、あまりに霧が深く帰れなくなり、途中百合乃の家に寄り、泊らせて貰っていたのだった。

藤乃と源三の間にはまだ子供がなく、結婚も五年を過ぎれば、これから先子宝に恵まれる可能性はまずなかった。お互いにそれを感じながら、それにふれるのが怖かった。それより、藤乃は源三には秘密にしていたが、医師の見立てでは、子宝に恵まれないのはどうも藤乃に原因があるのではと暗に言われていた。

三年子なきは去れというのが嫁のとる道と言われていたが、源三の方が婿入りしているので、源三は源三で、自分の身の振り方を考え悩んでいたことであった。

百合乃のお腹にもう一人子供が残っていること、この子を世間には秘密にして貰い受け、本当の我が子として育てたいと、藤乃は源三に言った。これはもう絶対に実現させるのだという固い意志のために、藤乃は厳しい形相で源三に承諾させようと迫っていた。

「百合乃さんも承知のことか?」

と源三が心配そうに尋ねた。

「あなたが覚悟して承知してさえ呉れれば、百合乃は私がなんとしても説得してみます」

「急な話で、当否の程はよくわからないが、実現すれば松政《まつまさ》の血がはいった立派な後継ぎが生れる。年寄りたちがなんと言うかな」

「年寄りと言っても男は今のところ誰も知らない。うちの家系は女系だから、母と百合乃の義母に話せばなんとかなる。それに双児は昔程ではなくても縁起がわるいと今でも嫌がられているし、双児は育ちにくいとも言われている。百合乃も主人をなくし、双児を育てるのはとても無理なこと。よいですね、とにかく今生まれた子と、今から生まれる子のどちらかを私達の本当の子として育てますからね。もうこんな機会は二度とありません。よくぞ今夜、百合乃は双児を生んでくれるし、よくぞ今夜私たちもここに来合《きあわ》せたものです。これも深い霧の御陰と感謝せねばならないことです」

藤乃は納戸に戻ると、コトとヨシとおタネの三人に自分の覚悟を百合乃にわからぬように小声で告げた。三人とも仰天して息を飲んだ。

その間も、百合乃はもうひとりの陣痛に襲われてうめいていた。

時間がない藤乃は、三人に有無を言わせなかった。藤乃はコトに厨屋《くりや》へ行ってもっとお湯を沸かすように頼み、ただ何事もおこっていないようにふるまい、決して誰も納戸に近かづけないように注意した。

藤乃は百合乃のそばにより手を握って、

「百合乃さん、驚いてはいけないよ。どうも双児のようで、もうひとりお腹の中に残っているようなの。これは私からあなたへのたってのお願い。あなたも二人一緒に育てるのは大変なこと。どちらか私に譲って頂戴。私達夫婦には子供が生まれる可能性はもう殆どないのよ。お願い、自分の本当の子供として、あなたに負けないくらい立派に育ててみせる。ねえ、本当にお願い、あなたがまさか双児を生むとは、今なら誰も知らないのよ」

陣痛に襲われながらも百合乃は、藤乃の言葉に動転して気を失いそうになった。双児などとは一度もおタネに聞いていなかったし、まして姉の藤乃がどちらかひとり貰い受け、誰にも内緒にして我が子として育てたいなどと。

「ねえ、お願い百合乃。どちらかひとりをうちに頂戴。お母さんからもお願いしてよ。ふたり育てるのは大変なこと。あなたがよい方を取ったあとでよいのだから。お義母《かあ》さんからも百合乃に言いきかせて下さい。松政家を救って下さい。竹若家にも悪いことではないと思いますから」

とコトも実の娘を必死に口説き、義母にも助言を頼んだ。

「百合乃さん、私もあなたも双児とは知らなかった。あなたにとって子供はふたりとも同じに大事で、同じように大切に育てたいと思うのだろうけど、やはり二人育てるのは大変。この予想外の早産に、たまたま藤乃さん御夫婦が見えていたのも奇蹟。そして藤乃さんがひとりの方を貰って、育てたい気持ちになったのもなにかの縁。ここは藤乃さんの熱意と誠意にお応えして、ひとりをお譲りした方がうちのため、百合乃さんのためのように私も思う。ただ、この秘密は絶対に漏《も》らさないようにしないといけない。今日、この世に生を受ける双児は、今は勿論知らなくとも、大概のことは必ず知ることになる。

もし、漏れた場合、双児の運命を狂わせることもある。だが、いまは先のことを考えても、仕様のないこと。このあたりを藤乃さんにしっかりして戴《いただ》ければ、うちも双児が生まれたと言われなくてすむ。ねえ、百合乃さん、この際は藤乃さんの願いを聞いてあげようではないね」

と義母のヨシが、これから先の竹若の行末も考えて嫁の百合乃に迫った。

百合乃は段々激しくなる陣痛発作に耐えながらも、今自分の置かれた立場と将来のこと、自分が生まれ育った実家松政家のことも考えながら、藤乃のいうようにどちらかひとりを藤乃に譲る方がよいと考えはじめると、百合乃の瞼から涙があふれてきた。

先に生まれて、既に奥座敷の年寄りたちにウメと名付けられた赤子は納戸の隅でコトに抱かれて眠りにはいっていた。奥座敷で、鶏をしめて祝杯をあげようと待っ

ている男たちのもとへは、まだ後産が長びいていると言って先に始めて貰ってい
た。納戸と厨屋の間に立ってヨシは出来るだけ平静を保って、お湯も百合乃の難産のため汗にまみれた体を拭くということにして、納戸には人を絶対に寄せないようにした。

どちらか一方を藤乃に譲ることを決めた百合乃は陣痛のさ中でも、百合乃が生んだことにせず、あくまでも藤乃の生んだ子にするには、すぐにどちらかの子を今夜のうちに他人にわからぬようにこの家から連れ去らねばならぬことに気を遣っていた。

陣痛のお腹をさすっていたおタネの顔が、また真っ蒼になった。

残っている子は逆子《さかご》であった。逆子は普通のお産とは比べようもない程難産で、母子ともに生命に危険があった。おタネはお腹の上に左手をおき、右手を下陰部から挿入して児頭の方向を変えて正常に戻そうとした。

百合乃は痛みに必死に耐えて、座敷や厨屋の方へ声が聞えないように頑張った。自分で手拭いを口にくわえて我慢した。意識が薄れていくなかにも、なんとか、これから行う秘密を守りたいと百合乃は体をふるわせて耐えた。おタネが力をいれる度に帯水と血が流れ出た。百合乃は悶絶をくり返す中にも、

「男衆の茂助の嫁がつい十日程前にお産をしたが、子は高熱がさがらず亡くなったと聞いている。あの嫁を乳母《うば》にしたらよかろう」

と言い終るとあまりの激しい陣痛に完全に気を失った。

「おタネさん、早く子を出さないと母子とも命を落すよ。どうなっているの！」

「左手が引っ掛ってどうしても出ないのです」

「どうしても出ないって。いよいよの時はどうしているの」

「母親を助けるため、腹の中の児の方の手足を切断したり、児の頭を砕きます」

「……ということは児の方は犠牲にするということなの」

おタネは必死の形相で頷いた。

「それはならん。二度とないこの機会！　よし、私が児を引き出す。百合乃御免よ。一寸の間辛抱しておくれ」

藤乃は素早くたすきをすると、百合乃の股間に左手を入れて胎児の足をつかみ、強引にひき出そうとした。胎児の左手のところが引っ掛りどうしても出ないとわかると右手で胎児の腕をつかむと一気にひき出した。左肘が異様な形で出て来た。

暗紫色に変った胎児が帯水にまみれて出てきて、股間から血がふき出した。

おタネが受け取り逆《さか》さにしてふると、オギャーと産声をあげた。

「やった！」

皆一緒に張りつめた小さい声をあげた。その瞬間百合乃にも意識が戻った。

「藤乃、今生まれた児の方をあんたが貰いなさい。あんたが引き出さなかったら死んでいたかもしれない児だ。そしてあんたが自分の腹を痛めた本当の自分の児として育てなさい。どうしてもこの秘密は守り通さねばならないので、先程百合乃が言った茂助とやらを内密にここに呼んでおくれ。早く！」

とコトが、呆然としている藤乃に替っておタネに命令した。

産湯のあとすやすやと眠っているウメと、たった今生まれた児とが、百合乃の枕元に連れてこられて並べておかれた。

「百合乃、お母さんはあんなことを言ったけど、まだふたりともあなたの子よ。あなたが良い方を、好きな方を選んで。今ならウメを見た男たちにも、わかりゃしない。赤子は皆同じ顔しているから」

「選べと言っても、好きな方と言っても、わからないわ」

「じゃ、長女のウメの方をうちに残したらどうだろうね」とヨシが言った。

「長女となれば先に生れた方だから、ウメをこの家に残し、私がいま取り上げた児を貰いましょう」と藤乃が合点し嬉しそうな声をあげた。

「ちょっと参考に言っておきます。後でもめたらいけませんから。後から出てきた方を長女とする地方もあります。お腹の中で上に居たということで……」

とコトが声を出した。

「また、お母さんがいらんことを言って。百合乃、ではこうしょう。このふたりを見ると、ウメの方が大人《おとな》しそうで百合乃に似て器量がよいように見える。今生まれた児はちょっと顔つきがきつくて私に似ている。性格のきつい児は育てるのに大変。百合のにはウメが合う。あなたの性格は姉の私が一番よく知っている。あなたは、ウメの方が好きだろう。これは相性といって大事なこと。ウメに決めてね、百合乃」

一方的な藤乃の言葉ではあったが、自分の性格をよく知っている百合乃は思わずほゝえんで、それでよいと言うように頷ずいた。

「人間の性格とか相性とか、運命とかは一概には言えないし、わかったものではない。これから切り拓《ひら》いていくもの。時間が迫っている。さあ、藤乃さん、後に生まれた方の児をあなたの本当の児として立派に育てて下さいな」

とヨシが断をくだした。皆、一瞬黙って双子をみつめた。

「おお、茂助か、こちらにおはいり」

と納戸の入り口に顔を出した茂助にヨシが声をかけた。

「茂助さんとか。とにかく理由《わけ》は後からお話しします。とにかくこの児を、他人にわからないように、この霧の中をお宅のお上《かみ》さんのもとに運んでおくれ。私も一緒にまいりますから。大事に抱くのだよ。では百合乃、元気でね。しばらく会えないよ。私は一年程どこかの山奥に隠れてこの児を産みにいくことにしますから。そうそう、この児の名前をキクに決めました。春に生まれたウメに対して、秋に生まれたことにするのでキクと名付けます。そう重陽《ちょうよう》の節句の日に生まれたことにします。このふたりの赤子の秘密は口が裂けても漏らさぬこと。一生秘密を守り続けて下さいね」

と言い終ると藤乃は茂助をうながして、人影のないことをたしかめると、日頃殆んど使うことのない裏口から深い霧の中へ、赤子を抱いて消えて行った。

弐

あの霧の深い夜から六年の歳月がたった。藤乃の家では、三月三日の桃の節句の日を迎えて、家敷内は華やかな空気に包まれていた。

数日前から、広く見事な庭は男衆の茂助の手によって隅々まできれいに掃除され、梅や桃の樹々も手入れが行き届き、その可憐な花が今を盛りと咲き競っていた。

江戸時代から続く旧天領の造り酒屋松政家では、跡継ぎの藤乃のひとり娘キクが、六才になり、いよいよこの春から学校にあがることになり、そのお祝いを兼ねての雛祭りの日であった。

松政家は、先祖代々、天領日田の代官所を通じて江戸幕府につながった酒造業であったため、仕事のため江戸や京に上る機会が多かった。出府の度に代々の当主が雛人形を集めるのを趣味としていたので、いろんな時代の雛が揃っていた。元禄、享保、天保、明治など、それに地域としては東北から北陸、東京、関西、四国などさまざまにあったし、外国のオランダやイギリスの人形類、絡繰《からく》り人形などもあった。

例年なら、江戸時代から続く広い屋敷内に雛人形を展覧して、地方の有力者を招待しての盛大な雛祭りが催されるのであるが、松政家の祖母コト、それに藤乃の妹の百合乃の嫁ぎ先の義母ヨシが、去年の暮から、今年の初めにかけて相次いで世を去ったために、今年の雛祭りは、内輪だけの質素で静かなものにしていた。去年は祖母のコトが死期を感じて、これが最後の雛祭りになると考えたのか、あるだけの雛を出させて家中に飾らせた。

江戸時代からの造り酒屋の家であったから、襖をはずせば何百畳にも広がり、そこに時代順に飾られた雛はそれは絢爛豪華で、屋敷中が異様な色彩と輝きに充たされて、あまり長く見ていると気分が悪くなったり、卒倒する人も出た程であった。今年は奥座敷の間《ま》に藤乃のお気に入りの天保時代の雛と、藤乃の夫の源三が最近東京に行った折りに購入してきた文明開化雛人形が飾られてあった。

奥座敷では、昼前に着いたばかりの百合乃とウメの親子を迎えて、雛祭りの宴がはじまっていた。迎える側は藤乃と、その夫の源三、その子供のキクの三人だけで、本当の内輪のものであった。同じ六才となったキクとウメは同じように振袖にお太鼓結び、髪にはリボンの髪飾りをつけていた。女の子でも六才となれば、物心もついてきて、着飾された自分の美しさや、それを祝うことの意味もわかってきて、本当に可愛らしい年令であった。

目の中に入れても痛くないような、可愛らしい二人の女の子を相手にしながら源三は上機嫌で杯をかさねていた。藤乃と百合乃はそれぞれ、キク、ウメに鯛の塩焼や蛤の吸い物、菱餅や栗ぜんざいを取って食べさせながら、至福の時を送っていた。

キクもウメも薄桃色の色のつけてある甘酒が大好きで何盃もお替りをして飲んだ。

あんまり飲みすぎると、酔っぱらうぞと源三は二人を交互に抱っこしながら笑いころげていた。

外は薄ぐもりで、やわらかい早春らしい薄紫色の大気に包まれて、庭の梅と桃の花が、すっきりとして、あたりから浮きあがっていた。明け放した縁から気持良い風がはいってきた。

雛祭りは薄ぐもりの方が陰影があってよかった。

右側に天保、左側に文明開化雛人形が飾られていた。天保雛は江戸文化の爛熟期を象徴する見事なものであった。百五十年以上もたっているのに手入れがよいせいもあったが、少しもいたんでいなくて、また雛のひとつひとつの顔も晴れやかでしっとりしていて、古式ゆかしい陰翳があり、雪洞《ぼんぼり》の明りのもとで、こまやかな情緒が溢れていた。

一方文明開化雛はどの人形も洋式の礼服を着ていて、精気あふれて潑剌《はつらつ》としていた。様式の音楽隊や兵隊を随えていた。

池で時々大きな音をたてて鯉が跳び上った。

「こんな心静かな、美しい雛祭りは初めてだね。亡くなった二人のおばあちゃんが、そう仕組んでくれたのだろうよ。せめて、キクとウメが学校にあがる晴れ姿を二人に見せてあげたかったのに」

と源三が両膝にキクとウメを抱っこして言った。

藤乃と百合乃はそれを聞くと涙ぐんだ。キクが生れてから藤乃と源三の夫婦仲は、ずっと良くなった。二人の間に仲々子供が生れぬために、一時はあらぬ噂も立てられたことがあったが、今はただキク可愛さで一日が暮れるといった風であった。お腹が一杯になったキクとウメは庭におりて、丁度来合せた男衆の茂助と隠れん坊をして遊びはじめた。

それを潮に源三は酒造業組合の寄りに出掛けていった。

茂助はもともと百合乃の家で男衆をしていたのであるが、百合乃の家の酒造業が傾きはじめたために、藤乃の家の方へ移ってきたのであった。百合乃は松政家から近在の村の造り酒屋に嫁いでいたが、百合乃の主人が若死にしてからは細々と酒造りを続けていた。

「茂助さんはいい人だね。百合乃ちゃんとこから、いい人を譲り受けた。陰日《かげひ》なたなく働いてくれるし、口数が少ない。それでいて愛想がいいから誰からも好かれる。本当にいい奉公人だことよ」

藤乃は庭でキクやウメと、子供になったように無心に遊ぶ茂助を見やって言った。

「そう姉さんに言って戴くと嬉しいわ。私も手離したくなかったんだけど、家が傾きはじめては、一人の男を雇《やと》っておくのも大変で、姉さんに引き取って戴いて本当に安心していたのですよ」

百合乃は藤乃のついでくれたお酒で頬を紅色《べにいろ》に染めて言った。藤乃も少し頬を染めていた。今日は少し飲みましょうよと言うように、藤乃が百合乃にまたお酒をついだ。

外は物音ひとつしない静かな午後になっていた。

その時、いきなりキクが縁側から座敷に駆け込んで来て雛壇の裏に隠れた。その一寸あとにウメがまわりを見まわしながら静かにはいって来て、隠れていたキクを見つけ出し、そこで大騒ぎになった。庭の方から茂助が顔を出し、藤乃と百合乃にすまなそうに挨拶をすると、キクとウメを手まねきした。

茂助はお酒を一滴も飲めなかったので、藤乃も百合乃も盃を無理に茂助に取らせなかった。お家の中に隠れた人は違反だよと言って、茂助はキクとウメを優しく外へ連れ出した。家内に上らなくても屋敷内は広く、どんな遊びも出来たので、二人は茂助の言うとおりについて行った。

雛祭りの午後とは思えない程の静寂がまた戻ってきた。

「あの霧の深い夜から、もう六年もたったのね。まるで夢を見ているみたい。私、この頃、キクは私が本当に腹をいためた子に思えてならないの。あの霧の夜は本当はなかったことで、百合乃ちゃんはウメちゃんだけを生んだのだと思い込んで、それが真実のような気がしてならないのよ」

と藤乃はお酒がはいって饒舌になりはじめていた。藤乃はお酒の飲める方であったが、百合乃は造り酒屋に嫁入りしながら殆んど飲めなかった。

「まあ、お姉さん、今更そんなことを言って。キクはお姉さんの本当の子供ですわよ。私のお腹の中からは、完全に頭を砕いてしか出せないと、あの名産婆のおタネさんがあきらめたのを、お姉さんが子供欲しさの一念で引き出したのですから。キクはお姉さんあっての生命ですもの」

百合乃も少し顔を染めながらも真顔で返した。

「百合乃ちゃんがそこまで、はっきり言ってくれると、私も大安心。あなたに会う度に、キクを返してくれと言われるのではないかと、気が気でなかったのよ。本当にキクは正真正銘、私の子だね。本当に返してくれとあなたは絶対に言わないね。今日のお雛様を前にしての約束だから絶対だよ。指切り拳万《げんまん》、うそ言ったら針千本飲ますよ」

と藤乃は、酒で赤らめた顔を一瞬真剣にさせて、百合乃と子供のように、指切りをした。

「まあ、お姉さんたら、子供みたいに指切りしたりして、犬猫のように返せとか、貰うとか言って、キクは生れた時からお姉さんの子供よ」

「本当かい、これで大安心。近頃キクが可愛いくて、可愛いくて仕方ないのよ。あの子のためなら、私の命に替えてでも、何でもしてあげる。それにしても、あの霧の夜の秘密を知っている人間は、私とあなたと、夫の源三と茂助さんの四人になってしまった。コト、ヨシの両祖母、産婆のおタネさんに、茂助さんの嫁で、キクの乳母をしてくれた人も先年で死んでしもうた」

「お姉さん、源三さんは勿論、男衆の茂助さんは口のかたい人。槍が降っても、絶対に秘密を漏らすような人でないから、もう大丈夫。しっかり育てて下さいね」

「ありがとう、百合乃ちゃん。子供が出来なくて、私と源三の夫婦仲も危なかったが、それを救ってくれた。それより、二百年も続く松政家が途絶えることの方が、もっと恐かった。それもキクを譲って貰って解決した。それも松政の正統の血を残してのことだから、私は嬉しくて、嬉しくてしょうがないのよ」

「お姉さんに、そんなに喜んで貰って嬉しいわ。それにしても、お姉さん、あの時は随分辛抱しましたね。キクを生むために人里離れた山奥に一年近くも隠《こも》って」

「そうね、あれは自分ながらよく頑張ったと思うの。あの霧の中、あなたのお腹から出たばかりのキクを抱いて茂助の家へ行き、茂助の嫁を連れ出して、四人で、あの一寸先も見えない霧の中を、峠を越えて行ったのですから。あの時、私は妊娠して、流産の危険があるので、大阪の名医のもとにお産するまで入院するということで、世間をあざむいたのだから。それはきつかった。一年以上も人里離れた山の中の一軒家にこもったのですからね。私もよくやったと思う。〝それもキク可愛いさ〟〝松政家可愛いさ〟のためだったのよね」

「お姉さんは偉いわ。私は今お姉さんに心から感謝しているの。ウメを産みおろした直後、私は体力的にきつくて、キクは死んでもよいから早く楽になりたかったの。それに夫を無くしたすぐあとだったから、双児を育てるのに先が思いやられて。私はあまりの難産のためにキクは死んでもよいとまで思ったの。それで、姉さんにこんなに喜ばれるのは、本当に心苦しい気持ちもあるのですよ。とにかくキクをよろしくお願いします」

「生れたときから、キクはきかん気の強い顔をして、私に似ていた。それで私はキクを貰った。それが山奥に隠れて、乳こそやれなかったが毎日抱っこしている間に、増々私に似てくるように思えるのね。それが嬉しくて。今では外見でも誰でも、私の本当の子と思って疑うものはいないわ」

「本当にキクはお姉さんと瓜ふたつ。うらやましいわ」

「ウメちゃんはあなたにそっくりよ。双児の場合、地方によっては、後に生れる方が、母体内では上に居たということで、長女にすることがあるの。あなたが、あの時、長女はキクだから、キクの方を取ると言うのではないかとひやひやだった。だってそう言われても仕方のないことだったから。でも、あの時、亡くなった祖母のコトおばあちゃんが、ウメは百合乃の似、キクは藤乃の似、と言ったのが決め手になった。でも、今あなたもウメを選んでよかったと思っているのでしょう。ウメはあなたに似の優しい顔をしているものね。キクを取っていたら、夫を亡くしたあなたが育てるのは大変だったのではないの。キクはきかん気が強く一筋縄《ひとすじなわ》でいかないのですから。その心境を正直に言いなさい」

藤乃はお酒で相当よい気持になって冗談を込めて百合乃に迫った。

「まあ、お姉さんたら、母親にとっては子供は皆可愛いもの。どちらでも私にはよかったのですよ。でも強いて言われれば、ウメの方が私に相性が良かったのでしょう。でも、それは今更言うことでもないですわ。しかし、キクは矢張り気が強いようですから、私には無理だったかもしれませんね」

と百合乃が言い終った時に、また茂助とウメが縁側からキクを探しにきた。どうしても、隠れん坊のキクが見つからぬと言う。百合乃の顔がさっと青ざめた。だが、藤乃の方は笑って、ここには来てないが上って探してご覧よ、と笑いながら言った。

茂助は縁で待っていた。藤乃と百合乃とウメは雛壇の下から金屏風《びょうぶ》の後まで探したがキクは居なかった。念のためと隣の部屋の押入れを開《あ》けると、そこにキクが金襴緞子《きんらんどんす》の晴れ着のままに、よだれを流して、すやすやと寝入っていた。

藤乃は、まあこんなところで寝入って、子供はやはり子供だねと、キクを抱きあげると思いきり頰ずりをした。

百合乃はキクのあまりにあどけない寝顔を見た時、瞬間体全体が凍りつくような戦慄《せんりつ》を覚《おぼ》えた。たった今、藤乃と交した会話がキクに聞かれていたのではないかと思うと失神しそうな恐怖を感じ、百合乃は畳の上にへなへなと座り込んだ。

参

夫の源三が東京からの帰りの途中、博多の料亭で心臓マヒのため急死してから、藤乃は人が変ったように落ちこんで、以前の陽気さを失った。

源三は月のうち二、三回、東京、京都、大阪、博多などに商用で出掛けていたが、出張の終りの一、二日は博多の料亭ですごし、それも特定の女性との逢瀬を持っていたことがわかったのであった。藤乃はもともと血圧が高かったのだが、心労のあまり、軽くはあったが右半身麻痺を起こして寝込んでしまった。

それでも、番頭などを呼んで、源三に女が居たことだけは世間に隠し通すように厳命した。自分以外に女がいたことが、藤乃には耐えられなかったし、許されないことであった。

そして、なんとしても娘のキクには絶対に秘密にしておきたかった。キクに対してだけは、藤乃は誇りを失墜したくなかった。キクは今春、高女を卒業していて、娘ざかりであった。この一、二年のうちに婿を迎え松政家を継がせたいと藤乃は考えていた。

源三のことが世間に知れたら、家名にも、キクの縁談にも傷つくことになり、自尊心の強い藤乃はそれを一番恐れ、そして思い出す度に、源三が腹立しかった。

源三が亡くなり、藤乃が病床に臥したため、店舗は次第にキクが取り仕切っていくようになっていった。だが、キクは高女を出たばかりというのに、生来の気の強さと頭の良さで、出入りの商人や使用人からも不満らしい声が上がらぬ仕事ぶりであった。

自分も源三も達者でいたら、今ごろはキクを結婚前の習い事に通はせて、結婚の準備と将来の夢をふくらませる、人生で一番良い時なのにと、藤乃はキクが不憫でならなかった。

ただ藤乃とキクにとって救いは藤乃の姪、キクとは従姉妹《いとこ》にあたるウメが、店の加勢をしてくれていることであった。ウメはキクと同じ年で、同じ高女を卒業した。この三年間、キクの家に同居して通学していた。ウメは卒業すると家に帰って家業を手伝うようになっていたのだが、源三の死と藤乃の病のために、見るに見兼ねて、そのまま松政家に残っていた。

キクが家業を取り仕切り、ウメが台所や藤乃の世話など裏方を受け持った。

そんな梅雨どきのある日、番頭の弥三郎が、関西の出張のことで藤乃のもとを久しぶりにたずねた。仕事のあとの四方山話の中で、去年から離れに下宿させている高女の英語の先生の話に及んだ。この数日雨が本ぶりになり田植がはかどっているらしく、蛙の鳴き声が一段とかしましくなった。

松政家では、この町の中学や女学校に赴任してくる独身の先生を時々離れに下宿させることがあった。離れは広いし、使用人は沢山いたので、二、三人を下宿させることは、別に苦もならないし、いろんな所から来ているので、藤乃はそんな先生達と話をするのを楽しみにしていた。

その中の立花という英語の先生が、どうもウメを気に入っているらしいと弥三郎が言った。

「あの、立花良雄先生がね。あの人は若い割には、よく気のつく人で、私のところにも見舞にちょくちょく寄ってくれるんだよ」

と藤乃の目が、何か、目的を見つけた動物のように光った。

「ウメにね。それが本当なら良い話だよ。ウメの里の酒造業もあまりうまくいっていないようだから、給料取りが来てくれると、百合乃も助かるだろう。立花先生は確か三男坊と聞いていたが、それなら婿養子になって百合乃の家にはいってくれるかもしれない。私がこんな体でなかったら、さっさと話を進めてあげるのだけど」

藤乃は自分の病気を慨嘆《がいたん》して、じれったそうに舌打ちをした。

その夜、夕食の膳をはこんで来たウメに、藤乃はそれとなくたずねた。

「おばさまは、御冗談を。立花先生は九州帝大を出た優秀な先生。それに女生徒には凄く人気のある先生なのですよ。いずれは東京の方へ出て大学の先生になりたいそうですよ。キクちゃんがそう教えてくれましたの。立花先生はキクちゃんの担任だったから、立花先生のことは何でも知っているようですよ」

とウメは顔を赤らめながら藤乃に答えた。

立花先生が自分に好意を持っていると藤乃から聞かされて、ウメは動悸がはやくなり、息苦しく、顔が赤らむのが自分でもわかった。

帝大を出ていて、東京に出てさらに勉強をしたいようであれば、とても田舎の、たとえ造り酒屋と言えども、まして家業が左前になって来ている百合乃のところに婿に入ることはないと藤乃は考えて、この話は火がつかないうちに消した方がよいのかとも思った。

そうであれば、ウメの母の百合乃の耳に入れることもあるまいと思った。

八月の末の残暑の厳しい日々が続いていたある日、その日は朝から夏の入道雲などが急にこわれたように薄くなり、大気が澄んできて、初秋の到来が思われるような気持の良い日だった。

番頭の弥三郎が源三の初盆会が過ぎ、藤乃の心に落ち着きがもどって来たのを見透かしたように話を持って来た。藤乃も随分元気になって、あと一ヵ月もすれば帳場に座れそうであった。

「この話は立花先生から直接お願いされたのではありませんが、高女の境校長先生からの話で、こちらの意向をたずねてくれとのことでございます。立花先生はウメさまを大変お気に入りのようで、ウメさまの方が受け入れてくれるなら婿養子になって一生この近在の中学の教師を続けてもよいとのことです。それほどに立花先生はウメさまに惚れ込んでいるようでございます。立花先生の考えでは、ウメさまの方もまんざらでもない手応えを持っているようでございますとのこと。何と言っても藤乃奥さまの御意向をお聞きしてでないと、この話は進められないとのことでございます。奥さまの御意向次第で、ちゃんとした仲人を立てて百合乃さまに話を始めたいとのことでございます」

「ほう、そんなに立花先生はウメを気に入っているのだね。帝大卒を棒にふってでも、こんな片田舎に骨を埋めてもよいとのこと。これは、これは女冥利に尽きるお話だね。ウメの意向も大事だが百合乃にも知らせないとね。きっと百合乃も喜ぶだろう。それとも、あの人はひかえ目の人だから、勿体なさすぎると遠慮するかもしれないけどね。源三の死、私の病気と続いたので、キクはウメに結婚では先を越されそうだね。まあ、仲のよい姉妹のような従姉妹同志だから、キクも大喜びするだろうね。それにキクは立花先生はなんとなく相性が悪そうだしね」

と藤乃は姪のウメの縁談が進みそうなので嬉しかったが、半面キクが遅れをとったことを悔しくて難癖を言った。

その夜、藤乃はウメの縁談のことで近くこちらに出てくるようにと、百合乃に宛て手紙を書こうと文机に向ったとき、キクにもこの話をしておかねばと胸さわぎがして、キクを呼び寄せた。

藤乃の話を聞いているうちに、キクは懸命に隠そうとしていたが、顔色がだんだん青ざめて、険しくなるのがわかった。

キクはしばらく藤乃の目を見つめて考えていたが、

「お母さま、その話は百合乃おばさまの耳にはいれましたか？」

藤乃がこれから手紙を書くところだと言うと、

「お母さまからウメちゃんにはまだこの話をしていないとのことですね。そして立花先生の気持も、先生からウメちゃんには直接にはまだ伝えられていないのですね。それでは、この話私にまかせて下さいませんか。私に考えがあります」

「そうかい、あなたとウメちゃんは姉妹同然に育てられているから、ウメちゃんの気心は、あなたが一番よく知っているだろうからね。立花先生はなんと言っても他所者《よ そもの》だし、学士様なのに、むざむざそれを利用せずにこの地に留まるというのも、余程慎重に選ばないと、不都合なおかしな話になると困るからね」

と藤乃はキクに、この縁談の大事なところを念を押すように言ってきかせた。それから半月もした頃から、あらぬ噂が藤乃の耳にはいってきた。

立花先生とキクが連れ添って歩く姿や、隣町の映画館にはいる二人を見たと言ったものであった。藤乃はそれらを聞いたとき、キクとウメを見まちがったものと思って軽く考えていた。ウメとキクはまともに見るとあまり似ていなかったが、姿形は瓜ふたつのように似ていた。中秋の名月に近い月のきれいな夜、番頭の弥三郎が沈痛な面持ちで藤乃をたずねてきた。

ウメの体調が最近よくないようで、食欲もなく、熱発が続くようだから、この際郷里《さと》へ帰したらと告げた。

「なんで、あの元気のよいウメが。私にはそんな素振りも見せないのに。どうしたことなのよ。御目出度《おめでた》い話も出ているのに」

「それが奥様、まだお聞きになっていないのでございますか」

弥三郎は話してよいものかどうか迷いながらも、意を決して言った。

「立花先生とウメさまの話、何故だか、どうも行詰ったようで、かわりに立花先生とキクさまの仲が急接近しているようでございます」

「今、何んと言った。キクと立花先生が親密になっていると。それは一体どうしたことなのよ」

「それが私にも全くわかりません。何が何んだかさっぱりわからないのです。この半月の間に様相が一変してしまったのです。奥さまの意向が働いているものとばかり、私は考えていたのですが……」

「私が何んで、そんなこと。とにかく、ウメを私のところに寄こして頂戴。そして何がおころうと、この松政家の名を汚さないように、番頭のお前が、しっかり皆を引き締めて変な噂を広げないようにしないといけないよ。わかったね」

藤乃から釘をさされた弥三郎は背中に冷たいものが何度も走って全身が硬直するのを、どうしてもこらえきらず、ブルブルと体を震わした。

庭には名月の光が、霜が降りたように白くさえざえと照り渡っていた。

ウメの病気はなかなか回復せず、とうとう隣町の大学病院に入院していた。百合乃が付添っていたが、病状ははかばかしくなかった。ほんの何ヵ月か前までは、立花良雄との結婚があと一歩まで行っていて、幸福の絶頂にあったのが嘘のようであった。ウメにはあの時の健康そうな頬の色も肉もなく、別人のように痩せて、顔色も悪かった。一方、キクと立花良雄との仲はとんとん拍子にすすみ、村長の仲人で来春に挙式をあげることに決った。

そんな暮も迫ったある日、キクがウメを見舞いに大学病院にやってきた。からっ風の強い日で、暮もおし迫っているせいか通行人の足が早く、落ち着かない寒々とした日であった。来春に結婚をひかえているにしては、キクの顔はさえなかった。むしろ、打ち沈んだ風であった。

ウメと立花先生は二人で将来をしっかり契ったわけでもなく、また正式に結婚を申し込まれたわけではなかったので、ウメはキクを表面だって恨むことも出来なかった。悪夢を見たとしか思えなかった。

百合乃は詳しいことは知らされていなかったが、ウメの結婚相手を、結果的にはキクに横取りされたことになったのはわかっていた。そしてウメの病気が、それに関係あることもはっきりしていた。ウメもキクも自分の腹を痛めた子供であったから、百合乃からは、キクの結婚を素直に喜んであげる以外に道はなかった。

キクはウメを励まそうと、明るく振舞ったが、どうしても暗くなりがちであった。

「百合乃おばさま、ちょっと席をはずしていただけませんか。ウメちゃんに話しておきたいことがありますから」

百合乃が席をはずすと、ベッドの上のウメの手を握って、キクが言った。

「ウメちゃん、御免ね。あなたから立花先生を奪ってしまって。あなたと先生の話を聞いて、私はかっとしたの。私よりあなたを選ぼうとしている人間が、またこの世の中に一人いるということを知って。立花先生を奪われて、あなたが、こんなに衰弱してしまうとは夢にも思はなかったの。立花先生は、まだあなたの方に心を残しているみたいだけど、結婚をしてしまえば、心はこちらに傾けさせてみせるわ。それより、あなたには元気になって貰いたいのよ。昔のウメちゃんに戻ってほしい。子供の頃から私達はずっと一緒で仲良しだったものね。あなたを激励するために、あなたに知らせておきたいことがあるの。でもこれは口が裂けても誰にも言ってはいけないのよ。これまで、ずっとこの秘密は守られてきているのだから。ウメちゃん、私とあなたは百合乃おばさまから生れた、本当は双子の姉妹なの。先に生れたあなたの後に、難産で、私はもうあきらめられていたのだけど、奇蹟的に助かり母藤乃のもとに貰われて行ったのね。あなたの方が選ばれて家に残り、私は外に出されたのよ。今度また立花先生からあなたが選ばれたら、私はどうなるの。だから、私はあなたの立花先生をどうしても奪いたかったの。許してね。これで、私とあなたは相子《あいこ》になったのよ。私は出生の秘密を知って、これまでずっとひとりで苦しんできた。あなたも元気を取り戻して、私に負けずに耐えて頑張って生きていくのね」

キクはウメをにらみつけるように言った。

ウメは殆ど気を失いそうになっていた。

外はからっ風に雪が交り、吹雪のようになってきていた。

四

青々と広がる田畑の中に残されたようにぽつんとたっている駅に、男衆の茂助が一人で、人力車をひいて百合乃を迎えに来ていた。真夏の陽射しが厳しかった。駅舎のまわりは夏草のむせかえるような臭いに充ちていた。

茂助は百合乃に人力車に乗るように勧めたが、百合乃は固辞して、歩いてキクの家に向った。

百合乃の手荷物を人力車に乗せると、茂助は少し間隔をおいて百合乃の後を歩いた。二十数年前まで茂助は百合乃の嫁ぎ先の竹若酒造の男衆であったのだが、竹若の家運が傾きはじめると、藤乃の家の松政酒造の方へ、藤乃の指名もあって、引き取られていったのである。茂助が可愛がってくれた藤乃も先年脳軟化症で他界していた。松政家はキクの代になっていた。

あの霧の深い夜の出来事を知っているのは、百合乃と茂助の二人だけになっていた。

しかし、この出来事が二人の話題になることは絶対になかったし、二人とも口が裂けても、口に出すことはなかった。二人は暑い陽射しの中を、農作物の出来や戦争の話をする以外は黙々と歩いた。戦争がいよいよ激しくなり、酒造りも統制になり、ほんの一部のところを除いて、弱小の造り酒屋は休養に追いこまれていた。

百合乃の竹若酒造は休業というより廃業であった。百合乃の後を継ぐ筈であった、娘のウメ夫婦も十年も前に肺疾患と腎臓病で若くして子供を残すこともなく、相ついでなくなり、百合乃が一人で切り盛りしていたが、杜氏や男衆が続々と応召されていくため、ついに酒造りが出来なくなった。家業は不幸が続いたせいもあり、長く家運が低迷していたので財産も遣《つか》い果していた。

それを見るに見兼ねたという形で、キクが百合乃に救いの手を差し延べた。

一人残された百合乃の老後のこともあり、姪のキクが伯母の百合乃を引き取って世話をする形になったのである。わずかに残った家屋敷、山林など全てを処分して借財にあてたので、百合乃の手もとにはいくらも残らなかった。お金のことは心配ないから、すっきりして体ひとつで来れば、あとはどんな面倒もみるからと、キクは百合乃に優しく何度も言って、同居を勧めたのであった。

このことは世間からも美談として羨望された。百合乃の心の奥底には、キクは自分の腹を痛めた子供だという安心感もあった。藤乃と源三の間に実子《じっし》がなかったように、キクと良雄の間にも子供が生まれなかった。それで、キクは良雄の姉の子である節子を十才の時に養女として貰った。その節子も今は高女を卒業して結婚適齢期を迎えていた。良雄は隣町の中学校の校長をしており、戦時下で生徒を毎日のように勤労奉仕のため軍需工場に引率するために、隣町に下宿して殆んど帰宅することはなかった。

松政酒造も酒造りが統制になり開店休業も同然で、雇い人も男衆の茂助と下女の一人以外はいなくなっていた。家業より、今は良雄の給料で生活しているといった方がよく、一昔の賑いはなく、広い屋敷内は静まりかえっていた。

百合乃がキクのもとに越してきてから一ヵ月程たった秋風の立ち初めた頃に、残っていた一人の下女にも暇が出された。下女を置いておく必要も余裕もなくなったというのが表向きの理由であった。その頃キクは、節子に婿養子を迎えるために、高女の先生の一人に目をつけて、しきりに動いているということであったが、戦時下のために、あまり話が進展しないという噂が流れてきていた。男衆の茂助以外に松政家の中を覗くことは出来ないために、内部の事情のことは殆んどわからなかった。

明けて昭和二十年戦局はいよいよ押し迫ってきていた。二月の下旬の寒いさかりに、節子が松政の家を出て、隣町の良雄のもとに寄宿して、軍靴を造る工場に勤めだしたという噂が流れた。国民総動員の時代であるから、誰も不思議に思うものはいなかった。

しかし、その頃から、松政家に出入りする魚屋とか米屋さんの使い走りの中から、松政家では、キクが何時も百合乃を罵る声と、百合乃の泣き声が聞えると言って気持悪るがり、品物を届けるのをいやがる者が出てきた。あの上品なキクが、また血の繋《つな》がった姪と伯母の間柄で、しかも昔からずっと仲の良かった二人の間にそんなことがあるとは信じられなく、犬か猫を叱っているのではないかと、人々は誰もそう考えていた。

三月の上旬、桃の花が戦争のことなど何も知らぬげに、美しい花をつけた。戦時下でもあり、雛人形を表立って飾る家はなかった。三月三日、朝のうち珍らしく気嫌のよかったキクは、何を思ったのか急に茂助にお気に入りの江戸天保時代の雛人形を出させ百合乃に飾らせた。

午後から茂助の人力車に乗ってキクは久しぶりに髪結ひに出掛けた。松政家の不穏な噂を消すのに、充分なキクの上機嫌さであった。きれいな丸髷に結い上って帰ってくると、キクは簞子《たんす》の一番奥から三十年も前の花嫁衣装の金襴緞子の振袖を出し、百合乃に手伝わせて着た。その夜、取って置きの酒が蔵から出され、茂助も相伴《しょうばん》にあずかった。あまり飲めない百合乃にも何度か無理に飲ませた。雪洞《ぼんぼり》の薄明りのもとで、天保雛人形が無気味な陰翳をつくって並んでいた。時局のせいもあったが、雛祭りを祝う対象となる可愛い女の子のいない雛壇は優美とか華麗さは全くなく、陰惨で恐怖すら感じられた。

大分酔いの回ってきたキクは突然、

「おい、百合乃!」

と伯母の百合乃を呼び捨てにし、

「四十年前の雛祭りの日と同じように、笑いながら、私を捨てたと、言ってみな」

と睨みつけた。キクの目は酔いで座ってきていた。百合乃は黙って下をむいて、ひたすら嵐が過ぎるのを待っていた。毎日のように同じ拷問の繰り返しであった。

茂助も百合乃と同じように床に手をついて、顔を上げず、キクが酔い潰れるのを待った。

「黙って押し通せるとでも思っているのか。私は、この部屋のあの押込みで、この耳でもって、ちゃんとお前の笑って犬猫を捨てるような悪魔の声をはっきり聞いて、憶えているのだから。この天保雛人形達が証人だ。あの一言を聞いて私の人生は狂ってしもうた。さあ、この畜生め、神妙《しんみょう》に白状しろ」

とキクは手に持っていた杯を百合乃に投げつけた。百合乃は泣きくずれた。百合乃はキクにどんなに虐待されても、霧の夜のことで口を割ったり、言い訳を絶対にしなかった。

「泣けば、許してもらえるとでも思って、このよこしまな売女め!」

キクは足で百合乃の肩を押し倒した。

「茂助、明日から、この百合乃を呼び捨てにしろ。この女は明日から下女だ。お前の下の奴だから、お前のいいようにお使い。この女は明日から板張りで飯を食べさせろ。寝るところも下女部屋だ。そして、百合乃！　私を、明日から奥様とお呼び、わかったか。いくら泣いても、お前には、もう逃げ帰るところなどありゃしないのだから」

怒鳴るだけ怒鳴りちらすと、キクは酔った足取りで寝室の方へ立っていったが、途中で倒れそのまま寝入った。

陰では百合乃を奴隷のように虐待し続けながらも、客が来ると、キクは百合乃を伯母として立てて扱った。言葉も優しく丁寧で、客には二人の間が、そんなにも残忍で陰惨だとは全くわからなかった。百合乃は耐えに耐えた。身から出た錆と心で思い、絶対に他人にはわからぬように懸命に振舞っていた。

キクの恥は、百合乃の恥であった。

客が帰ったあとは、キクは一層はげしく百合乃を虐待した。客の前で百合乃を立ててやったのを倍にして返した。寒い夜に家に入れてやらないとか、板張りから、さらに土間の片隅で百合乃はごはんを食べさせられていると噂は広まっていった。壁に耳あり、障子に目ありと言うように、どんなに人前で繕《つくろ》っても、キクと百合乃のことは段々に知れ渡っていっていた。

五月のある夜、キクと良雄の結婚の仲人をした元村長が、キクを秘かに訪ねてきた。温厚篤実な人で、もう老齢であったが、まだ矍鑠《かくしゃく》としていた。キクはこれまでことあるごとに元村長に相談して、ことを運んできていた。

「近頃、世間では松政に関して、聞きたくないような噂がちらほら耳にはいる。私は無論信じもしていないが、どうしても聞き捨てならぬことなので、今夜お訪ねした」

元村長は慎重に言葉を選んだ。

「ほう、どんな噂でございましょう」

とキクはうそぶいた。

「私の口からは言い出せぬこと。私はキクさんが噂のようなことをしているとは、信じていないからじゃ。まあ、いずれにして、キクさん、あなたは藤乃さんの生んだ子供さんに間違いない。あんなに似ていた親子を私は見たことがないくらいじゃった。よしんば、あなたが思っているような関係が、キクさんと百合乃さんの間に万が一あったとしても、それならあなた達は真の親子ということになる。それなら、なおさら一層噂のようなことがあってはならない。なにがあったにしろ、キクさん、百合乃さんを許して上げてくれないかね」

「私が伯母を許す？」

キクは瞬間血相《けっそう》を変えて、元村長を睨み返した。

「あの女は悪魔じゃ。自分の生んだ子を捨てた。この地方では、後に生れた方が長女で、先に生れた方が次女なんだ。長女の私の方を捨てた。それも難産で、瀕死の状態にあった私の方を残酷にも捨てた。危なかった子ほど不憫で、手元に置いて育てるのが、母親なのじゃ。それを犬猫をやるように、相性が悪いと言って笑って私の方を捨てたんじゃ。どんなことがあっても私は百合のを許せない」

「キクさん、それは考え過ぎだ。あなたの言うことが、たとえ真実だとしても、それはその時にやむにやまれぬ事情でそうなったこと。百合乃さんを許してやってくれないか。これ以上噂が広まると、この名門松政家も危ないことになる。良雄さんも養女の節子さんも家に帰ってこないのは、あなたの百合乃さんに対する仕打ちに耐えられなくなり、またそれに抗議するためのものと聞いている。そして昨日、私のところに二人はあなたとの離縁を希望して来たのですぞ。このままいったら、誰も松政家に寄りつかなくなりますぞ」

「良雄も節子も弱虫な奴。一緒に百合乃を虐めようとけしかけたら逃げだしてしもうた」

「キクさん、まさかあなたは百合乃さんに残虐な仕打ちをするために、百合乃さんを行き場のないようにして、引き取ったのではないだろうね」

村長がキクにまさかと思うがと言ったきびしい顔でたずねた。キクは顔をそらし、身をねじらして苦しそうな息づかいを始めた。

「今、日本は勝つか負けるか、国運をかけて戦争している。皆一生懸命に戦っている。そんな大事な最中に、逆恨《さかうら》みみたいなことをして、ひとりの老婆をいじめている。これは非国民、非人間のすることですぞ」

「逆恨みとは心外なこと。非国民とも、非人間とも呼ばれてもよい。日本が戦争に勝とうと負けようと、私には一向に構《かま》はない。私は、この百合乃のために一生悩んで、人間不信に陥ったのです。今こそ、その復讐をやりとげようとしているのです。村長さん、私の気持をぐらつかせるようなことを言わないで下さい」

キクは感情が昂揚してきて泣き伏《ふ》した。

沖縄が玉砕し、本土は毎日爆撃で、焼土と化しつつあった。

キクは六月頃から段々やせはじめ、吐血、下血を繰り返し、我慢をしていたが、痛みに耐えきれず隣町の病院で受診した。食あたりか、暑気あたりぐらい考えていたのだが、実際は大きな胃癌が出来ていて、全身に転移もおこし、手のほどこしようがないくらい悪くなっていた。

飲むものだけでも通るようにと、胃と腸をつなぐ簡単な手術だけが行われた。

キクは、百合乃の看病の申し出を拒否した。身内で看病につく者は誰もいなかった。まだ抜糸も出来ない時に、留守を守っていた百合乃が急に脳出血をおこし危篤状態になった。今帰ればお腹の縫合部がはずれ、腸が体内に飛び出るというのもきかず、キクは帰宅した。

駅に茂助が迎えに来ていた。キクは痩せ細り、顔色もまっ青であったが、気はしっかりしていた。

茂助はキクに仕《つか》えだして四十年以上もなるのに初めて、キクにお願い事を言った。

「百合乃さまは御臨終で、もう助かる見込みはないとのことでございます。ひと言、百合乃さまに『許す』と言葉を掛けて下さいませぬか」

キクは人力車に揺られながらしばらく黙っていたが、

「茂助、霧の深い夜に、一体何があったのか。お前はよく知っているだろう。私はその時捨てられたのであろう?」と弱々しい声でたずねた。

「深い霧の中のことなど、私は全く関知しておりません。私は何も知りません。ただこのまま百合乃さまがお亡くなりになっては、あまりに可哀想でございます。何でもよい、ひと言云《い》って、許してあげて下さいませぬか」

茂助は懸命にキクにただそのことを繰り返して頼《たの》んだ。

「茂助は律儀な男だね。最後まで律儀を通すのだね」

キクはつぶやきながら、目から涙を流していた。

家にたどり着いた時には、既に百合乃の顔に、白い布が被《かぶ》せられていた。キクは開腹した傷から腸が出てくるのを、さらしで押え込んで、百合乃の葬儀が終るまで、喪主として役割を果しとおした。病苦で額に脂《あぶら》汗を滲ませ、茂助に後から体を支えられながらも正座をくずさなかった。百合乃を虐待していたという噂が信じられないようにキクは静かな表情をしていた。葬儀中にキクは何度も嘔吐した。夏のさかりだけに傷口は化膿して、松政の広い仏間内に悪臭《あくしゅう》を充満させた。

病院へ戻って一週間目に高熱にうなされながら、キクは亡くなった。火葬をすませて遺骨になったキクの骨壷《こつつぼ》を茂助は、人力車に乗せて夕暮の川沿いの土手道をひとり、ゆっくり引いていた。日本が戦争に負けた数日あとの日のことであった。

夕暮の道には無数の赤トンボが、キクや百合乃の死のことなど知らぬげに赤い布切れが群れ舞うように飛びさかって夕空を赤く染ていた。

おとよ

夕暮時になりますと、きまって病院の裏の川辺で立て膝をするようにして座っている人影のあるのに私が気付いたのは、ひと月も前のことだったのでございましょうか。その人影は葦原の中に人目を避けるようにひっそりと座りこんで、いつもしずかに煙草を吸っているのでございます。葉陰に見え隠れする後姿は、短髪ともんぺ姿のせいで、私は最初のうち男性とばかり思っていたのですが、何度か見ているうちに、その細身の体つき、煙草を吸う時や髪を触れる時の指の仕草から、それが女性であることを次第に確信してまいったのでございます。

そして女性であるならば、髪型や体つきは随分変ってきていましたが、昔どこかで会ったことのある人に似ているのに気付いてまいりました。だが、それが何処の誰だかは、どうしても思い出せなかったのでございます。

年齢も六十近くになりますと、私の場合には特にいろんな仕事をしてまいりましたし、いろんな場所に転々としてまいりましたので、出会った人も数知れず、またこの頃はもの忘れもひどくなってまいりまして、なかなか思い出せなかったのでございます。暑さのため寝苦しい夜などは、子供の頃寝床の中で、寝付くために一つ、二つ、三つと数えたように、いろいろ記憶の糸をたどってみるのですが、いまひとつのところで、どうしても思い出せず、もどかしい思いでいたのでございます。近くで横顔でも、ちょっとした声でも聞けば、すぐに思い出せるのでしょうが、私の方から近付いて行くのも気がひけましてね。それに人間には良い思い出ばかりではございませんし、再会したことが重荷になることもございますからね。ただ、その人影に関しては、悪い思い出の人でなく、むしろ、好ましく懐かしい人であったような予感だけは、不思議にしていたのでございます。

それは九月末の夕暮時のことでございました。

付添っている患者さんの夕食の介助がすんで、患者さんから頼まれていた煙草を買いに近くのお店に出掛けていきました。近いと申しましても、淋しい田舎町のことで、幾つかの橋を渡って行かねばなりません。この町は水郷とでも申すのでしょうか、やたらと川や疎水が入り込んでいましてね、病院を出る時、西の方の山から黒い重い雲が町の方へ押し寄せて来ていましたから、こんな時はきまって雷雨になることを知っていましたので、傘を用意して出たのでございます。案の定、帰りの三つ目の橋にさしかかったとき、雷鳴とともに大粒の雨が激しく降りはじめました。傘をさしていても水煙りで体が濡れ、目先も見えないといった降りで、私は橋の上で途方に暮れて立ち止まりかけていました。

その時、目の前を白い影が横切り、その人は両脇に大根と白菜をかかえ、その後姿から、あの葦の葉陰の人であることに気付きました。

咄嗟に、私はその人影を追い傘をさしかけてあげました。日暮れのうえに、豪雨で近くのものでも判然としない暗さでございましたが、ずぶ濡れになったその人の顔を見上げた時、

「ああ、おとよちゃん、おとよちゃんだね」

と私は驚きの声をあげ、そのままその人の腰を抱いて橋のたもとの、大きな柳の樹の下にある、赤提灯のさがった一膳飯屋に背中を押すようにして一緒に駆けこみました。

「お清、お清おばちゃんだね」

「そうよ、お清よ。あなたは間違いなくおとよちゃんなんだね」

確め合うと、私達はしっかり抱き合い泣き出したのでございます。

飯屋の主人が呆気《あっけ》にとられて、私達をぽかんとした顔で見ていました。主人から手ぬぐいを借りて、私はおとよちゃんの頭から体を、まるで湯上がりの赤ん坊にするように優しく拭いてあげました。

「やっぱり、お清のおばちゃんだったんだね。私は前から気付いていたのよ」

「まあ、おとよちゃんは人が悪い。それなら声を掛けてくれたらよかったのに。何

時からわかっていたの」

「ひと月半程前、病院に来た日に川岸で洗濯しているおばちゃんの後姿を見たときから。昔おばちゃんには随分よくして貰っていたから、私はおばちゃんのことはずっと忘れずにいたの。だから、すぐにわかったわ。声を掛けようかと何度も思ったけど、おばちゃんに迷惑をかけたらと我慢していたの。顔向けの出来ないような事を仕出かして別れたままになっていたからね」

「なにをおとよちゃん、水臭いことを言うの。おばちゃんとおとよちゃんの間ではないね。あの時だって、誰もおとよちゃんを悪く言う人はいなかったのよ。それは表立っては、おとよちゃんを加勢することは出来なかったけどね」

「おばちゃん、私変ったでしょう。こんなに痩せてしまって」

「ううん、すこしは細くなったようだけど、話をしてみると昔とちっとも変っていないわよ。向こう意気が強くて、いたずらっぽい笑顔も変っていないわよ。おとよちゃんは何時までもおとよちゃんよ。そうそう、多市のお父ちゃんはお達者かい」

多市さんはおとよちゃんのご主人で、年の差があるため、おとよちゃんは多市さんをお父ちゃんと呼んでいたのでございます。多市さんの名前を出した途端におとよちゃんはまた激しく泣き出したのでございます。私は聞いてはいけないことを口にしたと後悔したのでございます。

「ねえ、おばちゃん、私の話を聞いて」

「うん、なんでも聞いてあげるわよ。ただ泣くのはおとよちゃんらしくないわ。ほら、雨も上がったようよ。お客さんも来はじめたようだから、泣いていたらびっくりするわよ。気分なおしにトコロテンでも食べようかね」

「わかったわ、もう泣かないわ。おばちゃん本当にごめんね」

おとよちゃんは涙をぬぐうと、懐から煙草を出して火をつけて、静かに話しだしたのでございます。

「おばちゃん、新町の若宮神社の近くの川辺にある『あやめ』という小料理屋を知っているかな。付添婦をしているおばちゃんは、町に出ることもないから知らないでしょうね。町では有名なお店なのだけど、そのお店で、私は仲居、多市お父ちゃんは板場として一年程前から、働いていたの。前の町にいたとき、私が転んで怪我をして入院し、多市お父ちゃんがずっと付添って看病してくれたの。働いていたのが小さなお店だったので、私達が住み込んでいた部屋を次の板場さんに空け渡さなければならなくなり、私が少し動けるようになったのを機にこの町に越してきたの。住み込みでないと、家賃を払うような生活は出来ないものね。何十年か前に、多市お父ちゃんはこの町で板場修行をしたことがあって、昔の知り合いを頼って流れて来たのよ。『あやめ』の女将さんがとても良い人で、お父ちゃんは年なのによく頑張るし、私も気持よく働けて、女将さんからは、あなた達もこの町で骨を埋めなさいよとまで言ってくれているの。ところが、半年程前からお父ちゃんが変な空咳をするようになってきたの。体は小さくとも病気ひとつしたことがなかった人だから、自分でも高を括っていたところがあったの。お医者様嫌いでもあって、なかなかお医者様に診せようとしなかったのね。女将さんも私も随分すすめたんだけど、あんな生一本の性格だもんだから言うことを聞かなくて、ひとつは病気とでも診察されて、今のやり甲斐のある生活を失うのが恐かったのかもしれなかったのね。ひどく痩せてくるし、夜中に胸を痛がりはじめたもんだから、女将さんと私とで無理に引っ張るようにして町医者にお父ちゃんを連れていったのよ。そうしたらお医者さんはレントゲン写真を一枚撮っただけで、肺癌が進行していて手の施しようがない、どこかに入院させて、せめて痛みだけでも取ってあげるようにして貰いなさいと言うの。私と女将さんは仰天して、町医者の誤診であることに一縷の望みをつないで隣り町の名のとおった大きな病院にもう一度診て貰いに行ったのだけど、そこでも同じ診断で、癌は骨にも飛び火していると言われたの。これでよく立ち働きが出来ているねとも。お父ちゃん、もう自分でも治らぬ病気とわかっていたのかもしれないわ。入院するのをいやがって子供のように駄々をこね続けたけど、痛みには勝てなくてね。ある夜、仕事を終えて部屋に戻ってみると、お父ちゃん、自分で荷物をかたづけていてね、何も言わなかったけど、それがお父ちゃんの意思表示だったのね。弱音を吐かない人だから、可哀相で、可哀相で」

「まあ、多市さんが癌に……。そんなことは露ほども知らないで、可哀相なおとよちゃん」

私の方が話を聞いているうちに涙が溢れてきて、お勘定を早々に払って、おとよちゃんの手をとると、外へ出たのでございます。

雨はすっかりあがり、月が皓皓と照り渡り蛇行する増水した川が、川岸の柳並木の葉陰で茶褐色の濁流となって激しく渦巻いて流れていました。

「おとよちゃん、そんな大事なことを、もっと早くおしえてくれたらよかったのに。そんな大事を一人で悩まずに……」

「おばちゃん御免ね。あんなことを仕出かしてから、私とお父ちゃんは心に決めていたの。どんなことが起ころうと誰の手も借りずに自分達だけでやろうねと」

「なにを言っているの、おとよちゃん。あなたと多市さんのしたことは、止《や》むに止まれずにしたことよ。誰にも憚《はばか》ることはないのよ。人は一人では生きて行けないものなの。あなたと多市さんが、年齢や義理人情を乗り越えて結ばれたこと、口にこそ出さなくても皆喜んでいたし、羨ましくさえ思っていたのよ。おばちゃんの出来ることは何でも力になるわよ。何でも言うのよ、ね」

私は立ち止まり、柳の木の下でおとよちゃんを強く抱きしめました。おとよちゃんは声をあげて泣き出したのでございます。

「おばちゃん、お父ちゃんの命はあと三ヵ月、どう長くても今年一杯は持たないと先生から言われているの。この町に来て、やっと平穏な生活が出来そうになったのに。これまで言うに言われぬ苦労ばかりをお父ちゃんに掛けたからね。あと二、三年辛抱してしっかりした所帯を持とうとお父ちゃんと話したばかりなのにね。おばちゃん、お父ちゃんに私はなにをしてあげればいいの。痛みが強く、毎日苦しんでいるのよ」

「おとよちゃん、二人で多市お父ちゃんをしっかり看病してあげようね。おばちゃん、あなたたちと別れた後の十数年ずっと付添婦の仕事をしているの。少しは病人の気持もわかってきたわ。病気のことは何も知らないけど、とにかく私達にやれることをやってあげましょうよ。それしかないのよ」

「おばちゃん、お願い、私とお父ちゃんを助けてね、この世の中に私達が頼れる人は誰もいないのよ。お父ちゃんのためなら、私なんでもするわ。なんとしてもお父ちゃんを助けてあげたいのよ。でないとお父ちゃんがあまりに可哀相で……」

私は患者さんの煙草を買いに出たのも忘れて、おとよちゃんを励ましていたのでございます。

豪雨の橋の上で、駆け抜けていく人影に、「おとよちゃん」と咄嗟に呼びかけたのには、今でも私は、人のもつ記憶の反射能力の不思議さに驚いているのでございます。

夕暮時にいつも見る人影がおとよちゃんであったのなら、私はもっと早く気付いていてよかったと思うのでございます。と、申しますのは、十数年程前のおとよちゃんの印象があまりに強く、どんな時にも、私の脳裏から片時もおとよちゃんが消えたことはなかったのでございますから。一膳飯屋での灯のもとでおとよちゃんが、わたし変ったでしょうと伏目がちに憔悴した表情で言った時、正直なところ、あの元気で、きれいなおとよちゃんとはあまりの変りように、私は息を飲む程でございました。十年前のあの溌剌としたおとよちゃんそのままであったら、葦陰の人影を垣間見ただけでも、瞬時気付いていていたはずでございます。あの頃のおとよちゃんは、ありきたりの表現しかできなくて申し訳ないのでございますが、いわゆる小股の切れあがった物凄くいい女で、眼は錫をはったように涼しげに澄んでいました。女が女に惚れるといった風情で、それに緑の黒髪が艶々と輝き、髪の量が多く、きれいなうなじを見せるように丸まげにあげた時の髪は、その高く結った前髪の部分が廂のように突き出て、それが体が動くたびに少し上下するのでございます。髪の少ない人でそうあったら笑止ものですが、おとよちゃんのはびっしりと固く結われた豊かな黒髪がそうなるものですから、横からそれを眺めている時など溜息の出る程に惚れ惚れとしたものでございます。私は女性の美しさというものは、全体の均整が一番だと思っているのでございます。そのうえに豊かな黒髪、色白の肌、涼やかな眼だと思っていますが、おとよちゃんは、それを全て持っていたのでございます。

丸まげに結いあげた髪型に調和した瓜ざね顔、それはきれいなものでございました。

おとよちゃんに再会した時、おとよちゃんは昔のおとよちゃんと少しも変っていないと私は慰めましたが、おとよちゃんは変ってしまっていました。女性でも、抱きつきたくなるような、あの丸みのあるしなやかな体は、骨ばり、長い豊かな髪は断髪に、色白の肌は浅黒く、瓜ざねの丸みの顔は頬がこけ、涼やかな眼は暗く濁っていたのでございます。

いかに、おとよちゃんが私に強烈な印象を残していたとしても、あのおとよちゃんの変りようには、私がおとよちゃんを思い出せなかったのもむべないことでございましょう。

しかし、おとよちゃんのあまりの変りようは、私には嫌悪とか、失望を与えるものでは、全くございませんでした。いや、むしろこのうえない、愛《いと》おしさを覚えて、しっかりと抱きしめたい気持でございました。それは愛しの我が子を、ある事情で勘当し、その子がうらぶれはてて帰って来たのを迎えた時の、親の心境に似ていたのかもしれません。でも、おとよちゃんも、私が初めておとよちゃんに会った頃は、かように臈たけた女性ではなかったのでございます。

私がおとよちゃんに初めてあったのは何時のことであったのでございましょう。そうでございました。私の長女の信代とおとよちゃんは同じ年で、三十数年も前、信代がまだ小学生の頃、ある日、信代がおとよちゃんをひょっこり家に連れてきたのでございます。

秋の刈入れの時の忙しい頃で、大人達が刈って置いてある稲を子供達はわらで束にして畦道に運ぶ加勢をするのでございますが、いままで見たことのない子が信代について、それはせっせと一生懸命に仕事をしているのを見て、友達の一人ぐらいと思って気にもかけずに居たのでございました。夕飯の時も、加勢の人達の中にまじって信代の隣りで嬉しそうに御飯を食べている女の子の姿を見て、えらい色の黒い子だけど、御飯が済んだら早く家に帰さねば親御さんが心配しているだろうと、信代に声を掛けようと思っていて、あまりの忙しさについ忘れてしまっていたのでございます。

あの頃の農家の秋の収穫時は、それは毎日喧嘩をしているみたいに忙しかったものでございました。疲れはてて眠り、朝はまだ明けやらぬうちから仕事といった具合で、早朝のひと仕事を終えて朝食に帰ると、土間で信代とその子が、大人達の食事の御相伴を甲斐がいしくしているではありませんか。

こんなに朝早くから加勢に来てくれたの、と私がその子に聞きますと、首を縦に可愛く振るのです。〝おとよちゃん〟は泊っていたの、家の人が遠くに行っているから、稲刈り休みの間中、ここに泊って加勢してくれるんだってと、信代が言うのです。

あの頃は、農繁期には学校も休みになって一家総出で農作業に励んでいましたからね。まあ、と私は驚いて初めて、その子の顔をまじまじと見つめたのです。確かにこれまで一度もみたことのない顔で、色は黒いが、目鼻だちがはっきりした可愛い顔で、田舎育ちでない、あか抜けしたものを、まだ十才前後でしかなかった女の子にも感じたのでございます。

その子が〝おとよちゃん〟だったのです。

よく事情を聞きますと、おとよちゃんはお父さんが炭鉱の落盤事故で若死していて、母一人、子一人の家族で、母親が小間物の行商をして暮しを立てていたのでございます。母親の方は炭田地方の大層な名家の出であったそうでございます。

母一人、子一人故におとよちゃんは気丈に育てられているのか、性格はきつそうで、物の言い方も男の子のようにはっきりしていましたが、時折り見せる笑顔は本来の生れの良さを見せて、本当にあどけなく、可愛くて、人好きのするものでございました。おとよちゃん母子は、この村に親戚の人がいたわけでもなかったようで、行商中に、たまたまある農家の人が、おとよちゃん母子の境遇にいたく同情して、その農家の離れに住むようにしてくれたそうでございます。

母親が行商に出ている間は、信代と仲良くなったおとよちゃんは、よく私の家に寝泊りするようになっていました。素直で、さっぱりしたおとよちゃんは、私の家の誰からも好かれたのでございます。そして、私には特によくなついていました。

とても声がよくて、信代と二人でよく大好きな小学校唱歌を大きな声で歌っていたのを憶えているのでございます。おとよちゃんは尋常小学校を卒業すると、遠くの町に女中奉公に出るため、母親と一緒に村を去ることになりました。

できたら私の家に引き取って信代の姉妹として育てたいと思ったくらいでございましたが、一人の人間の一生をみることは容易なことでなく、一時の感傷におぼれることは、さすがにはばかれたのでございます。その後しばらくの間は信代とおとよちゃんは手紙の交換を続けていたのでございますが、次第に便りも遠のき、信代は結婚しましたし、おとよちゃんの消息もわからなくなり、信代との間でおとよちゃんの噂をすることもなくなってしまったのでございます。

それから二十数年後、私とおとよちゃんは、九州の山峡の小さな温泉町で、思いがけなく再会することになったのでございます。

この温泉町は九州のほぼ真ん中あたりにある、山また山の中の温泉地で、おとよちゃんが一時住みついていた私の故郷とは県も違い何十里も離れ、その間には直接行き来するような街道もなく、分水嶺を全く異にしていましたから、私の故郷からは一度海岸に降り、それから海岸線をくだり、名も知らぬ川を遡行しなければならず、昔から殆ど交流もなく、私もこの温泉地にくるまでは、その名も知らないような所だったのでございます。

私の嫁ぎ先は谷間の狭い山村でしたが、田畑も一町以上も持っており、農繁期には男衆を雇う程で、山林もかなりありまして、まあ、何不自由ない暮しでございました。信代が隣村に嫁いだ後、長男が嫁をとり家督を継いで、それは平穏な日々を送っていたのでございます。信代が三人目に、はじめて男児に恵まれ、その喜びのお宮参りに私が呼ばれて、留守をしていた間の出来事でございました。あの日は主人をはじめ家の者は皆、村の用事で家に居て、私一人だけが信代の元にまいっていたのでございます。

二百十日の台風の去ったあとの、秋雨の降り続いた日のことでございました。

家の裏山が高さも、幅も何十間にわたり、地響きとともに一瞬のうちに大地滑りをおこし、私の家を飲み込んでしまい、その土砂は家の前を流れる川を堰止めて、村の一部を沼地にして、水底に沈めてしまったのでございます。主人は勿論、長男夫婦、三人の孫、そして全ての田畑も、私は一瞬のうちに失ってしまったのでございます。村に家を再建して住んだらと勧められましたが、愛する人達を呑み込んだ土地には、どうしても住む気になれませんでした。

信代の家に身を寄せていた私に、このままずっと一緒に暮してはと婿をはじめ、皆勧めてくれたのでございますが、一時も体を動かさないと、息が詰まりそうで、また人生の無常にうちひしがれた私は、とにかく体の動けるうちは何かに没頭したくて、信代の嫁入り先の家を出ることにしたのでございます。信代には心配かけぬように、口には出しませんでしたが、心の中では信代に水盃を交わしたのでございます。そのくらい私は、この世に絶望していたのでございます。

出来るだけ私の村から遠い所、村人の噂の届かぬ所を探しました。その時は私は五十才ぐらいになっていたのでしょうか。体は動く時は土方みたいなこともしましたし、飯場の飯炊きなどいたしました。表にでない裏方に徹し、世の中の底辺の人々と生きることが、主人や息子への供養と考えて頑張ったのでございます。

それから何年かして、ダム工事の飯場で、昼のにぎりめしを背負って坂道を登っているとき、足を踏みはずして、足を捻挫し、湯治に行った温泉宿のおかみさんに勧められて、その温泉町にある川魚料理の割烹料亭〝清流軒〟の下働きとして住み込むことになったのでございます。

その温泉宿に来て五年目の秋に、酌婦となったおとよちゃんが、私の前に突然現れたのでございます。

秋の紅葉の頃が、この温泉町は一年中で一番賑い、稼ぎ時で、この季節だけの臨時の酌婦や下働きが、他所から大勢流れ込んでくるのでございます。飯をたいたり、魚を煮たり、焼いたり、茶碗を洗ったりする下働きは、炊事場を出ることは殆どなく、客間の賑わいは仲居、上女中、酌婦を通じて知るくらいのものでございました。

そんな秋のある夜、遅くに着いた客のために煮物を暖めていますと、板場の多市さんが珍しく大声を出して酌婦を叱りつけているのでございます。
二、三年前までの多市さんは、いつもびりびりしていて、よく大声をあげていたのですが、寄る年波のせいか、また一番下の娘さんの嫁入りをすませてからは、ずっと温和になったと噂されていましたので、私はこれはまたどうしたことかと驚いたのでございます。
料亭〝清流軒〟は多市さんの料理でもっていると言っても過言ではなかったくらいでございました。酌婦の態度が悪いのか、いつまで謝っても叱責が続きましたが、仲にはいって止めるものは誰もないのでございます。これは多市さんの性格を知っていましたから、仲にはいれば、かえって事が大きくなり、収拾がつかなくなるからでございました。

多市さんは竹を割ったような性格で、後に残るようなことはなかったのを、誰もが知っていましたから、その酌婦に対する小言もその晩で終ると思っていたのです。ところが、その日から毎晩のように、それも決って同じ酌婦相手に多市さんの叱責や小言が続くようになったのでございます。

ある晩、その相手がどんな女かと勝手口から出て中庭越しに、廊下を帰る姿を追いますと、まだ三十代はじめで、日頃見慣れた田舎の酌婦達とは一味ちがう、なかなかの美形に見えたのであります。

そして、どこかで見たことのある横顔だとも思ったことでございました。
二、三日後には居合せた上女中からも、同じようなきつい注意を受けると、その酌婦はさすがにくやしいのか遂に泣き出して、帳場を走り出ると中庭に降りてきて、池のそばの紅葉の木立の下で涙をながして泣いていたのです。
その泣いている姿を見たとき、あっ、と私は思い出したのでございます。

それは十数年も前、信代や私との別れに泣いて、川辺りの道を母親と歩いていった、あのおとよちゃんの姿でございました。その夜、仕事の終ったあと、私とおとよちゃんは露天風呂で体を暖めながら再会を喜び合ったのでございます。

それはまさに奇遇としか言いようがなく、特におとよちゃんから見れば、この温泉町からかなり下った隣り町に嫁に来て十数年にもなるとのことで、近くの温泉町に五年も前から私が移り住んでいたとは、思いもよらなかったことのようでした。もしそれがわかっていれば、どんなにか自分は心強かったろうと、おとよちゃんは繰り返すのでした。

私の村を去ったおとよちゃんは女中奉公や製糸工場の女工などをして各地を転々としていたようですが、この温泉町を流れる川を、少しくだるとかなり大きな盆地の町になりますが、その町の海産物問屋に奉公をしている時に、その町で手広く荒物をあつかっている商家の若旦那に見染められて、嫁いだとのことでございます。

かなりの町とは言っても、奥深い山中の町のことで、おとよちゃんの母親には、たいそう辺鄙に見えたらしくて、また双方の家柄にあまりにも差があったために、何度も辞退したのだそうですが、問屋の旦那様が町長までも動員して執拗に懇願してくるために、つい根負けしたようになったとのことでございました。しっかり者のおとよちゃんのこと、嫁ぐ以上は夫に愛情を持ち、苦労を覚悟の決心もできていたのでしょう。まあ何といっても玉の輿に乗ったことでございましたから、おとよちゃんも夢のようであったようで、結婚後数年は本当に幸せな生活が続いたようでございました。

ところが旦那の修吉といった方は、もともと遊び好きだったらしく、その習性は隠しおおせるはずもなく、二人目の子供が生れた頃には、外に女をつくって家に寄りつかなくなるといった状態で、家運はどんどん傾き、番頭には逃げられるは、不渡りは出すはで、先年遂に商いを止めてしまったのでございます。

おとよちゃんの肩を持つ人は、あれだけの別嬪を嫁にしながら、修吉さんは何が不満なのだろう、と生来の色好みはどうしようもないものと修吉さんを非難しますし、修吉の縁続きのものは、おとよちゃんはどこの馬の骨ともわからぬ流れ者で、美貌で修吉さんを狂わせた疫病神みたいに忌み嫌う人もいたようでございます。

おとよちゃんはそんな中でも、とにかく一家を養っていくために働かねばならず、いろんなところを探しても、一寸前までは良家の奥さんであった人を、下働きや農作業に使うのはあまりに気がひけて雇ってくれる所はなく、結局のところ水商売しかなく、身分を隠して内緒で、この宿に働きに来はじめていたのでございます。姑も生活のためにはいかんともし難く、おとよちゃんが働きに出るのを認め、二人の子供の面倒を姑がみることになったのでございます。

もともと貧しい育ちのおとよちゃんは、働きに出ることは苦にならなかったようですが、夫を持つ身の辛さ、家名を傷つけること、子供たちのことが心配のようでございました。おとよちゃんの身の上に私は涙しましたが、おとよちゃんも私の身にふってわいたような不幸がどうしても信じられず、本当に嘆き悲しんで呉れたのでございます。

そして、多市さんに叱られてばかり、どうしたらよいのかわからないと聞くものですから、これまで客相手の接待などしたことなかったのだから、最初のうちは失敗や手落ちのあることはあたり前のこと。多市さんは決して意地悪でおとよちゃんを叱っているわけでないのだから、注意されたことは二度と繰り返さないこと、そしてわからないことがあったら素直に聞いたらどうかと、私は注意してあげたのでございます。

それにしても、その頃のおとよちゃんは子供の頃とは見違えるように色が白くなり、垢抜けして惚れ惚れするようにきれいになり、こんな美人を捨てた旦那も、よく叱る多市さんの気持ちも私には測りしれないものを感じたことでございますし、水商売にはいれば、美貌ゆえにこの先どんな出来事と申しますか人生が待っているのかと、私は秘かに懸念したことでございます。

多市さんがおとよちゃんを叱責するのは、おとよちゃんが仕事に慣れるにつれて、少しずつ減ってきたようでしたが、それでも時々大きな声が出たり、皿を投げつけられたりしていたようです。激しく叱られるのは客に対する根本的な礼儀、たとえば帳場に降りて来て客の悪口を言ったり、引いて来た料理や皿の器を丁寧に扱わなかったり、料理場の人に対する思いやりのない言動があったり、多市さんの作った料理に対する客の反応をおとよちゃんがうっかり見落としたときなどのようでした。片田舎の料亭の酌婦のこと、そんなに気を張りつめていたり、また気の利いた女がいるわけではなかったのですが、多市さんはおとよちゃんにだけは大変厳しかったのでございます。

あまりに多市さんがおとよちゃんを執拗に厳しく叱った時に、女将さんが多市さんにどうしてそんなにおとよちゃんにだけあたるのと聞いたことがありました。多市さんはなかなか口を開こうとしなかったそうですが、ひと言、あの子は自分が思っているような仲居に育てて見たいからと言ったそうでございます。

腕が立つのに、片田舎の料亭にくすぶっている多市さんの、それは自分自身への思いと、夢であり意地だったのかもしれません。しかし、女将はそのことを決しておとよちゃんは勿論、他の人の耳にもすぐには入れなかったのでございます。

女将は、そこに多市さんのおとよちゃんへの秘かな愛を見抜いていたのかもしれません。

多市さんとおとよちゃんは三十歳以上も年が離れていましたから、まあ完全な親子の年の差であったわけでございます。自分の理想とする仲居に育てたいと思っていたわけですから、多市さんは、おとよちゃんに悪感情を持っているはずがなく、むしろ他の誰に対するよりも好感を持っていたのは間違いないことでございます。

生一本で照れ屋の人がそうであるように、多市さんはそんな素振りは露ほどにも見せず、逆に厳しく接していたのでございます。これ程の年の差があれば、たとえ多市さんがおとよちゃんに特別の感情を抱いたとしても、それは常識的に考えてもどうにもならないことを、もう老境に近い多市さんははっきり自覚していたはずでございます。

多市さんの心底をそれとなく感じはじめたおとよちゃんは、態度を乱すことなく、次第に多市さんを実の親のように慕い、近づいていったのでございます。

幼い時に父親を亡くした女の子は、そうでない子に比べ、その心の中に男性、特に自分の父親ぐらいの年齢の人に憧れ、頼りたくなると聞いていますが、私にはそのような経験はございませんでしたが、そのような女の子たちの気持は私にも、痛い程によくわかるのでございます。

この世は誰にでも一度しか過ごせないものでございますから、自分に生を与えた父親に年令的に近い人には、女の子は特に甘えたかったのではないでしょうか。それは自分とほゞ同じ年頃で、交際や結婚の対象となる男性に対するよりも、それはもっと根源的なもの、心の欠落を癒すものであったのでございます。おとよちゃんは多市さんにこっ酷《ぴど》く叱られ怒鳴られ、時には皿を投げつけられたり、足を蹴られたりしながらも、懸命に多市さんについていったのでございます。

私から見ますと、多市さんも一寸やりすぎと思うことがあったのですが、次第におとよちゃんが、多市さんの癇癖な性格に惚れ込むというか、この中に身を置くことに至上の喜びを感じはじめているのに私は気付いてきて、これは危険なことと思いはじめていたのでございます。

おとよちゃんも段々酌婦の仕事に慣れてきて、その美貌と立ち居振る舞いの美しさで、この温泉町では一番の人気のある酌婦になっていったのでございます。その上、生来の美声でお客様を魅了し、特に好んで歌う小学校唱歌はお客様の心を摑んで、〝清流軒〟の名物にもなったのでございます。民謡や小唄、流行り唄は殆ど歌わないところにおとよちゃんの面目がありました。客席で歌うおとよちゃんの童謡を聞く度に信代のことを思い出しました。童謡を歌うこと自身、おとよちゃんは純な童心を持ち続けていたのでございましょう。

そうなってきたおとよちゃんは、声のかかる座敷が多くなり、愛嬌を振りまいて廻ればそれだけでも沢山の心付けがはいり、たいした生活が出来るようになってきたのでございます。ところが、それから数カ月たった頃から急に、どんなに客からお呼びがかかっても、座敷に出ることを嫌がり、帳場の多市さんのもとを離れたがらなくなってきたのでございます。

昼すぎに料亭に出て来て、化粧し、夕方頃から客を迎えるのですが、おとよちゃんは一応準備はするのですが、うわの空といった状態で、客に挨拶をすますと、そそこに多市さんのもとに戻り、多市さんの鮮やかな包丁さばきや、盛り付けぶりに惚れ惚れと見入って動かないのでございます。女将さんは勿論、当の多市さんもお客様が第一だからお客様の元へ戻れと厳しく叱りつけるのです。多市さんに言われると、しぶしぶとまるで泣き泣きの状態で客席に顔を出すのですが、お客さんに愛想のひとつも言わず、愛嬌もなにもなくなってきたものですから、お客がだんだんおとよちゃんから離れていったのでございます。

はじめのうちは誰もが、おとよちゃんは多市さんを父親のように慕っていて、また親代りと思って相談相手になってもらっているとばかり思っていたのです。だが、それが多市さんへの恋心とわかってきて、皆驚愕し、動転したのでございます。なにしろ二人の年の差は三十以上も離れており、二人とも事情があって、連れ合いとは別れて暮していると は言っても、れっきとした既婚者同士でもあったからです。

多市さんは関西方面の大きな料亭で板場修行中に、その人柄と腕前を見込まれて、その料亭に婿養子にはいったのでございます。そして、その料亭を盛り立てて、十年程は楽しい夫婦生活を送っていたようです。奥様が、魔がさしたのか、若い板場と仲良くなったために、多市さんはそこを出て、その後は各地を渡り歩いて板場稼業を続けているとの噂で、これも勿論本人から直接聞いた話ではありません。多市さんは無口な人でございましたから。

奥さんとの間には三人の娘さんがいるようで、娘さんの結婚のことも考えて、離婚だけはしていないようで、つい先日一番下の娘さんも嫁がせたと聞いていたのでございます。

多市さんは二十数年前に家を出てからは一度も自宅の敷居をまたいでいないとのことでございますが、娘さん達とだけは時々会ったりしていたとは聞いていました。おとよちゃんが、多市さんにのぼせあがってしまっているという噂はすぐ町中に広がってしまいました。

苦慮した女将さんは、おとよちゃんを多市さんと離すため、事情を話して他の旅館に移したのですが、おとよちゃんは泣いてばかりで仕事にならず、その旅館からも自宅に帰されたのでございます。それでも、毎日のようにおとよちゃんは多市さん会いたさに、料理場の裏口に佇んでいたのでございます。

このことが耳にはいったおとよちゃんの旦那さんが急に舞い戻ってきたのでございます。他所で女と同棲してめったに家に寄りつかないのに、よくある男の習性で自分から去ろうとすると、おとよちゃんが急に惜しくなったのか、毎日のように家に戻って来ては、おとよちゃんを叩く蹴るを繰り返すことになって来たのでございます。

この頃、私はおとよちゃんから直接に、どんな困難なことがあっても多市さんと結婚したいという言葉を聞いて、びっくり仰天して、考え直したらと忠告したのでございます。おとよちゃんは多市さんの声を聞くだけでも、また傍によるだけでも背筋にじんじんとしたものが流れ、心の中に甘く切ない感情が溢れだしてきて、どうにもならないと、恋情を訴えるのでございます。三十才以上も離れた老人に、これだけの恋心をおぼえることに、私はある面嫉妬さえおぼえたくらいでございました。

恋に狂っていたおとよちゃんには、私の忠告も無駄なことのようで、その頃おとよちゃんから多市さんに求婚したようでございました。最初多市さんは年をとりすぎていること、年の差がありすぎること、別れたも同然と言ってもれっきとした妻がおり、娘さんがいること、また世間体のこと、これから先の生活など考えて、何度もはっきり断ったようです。

断れば断るほど、おとよちゃんの気持は昂揚してきて、とても普通の生活を営めない精神状態になって来たのでございます。そんななかでも多市さんは割りと冷静さを保っていましたが、周りの目が段々とそれを許さなくなり、年甲斐もなく若い人妻を篭絡したなどと、逆に多市さんに非難が集まることにもなってまいりました。

さすがに、そのような誹謗にはおとよちゃんの方が耐えられず、多市さんとの恋を断念しようと思った時期があったようでした。そんなことで、しばらくの間、二人の仲は遠ざかっていたようですが、内心では二人の思いはますます燃えあがってきていたようで、その頃になりますと、多市さんの心の中にもはっきり火の手があがり、おとよちゃんとの結婚を万難を排してでもやり遂げる気になってきていたようでございます。

そんな中秋の頃の、雲の多い月明りのない夜、人目をさけて、忍び逢いをする二人の姿を、私は初めて目にしたのでございます。暗い山奥の道で、そこはこの町の墓場の集まっている淋しい所でしたが、二人はしっかり手を取り合って坂を登っていました。二人の後姿はどう見ても老父とその娘という感じを禁じ得ませんでしたが、何かを決心した力強いものは感じとったのでございます。

決心はついても、それから二人が結ばれるまでは、棘の道の連続でございました。

零落したとはいえ、おとよちゃんの主人は町一番の荒物商を営んでいた豪商で旧家でしたから、年老いた流れ者同然の板場に妻を奪われるのは、身から出た錆とは言え、大変な屈辱だったのでございましょう。頑として離婚を認めようとはしなかったのでございます。多市さんの奥様は関西の超一流の料亭の女将さんで、若気の至りで間違いをおこしたのでしょうが、その後は立ち直り孤閨を守り立派に娘さん達を育てあげていたのでございます。奥様は江戸時代から続く家柄の出で、誇り高い方であったようで、多市さんが決して家に戻ることをしなかったのも、そのような事情の他に、家柄の違いや、奥様の性格がもともと冷たかったせいもあったようでございます。

若い酌婦と結婚するために離婚を求められた時、奥様は最初は動揺したようですが、実際のところ夫婦生活を二十数年も断絶していたのですから、意外に簡単に奥様、娘さん達も承諾して来たのです。夫婦、親子の関係を完全に義絶し、今後どんなことがあっても頼りにしたり、迷惑を掛けないことを絶対の条件にしたのでございます。

多市さんはおとよちゃんとの結婚を全うするために、全ての肉親を失い天涯孤独の身になったのでございます。おとよちゃんの方は主人が沽券にかかわるため意地になり、また幼児もいたためにこじれにこじれたのでございます。多市さんもおとよちゃんの子供は引き取ると言ってくれていましたので、どうしても子供もつれて出たかったのですが、旦那の家は地元では名家であるために、それは絶対に許さないと、義母と一緒になり頑として言うことを聞かなかったのです。

その段階になると、多市さんはおとよちゃんと一緒になれなかったら、生きていく希望はないので死ぬとまで言い切れるようになり、おとよちゃんも無論同じ気持でございました。

もうどうしても夫婦仲が戻る可能性はなく、町ではこの話でもち切りになるばかりですから、遂に見かねたおとよちゃんと主人の結婚の仲人をした町長と料亭の旦那さんが仲にはいって、子供は旦那のもとに残すこと、今後はどんなことがあっても義絶すること、多市さんとおとよちゃんは二人の噂がこの町に届かないような遠い所に出て行くこと。多市さんは多額の慰謝料を支払うことで、話をつけたのです。おとよちゃんに蓄えなどあるはずがなく、多市さんは二十数年間の住み込みの板場稼業で蓄えた、ほぼ全ての貯金を支払ったと聞いています。

二人はお互いだけが頼りで、全てを失ったことになったのでございます。

慰謝料を支払った日の夜、料亭の旦那、女将さん、板場仲間、女中さんと私、十人程で二人の結婚式と送別会をかねた小宴を開きその夜のうちに夜汽車で、二人は行先も告げずに旅立って行ったのでございました。

二人が夜汽車で旅立ってから、もう十五、六年の歳月が流れています。多市さんは七十六、七才、おとよちゃんも四十の半ばになっているはずでございます。この病院では二人を、老父を娘が看病していると思っている人が殆どで、二人が夫婦者であることを知っている人は医師と看護婦さんぐらいなものでございます。

翌日の夕方、私は重症患者の個室ばかりがある離れの西病棟に多市さんとおとよちゃんを訪ねました。川面や葦原や遠い山々は夕焼で赤く染まっていました。沼地の葦原《あしはら》の中に浮かんだような病院で、秋ともなると淋しさもひとしお感じられました。階段を登っていると、どこからか『夕焼小焼』の歌が聞こえます。子供でも入院していて、母親が子供を寝かせているのかと思い、その部屋を通り過ぎようとしました。

九月半ばと言っても、残暑の厳しい頃ですからドアは開け放たれ、見ようと思わなくても病室の中が目にはいったのです。四十歳ぐらいの女性がベッドの上で患者さんに添い寝して歌を唄いながら、団扇で風をおくってやっているのでした。私はそれを見てはっといたしました。

なんとそれはおとよちゃんと多市さんだったのです。

多市さんは痩せ衰え、小さくなり、丸坊主のような髪をしていましたので、まるで赤子のようになっていました。それは無惨とも言ってよい光景でございました。

多市さんは団扇の風で眠っているようでした。

「お清おばちゃん、驚いたでしょう。多市お父ちゃんはこんなになってしまったのよ」

おとよちゃんは昔から多市さんのことをお父ちゃんと呼んでいました。

私は可哀相で言葉もありませんでした。

「病人は皆そうよ。そのうちきっと元気になってくるわよ。それで多市さんの意識はどうなの」

「私だけは辛うじてわかるようだけど。殆ど意識はないようなのに、時々はっきりしてくるの。そして、昔のことを言ったり、泣いたり、怒り出したりするのよ」

「病人は長く寝たままだから、どうしてもボケが出てくるのよ。そして、歩けなくなると一層ひどくなるものなの」

「お医者さまは肺癌が頭に転移しているかもしれないと言っているの。近頃は夜と昼が逆になって、昼はよく眠って、夜は起きて、眠ろうとしないの」

「病人は暗くなると不安でたまらないのよ。昼みたいに音はしないし、看護婦さんや掃除婦さん、お医者さまの数も減り、淋しくて仕方がないのよ。このまま夜が明けないのではないかと思うと、恐ろしくて眠れないのよ。夜が明けて、人の声がしはじめ、人々が賑やかに動き出し、小鳥達がやってくると安心して眠れるのね。病人って本当に不安で、不安で淋しいのよ」

おとよちゃんが多市さんを揺り起こそうとしました。寝ぼけた子供のような目をして、多市さんがかすかに目を開けたのでございます。

「お父ちゃん、お清おばちゃんよ。覚えているでしょう。私たちが一緒になった時に、いろいろ助けてくれたでしょう。ねえ、思い出して！」

多市さんは思い出したようでもあったし、全然わからないようでもありましたが、少し涙を浮べたようにも見えたのでございます。

それにしてもあの利かん気の、責任感が強く、きれいな仕事をびしびしやっていた腕のよかった元気者の多市さんが、こんなに変るものかと涙が流れて仕方なかったのでございます。

翌日訪れますと、遅い夕食のようで、多市さんは昼に眠るため食事の時間がずれてきているようです。おとよちゃんは床に座り、多市さんを子供を抱っこするように膝にのせ、楽飲み器で牛乳を飲ませているところでした。

それは、まさに乳飲み児に母親が乳を飲ませているのと全く同じでした。

肺癌は食道まで浸潤していて、飲むたびにむせび、その度に咳をするものですから、胸が痛そうでした。おとよちゃんは根気よく、少しずつ飲ませていました。

時々、多市さんは目を開けるのですが、意識が朦朧としているようで、おとよちゃんによれば、痛みを取るために麻薬を使いはじめているようでした。楽飲み器を半分ぐらいあけると、多市さんは疲れたのか眼を閉じますので、ベッドに寝かせると、すやすやと眠りはじめました。

「お清おばちゃん、付添婦の仕事って本当に大変なのね。おばちゃんはよく続けるのね。私、お父ちゃんの介護だけで、もう体も心もくたくたに疲れたわ」

「そうでしょうね。看病は大変なことよ。おばちゃんもはじめた頃は何度も止めて、故郷に帰ろうと思ったの。信代からは帰ってこい帰ってこいと矢のような催促で、他人の面倒を看るより、楽隠居で、孫とでも遊んでいたらと言って来てくれるの。でもこの十数年、この仕事をずっと続けて信代のもとに戻らないので、信代も近頃諦めたみたい。向こうから会いに来るのよ。信代の子供も、もう大学生よ。治っていく人もいるけど、人間は必ず何時かは不治の病になって、いかなる名医も、看護婦さんでも、どうにもならなくなる時がくるの、その時、付添婦はなによりも患者さんの頼りであり、慰めであるのね。それを知ってからは、私はずっと、この仕事を止めきらずにいるのよ。どうしても頼まれたら、患者さんの元を離れ切れずにね」

「お清おばちゃんは偉いね。仕事として、これをするのは、おばちゃん大変だよね」

多市さんは麻薬が効いているのか、人声が聞こえるので安心しているのか、よく寝入っていました。ひょっとしたら十数年前のあの流行っていた料亭の調理場で、仲の良かった私とおとよちゃんの賑やかなやりとりを聞いているのかもしれませんでした。

「お父ちゃん、時々、正気のようになった時に私を睨みつけて大声を出すことがあるの。そうかと思うと、娘さん達の名前を呼んで涙を流したりするのよ。お父ちゃんは、私と結婚したのを後悔しているのではないかと思うことがあるのよ。お父ちゃん、あのままいけば、奥様との関係は冷えていても、娘さん達には大変好かれていたのよ。今頃はお孫さん達も年頃になって好好爺になって幸せな生活を送っていたと思うのよ。人の一生って平凡が一番幸せよね。お父ちゃんを泥沼に引きずり込んで、私、申し訳ないと、毎晩毎晩、お父ちゃんに謝っているの」

「おとよちゃん、今更何を言っているの。あなたも、多市さん同様に、夫も子供も、家庭も、世間も捨てたじゃないの。三十才以上も離れた二人であったのに、二人ともどうしても一緒になりたいと願い、その苦難を乗り越えたのよ。はじめから、この結びつきは世間では通用しなかったことなど百も承知のことだったはずよ。多市さんは全てを見通してあなたを選んだのよ。最後はこうしてあなたに死に水とってもらわねばならぬことも、多市さんは感じていただろうし、あなたに感謝しているのよ。おとよちゃんは本当によくやっているわよ。考えすぎなのよ。多市さんは、あの頃孤独で愛情に飢えていたのよ。あなたと一緒になれて、多市さん、どれ程嬉しかったか、私にはよくわかるのよ」

「お清おばちゃんの話を聞いて、本当に安心した。私はいつも、前の奥様、お父ちゃんの娘さん達に、お父ちゃんの看病を私一人が独占しているのが申しわけなかったの。私はお父ちゃんを好きでたまらないの。私一人で、お父ちゃんは、私一人のものとして、最後まで看病しつくす決心がついたわ」

その二日後の、真夜中のことでございました。

おとよちゃんが、私の病室の戸をはげしく叩き、私の助けを求めたのでございます。

私は最初のうちは何のことかわからず、おとよちゃんの後について、多市さんの病室に走ったのです。戸が開けはなたれた病室のベッドの上に、この数日全く身を起こすことも出来なかった多市さんが、膝まずき、何か大きな声をあげながら、周りにあるもの、茶碗、お箸、皿などを次々に壁に投げつけているのでございます。

私とおとよちゃんが、止めに部屋にはいりますと、ますます激怒するようで、どんなに慰めの声をかけても無駄で、そばにある手鏡、醤油、椅子を持ち上げようとしました。その晩の当直看護婦がたまたま婦長さんで、物音ですぐ駆け付けて、これはどうにもならないと見て院長先生を呼んでくれたのでございます。

年も八十近い、肺癌で弱りきった患者が暴れているといっても、院長先生はあまりたいしたこととは思いもせずに、かなりお酒をめしていたようで、鼻唄まじりに階段を上って来たのでございますが、病室に近寄ったときに湯のみを投げつけられ、危うく身をかわしたのでございます。

おとよちゃん、婦長、私、院長先生と、かわるがわるに病室の多市さんに声を掛けて、なんとか近づこうとするのですが、多市さんは攻撃をゆるめないのです。おとよちゃんの介助なしで、寝返りも出来ないと思っていたのに、奇跡というのか、この世の残りの力を全て出すかのように、立ち上って病室の窓から外へ出ろうと戸外の具合をうかがっているようです。その一寸した間隙を縫って、戸の陰に隠れていた院長先生、おとよちゃん、婦長さん、私が病室になだれ込んで、お父ちゃんを押さえ込もうとしました。が、多市さんは腕を振りまわして私達を寄せつけないのでございます。

相手が病人ですから、あまり手荒なことはできません。花瓶、湯呑みと手当り次第に投げてきますから、私達はまた部屋の外へ出たのです。出たというより院長先生の指示で避難させられたのでございます。多市さんは部屋の中で言葉にならぬうめき声を発し続けていました。あんなに何も言わなくなっていた多市さんから、こんな声が出るのも奇跡とおもわれました。

おとよちゃんは廊下の隅にうずくまって泣きだしたのでございます。

多市さんの病室は離れた病棟にあり、真夜中でしたので、寝入っていて騒ぎの割には、他の人は誰も気付いていないように思われました。いや、それはあまりの凄絶さに、固唾を呑んで耳を澄していたのかもしれません。それくらい恐怖感があったのでございます。

静かになったかと思うとまた、何かが、投げ出されるのです。

戸の陰で辛抱強く内をうかがっていた院長先生は、私達に小声で、今から中に飛び込むから、声を掛けるまで内にはいってはいけないと言ったのです。多市さんが、座布団を投げ出したとき、院長先生はそれを拾いあげると頭に被り、病室内に飛び込んでいきました。しばらくの間、内で大きな音と声があがると、院長先生の、はいれの命令があって、私達も駆け込みました。部屋の隅で院長先生が、懸命に多市さんの体にのしかかって、やっと押さえつけていました。

夜は白々と明けはじめていたのでございます。

力を使い果たしたのでございましょうか、それからの多市さんはずっと眠りつづけるようになりました。が、その顔にはあの戦いの苦悶の表情が深く刻み込まれていました。昏々と眠り続ける多市さんに付き添いながら、おとよちゃんは再び前から思い続けた、悩み苦しみに陥っていました。

「お父ちゃんと一緒になってからの十数年、お父ちゃんと私は、本当に日陰ばかり、裏道ばかりを、こそこそと逃げまわっていたのよ。夫婦なのに、親娘と偽り、それがばれたら、すぐに追い出されたこともあったわ。この罰あたり、破廉恥ものと罵られ、唾をかけられ、水をかけられたこともあった。野宿をし、生活のために別々に暮らしたこともあった。私はその度に、本当にお父ちゃんに申し訳なかった。でもお父ちゃん、ひと言も愚痴を言わなかった。その忍耐と我慢が、命の消える寸前に爆発したのよ、きっと」

「おとよちゃん、それはちがうわ。多市さんは、おとよちゃんのような若い、きれいな女性と相思相愛の年月を持てて、それは幸せで、幸せでたまらなかったのよ。ねえ、今言ったことは本当のこと。このおばちゃんでも、あの大洪水で主人を亡くさなかったらと思うと、それは気が狂いそうになることがあるのよ。今、主人と一緒にいられたら、どんなことでも我慢出来る。ねー、おとよちゃん、そんな淋しいことを、何時までも考えたら、それこそ多市さんが泣くわよ」

多市さんは眠り続け、深かった額のしわも少しずつ穏やかになってきていました。楽呑み器ではむせて飲めなくなってきたので、哺乳びんを買って来て飲ませると、時々赤ちゃんのように吸いつくのです。毎日、おとよちゃんは多市さんをまるで赤子を湯に入れるように拭き清め、天花粉を体全体にうちますので、本当に生まれたての赤ん坊のように、褥瘡ひとつ出来ていませんでした。

咳き込んで痰がなかなか出ず全身が暗紫色に変った時、先生が、おとよちゃんを呼び、あと一週間ももちそうにないから、親戚の人を呼んでおいたらどうですかと、告げたのでございます。

多市さんの命が、もう長くないのはわかっていても、先生から直接告げられると、おとよちゃんは動転し、見る目も可哀相なぐらいになってしまいました。

「お父ちゃんの兄弟や、甥や姪ごさんのことも聞いていない。私とあんなことになった時に、親戚の全てとは縁を切ったと言っていたの。私の身内も誰もいない。知らせるなら、前の奥様と娘さん達だけど、どうしたらよいのだろうか」

と憔悴しきったおとよちゃんが、私にたずねるのでございます。

もう十数年前に、前の奥さんとも、お嬢さん達とも絶縁し、どんなことがあっても、面倒はみないという約束が交わされたのは、私も知っていました。それで、私は、おとよちゃんに、誰にも知らせない方がよいのではないかと、言ったのでございます。

だが、おとよちゃんは、多市さんという一人の人間が最期を迎えた時に、血縁の人に知らせないのは、あまりに非情、無情に思え、背負った責任の重さに耐えられなかったのでございます。事情を聞いた婦長さんが、おとよちゃんに代わって、私が事状だけは知らせてあげましょう。あとは先方がどう出るかは、先方におまかせしたらと言ってくれたのです。

多市さんの前の奥様は、今でも関西で一流の由緒ある料亭を経営し、まだれっきとした現役の女将さんをつとめていたのでございます。

だが、奥様からはけんもほろろの返事で、娘たちにも絶対に知らせないようにと冷たく、一蹴されたのでございます。

それは当然の返事でございました。おとよちゃんもそれを聞いて、肩の荷がおり、安堵したようでございます。

その夕方、婦長さんが、私にだけ、多市さんあんなにやさしい顔になったら、明日ごろは駄目かもしれないねと言ってきたのでございます。おとよちゃんには何も告げきれませんでした。その夜、私は気になり病室をそっと覗きに行きますと、多市さんはベッドの上でおとよちゃんに抱っこされ、おとよちゃんの乳首を赤ちゃんのように気持良さそうに吸っていたのでございます。

「畳の上でお父ちゃん死なせてあげたかったのだけど、ごめんね」

おとよちゃんが、お父ちゃんの頭をなでながら囁きかけていました。

私は見てはならないものを見たように感じ、静かに病室に戻りました。眠り仕度をして寝ようかと思っていましたが、あまりに中秋の月がきれいなものですから、窓から川の方をのぞいたのでございます。

すると、川べりの葦原の中の道を、赤ん坊を背負った女の人が、歩いています。私は夢かと疑ったのでございます。月光を煌々とあびて、それはあまりに青ざめた月光のために、なにか、この世ならぬ凄絶なものに見えました。しばらくすると女の人の歌う声がかすかに聴えてきたのでございます。それは心の底まで響くきれいな声でございました。

叱られて　叱られて　口には出せねど　眼になみだ　二人のお里は　あの山を
越えてあなたの　花のむら　ほんに花見は　いつのこと

よく眼をこらしますと、それはおとよちゃんが、多市さんをおんぶして、葦原の中を忍び歩きをしているのでございました。私はそこへ飛んで行ってやりたいような衝動をおぼえたのですが、それは多市さんとおとよちゃんの最後の道行と感じて、必死にこらえたのでございます。

翌日の夕方、多市さんは苦しむこともなく息をひきとりました。

身寄りのない人のための病院の霊安室で通夜と葬式をいたしました。おとよちゃんと私、婦長さん、看護婦さん、それに先生が出て来てくださいました。二日後、骨壷にはいった多市さんを抱いて、おとよちゃんは病院を去りました。

川沿いの大きな楠の下にある小さな一軒家がおとよちゃんと多市さんが最後に住んでいた家で、その前を毎日通って来る看護婦さんによると、家の中におとよちゃんの衣類がさがっているのは見えるが、本人を見たことがないと申します。

私はおとよちゃんを訪ねていきたかったのですが、受持ちの患者さんの容態が悪化して離れられずにいました。娘の信代からは、きりがついたら付添婦を止めて帰って来てくれと、毎日のように手紙が来ていました。私が病院を一寸した用で留守にした間に、看護婦さんと私のところに、おとよちゃんが菓子箱を持って御礼に来ていたのでございます。

その時会えなかったことが私の心に引っ懸かっていましたが、前に多市さんと一緒に勤めていた小料理屋で、おとよちゃんはまた働き始めているという噂を聞いていましたので、そのうち会えると思って、安心していました。受持ちの患者さんの容態がずっと悪く、私は故郷にも帰れずにいました。おとよちゃんのことは、年を越すまで、ずっとこの町にいることを、町なかの噂や、看護婦さんの話などを聞いて安心していたのでございます。

ところが、春の彼岸の近い日、毎日おとよちゃんの家の前を通って来る看護婦さんから、この数日、住家におとよちゃんの衣類が見えなくなり、どうもこの町を去ったようだと聞いたのでございます。私は矢も楯もたまらず、おとよちゃんを尋ねたかったのですが、患者さんの容態がいよいよ悪化して、どうしようもございませんでした。

噂では隣りの町の飲み屋で酌婦をしているのを見たとか、遠い町の病院で付添婦をしているとか、駅で酔いつぶれたおとよちゃんを見たとか、この町で夜道を、老人の手を引いて歩いていたとか、いろいろございまして、私は心を痛めていました。

四月の上旬、私の受持ちの患者さんが亡くなり、長年の持病の腰痛も具合がいよいよ悪くなりましたために、私は付添婦を止めて、信代のもとに厄介になることにして、故郷に帰ることに決めたのでございます。故郷に発つ前に、おとよちゃんのことが気になりいろんなところを聞いて回ったのでございますが、この町から数里離れた、菜の花の花盛りの川べりの道をおとよちゃんが歩いていたのを見たという人がありました。そのあとは、桜の満開の国境の峠道を骨壺みたいな小さな荷物を背負って、おとよちゃんが一人で越えていたのを見たという人がいましたが、これも真疑の程はわからないのでございます。その後、おとよちゃんの噂は全く耳にはいってこないのでございます。

野の花

野の花という文字が沢峰淳三《さわみねじゅんぞう》の頭に妙に残っていた。

どこかの看板であったのか、それとも雑誌か何かで見たのであったのか。言葉のかもし出すものにひかれて、忘れられないことはよくある。

そういう意味で〝野の花〟というのは、沢峰の心情に訴えるものを持っていた。もともと九州の山育ちなのに、東京の大学を出てそのまま都会での、時には海外のサラリーマン生活が続いた。生まれ故郷の山河への思いは沢峰の心の中で小さい火ではあったが、ずっと燃え続けていた。山野で四季折々に咲いていた野の花は、どれも可憐《かれん》であった。

五十歳を過ぎた沢峰に、再び野の花が咲き始めた。

二月五日の立春の日、遅い朝食のあと、突然沢峰は野の花を求めてドライブすることを思い立った。

立春とは暦の上のことで、旧暦でいえば正月、まさに一年中で一番寒い季節である。その日も霜が一面におりていたが、朝十時頃から雨が柔らかく降り出し、それは一時間ぐらいでやみ、その後は薄陽《うすび》が射《さ》し出し、気温も上昇した。沢峰の脳裏に突然、野の花という文字は、昨年六月に母を連れて九重《くじゅう》の飯田《はんだ》高原をドライブした時の道筋で見たように思えた。母は今、脳梗塞《のうこうそく》のリハビリのために入院していて、昨日見舞ったばかりであった。

思い立つと沢峰はすぐに車を出した。

独り身だから誰に気兼ねすることもなかった。久留米から大分に抜ける国道二一〇号を日田《ひた》から大分に向けて走った。この極寒の季節に野の花そのものは、全く咲いていないことに沢峰は気付き苦笑した。春になってからにしようかと思って戻ろうとしたが、野の花の文字にこだわる気持ちが沢峰を突き動かした。

国道に車は少なかった。高速大分道が開通する前は春や秋の行楽シーズンは結構込んでいた。

雨の後のかすかな晴れ間であったが、沢峰を春が近いという明るい気持ちにさせた。天ケ瀬《あまがせ》温泉を過ぎ、玖珠《くす》の町を抜けると九重町《ここのえまち》に入り、「豊後《ぶんご》中村駅入口」という四叉路を右に折れる。なだらかな川沿いの細い道が続く。ここらの山は杉が山頂までびっしり植え込まれている。

「九酔渓《きゅうすいけい》入口」というバス停をすぎると坂は次第に勾配が急になり、渓谷は高く深くなってくる。

杉や檜の常緑樹は減ってきて、そそり立つ岩山が視界をおおい空は狭くなる。

そして山は落葉樹ばかりの枯木に替わってくる。道は十三曲《じゅうさんまが》りと地名が付いているようにいよいよ屈折が厳しくなり、葛折《つづらおり》になる。左方に視界が広がった所に桂茶屋《かつらぢゃや》という駐車場のある休憩所があり、沢峰は駐車した。

季節はずれなのにかなりの車が停まっていた。天気が良くなるとすぐに車で遠出するのは、都会の人々がよほど自然に飢えているためであろうか。駐車場の先がそのまま展望台になっていた。目先から上方は岩山と枯木の群れなす山々である。真下を見ると先程登ってきた道沿いの川がはるか下に小さく見えて、目が回りそうであった。

昨年六月、母と登ってきた時には茶屋に寄らなかった。客が多くて寄れなかったのか、気付かずに通り過ぎたのか、沢峰は思い出せなかった。ただ山の深さと緑の濃さは覚えていた。緑の筒の中をぐるぐる回りながら天に登って行くような感覚が残っていた。今はその緑はほとんどない。

だが索漠とした感じではない。沢峰は枯木の山の美しさを初めて知った。簡素で繊細であった。剃髪《ていはつ》したように、あるいは薄くなった白髪をきれいに櫛目を入れたように清々《すがすが》しかった。

茶屋に入っていくと、渓谷を見渡せる座敷のテーブルや炉端で客達が大勢食事をとっていた。店の前にはミネラルを豊富に含んだ湧水が贅沢に溢《あふ》れている。茶屋の裏に行くと温泉もあり滝も落ちていた。

混んでいて食事ができそうになかったので沢峰は車に戻り、再び山を登った。

やがて山が開け空が広くなると峠に出たようで、筌《うけ》ノ口《くち》温泉の看板があった。〝おふくろの味〟と書かれた看板が立っていたので沢峰は車を止めた。小さな食堂で電灯もついていないようにみえたが、暖簾《のれん》が出ていたので寄った。七十歳ぐらいのおばあさんがひとり、机でワープロを打っていた。立ってくると店内の電灯をつけガスストーブに火を入れた。

「寒い頃は一日に数人しか来ませんけん、お客さんがみえて火をつけます。すぐ暖まりますけん」と屈託なく言って、すぐお茶とチョコレートを二個はこんできた。

「だんご汁しか今日は出来まっせんが、よかですか」と尋ねたので、沢峰はうなずいた。

「チョコレートでも食べてて待って下さいな」と言ったが、だんご汁を食べる前ではまずかろうと止めた。

「ちょっと、お尋ねしますが、この近くに〝野の花〟の名前のつく施設とか、公園がありますかね」

と沢峰は料理中の老婆に尋ねた。

〝野の花〟と聞いて老婆は何のことか分からないようで、沢峰の方を見て首をかしげた。「ノノハナ」の語感からして、とても理解できないだろうと沢峰は微笑み返した。

「山や野に咲く草花のことですが……」と沢峰が言うと、老婆はわかったらしくうなずいた。

大きな丼に温めただんご汁と、白菜の漬物を大きな皿ごと持ってきた。

「これから飯田高原の方へ一キロも登ると、左側に〝くじゅう・野の花の郷《さと》〟というのがあるがな。今は真冬で閉店していますやろうが、そのことでっしゃろうかね」と老婆はけげんそうな顔で言った。

聞いて、沢峰は、その名前に思い当たるところがあった。

「なにせ、この寒さですけんの、草花も今は冬ごもりの真っ最中でっしゃろう」と老婆はつけ加えた。

だんご汁はおいしかった。味噌仕立てで、小麦粉のだんご、さと芋、ごぼう、にんじん、椎茸、干し芋がらに豚肉。部屋もガスストーブで暖まってきた。だんご汁で体の中から温もりが湧きあがって来て、沢峰はオーバーをぬいだ。白菜の漬物は歯ごたえがあり、噛むごとに新鮮な香りと旨味の汁が口中にひろがった。「粟飯があるが、食べるかね」

老婆がガスストーブを少し小さくしながら言った。

「じゃ、茶碗半分だけいただこうか」

沢峰が頼むと老婆がついできた。

「珍しいね」と沢峰は感嘆した。

「なーに。終戦後は毎日、毎日、だんご汁、麦飯、粟飯、芋飯、粟飯、トウモロコシ飯で、嫌になったけど、今はそれが贅沢品になったもんね。面白いもんだね」

沢峰にも同じ経験、同じ思いが去来した。

「何処から来なさった」

「東京からです」

少し間をおいて、沢峰の口からは昨年まで住んでいた東京の名前が出た。

名古屋、仙台、広島、福岡、パリ、ミュンヘン、ニューヨークにも住んでいたことがある沢峰は、自分が何処の住人と言うべきかわからなくなっていた。

「東京ですか。それは、遠くから、よく来なさった。この数日雪が消えているが、きっとまた降りますよ。二月十一日から三日間、この近くの長者原《ちょうじゃばる》という所で〝九《く》重《じゅう》・氷の祭典〟が始まりますけん、なんとしても雪が降ってもらわんと困るのですわ。北国の方から雪像や氷の彫刻を造る人が、この近辺の温泉に到着しているとのことだから、どうしても降ってもらわんと」

老婆は自分のことのように心配していた。

明日の午後から雪になると天気予報が告げていたので、降りますよと激励したかったが、山の天気には詳しい老婆に言うのは気が引けて言わなかった。

帰り際、老婆は「暇ですけん、ボケんように最近ワープロを始めました」とてれくさそうに言った。時代は変わりつつあると、沢峰は思った。

峠をなしているなだらかな道を三分ほど走ると、《くじゅう・野の花の郷》の看板が見えてきた。沢峰の記憶に残っていたものであった。冬場なので入口のところにロープが張られて内に入れなくなっていた。

沢峰は車から降りた。

見ると駐車場も広く、売店、食堂、休憩場の大きな建物があり、右手に野の花を売っているらしい造りの家もある。

しかし、誰一人として姿はなかった。

《くじゅう・野の花の郷》の大きく色彩豊かな看板には、

『幻の花ここに咲く。幻の花、花忍《はなしのぶ》。乙女の心、河原撫子《かわらなでしこ》。ロマンを語る、平江帯《ひごたい》。思い出深い、仙翁《せんのう》。夢の花、八代草《やつしろそう》』などの文字や花の絵が描かれていた。建物の間に入場口があり、裏山は季節の野の花が栽培されている山であるようだ。

ロープを跨《また》げば近づけそうであったが、春まで待とうと、沢峰は帰路についた。

その夜から雪がぱらつき始めた。翌朝は吹雪くように降り出した。低地でこう降っているのであれば、九重の山は凄い雪で、これでは氷の祭典にも有り余る雪だろうと思った。

夕方には『雪は日のうち』の言葉と裏腹に沢峰の家の周りにも雪は残って、これから夜中にかけて、このままゆけば降り積もると思った。

沢峰は子供の頃、今住んでいる母の実家に母に連れられて来たことがあった。戦後まもなくの頃であったのか、もっとあとであったのか、よく覚えていない。母の実家の誰かのお葬式であったのかもしれないが、寒い日で、昨夜来の雪が残っていて、しかも朝から寒く、それに雪がちらついていた。寒々とした光景で、沢峰はこのまま雪が降り続いて大変な積雪になると思った。

朝からの大変な雪にもかかわらず、葬式に来ていた年寄りが、「なーに『雪は日のうち』だから夕方には、雪は消えているよ」と言ったのが、沢峰の頭に妙に残っていた。実際、昼から陽が照り出して、夕方には雪は消えた。勿論、高い山ではなく、平地の山際の村であった。

だが、今日の雪は外界を閉ざして、しんしんと降り続いた。沢峰は炉に木炭を沢山入れて赤々と燃した。それでも天井の高い広い部屋は暖まりそうになく、石油ストーブにも火をいれた。

昼すぎになってもやまず終日降り続き、気温も上がらなかった。〝今日は《雪の日のうち》ではすまない〟と思った。昼食後沢峰は母の入院先に電話をして母の元気な声を聞くと、この雪では外出もできないと考え、雪見でもしようと思い、大きな徳利《とっくり》に二合の酒を入れて銅の薬缶《やかん》で燗《かん》をつけて、鯖の味噌煮の缶詰をあけた。庭の植木も近所の家も雪におおわれて見えなかった。遠い杉山の稜線が辛うじて保たれていた。久しぶりの熱燗はおいしかった。腹の底から暖まってきた。沢峰はゆっくり味わいながら飲んだ。ふと、沢峰は《くじゅう・野の花の郷》の看板で見た〝幻の花、花忍〟という字が浮かんできた。立ち上がると本棚から講談社の『日本大歳時記』を取り出した。

東京から持って来た数少ない本の一冊であった。沢峰がいつも座右に置いている本である。《花忍》で索引を調べたが載っていなかった。《忍》では載っていたが、〝歯朶《しだ》の一種で、産地の岩や老木などに着生する落葉性の多年草。黒褐色の太い根茎が這《は》って、柄の長い葉がところどころ生える〟とあり、夏の季語としてあった。《忍草》は〝常緑の羊歯《しだ》類であり、山中の樹皮や岩面に生える。葉は蘭に似て線形で三十センチほど。山家などの古屋根に生えることから「軒しのぶ」と呼ばれ、葉が常緑であることから「何時迄草《いつまでぐさ》」の名もある〟と書かれ季語は秋である。両方とも葉であり花ではなかった。《花忍》は幻の花とあるので現存しないのかもしれないと沢峰は思うと、少しがっかりした。

沢峰は何時の間にか電灯をつけていた。歳時記に熱中している間に屋内は暗くなり、思わず電灯をつけていたのだろう。外は雪明かりでまだ少し明るかった。

今日ばかりは《雪は日のうち》ではなかったと沢峰は思った。

雪が山裾の村で姿を消したのは四日後であった。その日の新聞に『九重《くじゅう》・氷の祭典』が、豊富な雪と氷に恵まれて、さまざまな雪像、氷の彫刻が並び大変な盛会であると報道されていた。沢峰は山に登ってみようかと思ったが、すべり止めのタイヤに付けるチェーンを持っていなかったので諦《あきら》めた。

三日間で、これまで最高の人出を呼んでいた。食堂の老婆もさぞ喜んでいるであろうと、沢峰は嬉しかった。

寒い日が続いた。雪が何日かおきに降るので沢峰は動きがとりにくかった。沢峰は二、三の会社から再就職しないかと誘いを受けて、なかにはすぐにでも来てくれというところもあった。母の脳卒中の看病のために職を辞して帰省したが、思ったより母の回復が早く順調で、母は一人だちできそうと感じて、沢峰に東京に戻ることをすすめていた。

沢峰は、妻の由起子《ゆきこ》とうまく行かなくなっていることを母には言っていなかった。

覆水盆に返らずの状態になっていると沢峰は感じていた。東京の家にのこのこと帰る気にはならなかった。

沢峰は二月末から三月にかけて上京し、誘われている企業と交渉した。

企業は沢峰の業界における過去の盛名を利用したいだけで、一時的なものであることが何となくわかってきた。

沢峰はそれがわかってきても、それほど失望を感じなかった。過去にもそういう事例を沢山見てきていたし、生き馬の目を抜く企業競争のことを熟知していたので悲観もしなかった。

四月上旬、東京から帰ってきた沢峰は母を見舞った。右片マヒも見た目にはほとんど感じられず、歩行も言葉も正常に近く思えた。沢峰が東京に戻る気がないのを、母は心配していた。

帰りがけ病院婦長に礼を言いに行くと、近く退院の許可が出るでしょうと微笑みながら言った。

翌日、好天に誘われて、沢峰は九重に登ってみることにした。まだ朝夕の冷え込みは厳しかったが日中は気温もあがってきていた。前回登った時から二カ月たっていた。

いつの間にか、桜がまさに満開であることに沢峰は驚いた。日頃気がつかない所に桜はぽつりと、点々と、あるいは線、固まりとなって存在している。

少し風があったが、桜は全く散ることはない。初めて見る桜の真っ盛りの潑剌《はつらつ》とした美しさであった。

路傍や校庭に連なる桜も良かったが、沢峰の目を引き感動させたのは、山の中腹や頂上近くに一本だけぽつりと咲いている桜であった。

どうして、あんなに険しい山の、それも周りは杉や檜が密集しているなかに、あるいは山の頂上の岩肌にカエデやナラ、樫に交じって一本だけ桜木があるのか。そして、それは一年のうち開花する数日間だけ、その存在を我々に知らせる。

人がわざわざ植えたとは、とても思えない。風に乗って種が飛んで行ったか、それとも鳥や鹿、猪などによって運ばれたか。よくあんな所で育ったものだと沢峰は路傍に車を停め、降りて山の桜に見惚《みと》れた。意識してみると、意外に所々にある。結構大きなものもあれば、杉山の中にほんの少しだけ姿を見せているかわいいのもある。

山のなかの一本の桜は孤独なのか、それとも女王みたいに他を見下ろしているのか。沢峰は考えているうちに自然と微笑がこぼれてきていた。いずれにしても、不思議で神秘な存在と思った。

校庭や公園に桜が爛漫《らんまん》と咲き乱れているのは、それはそれで、絢爛《けんらん》で魅力的である。満開の桜の下に居るとき、沢峰は桜の出す力に押さえ込まれた感じになる。沢峰は花見を好きでなかった。花の下で酒を飲んで騒ぐのは、桜が不憫《ふびん》と思う。沢峰は花並木の下を静かに歩くか、桜木を、例えば遠山の中の一本の桜木をじっと見つめているのが好きであった。

四月初めの九酔渓《きゅうすいけい》に緑はまだほとんどない。だが、落葉した樹木には、ほんのちょっとだけ緑が芽吹き始めたようであった。

普段はその存在をほとんど意識されないのに、シーズンになると、突然その姿を痛烈に現出するものがある。沢峰は、その典型として春の桜花、秋の銀杏の黄葉と思っている。双方とも息を飲む凄絶《せいぜつ》な美しさである。だが、その盛りはほんの数日しかない。その散り様は潔く、また無残であった。そんなことを考えているうちに唱歌《春の小川》が拡声機にのって聞こえてきた。いつの間にか《くじゅう・野の花の郷》に来ていた。冬の間閉店していた店に沢峰は春の唱歌を聴いて、春の到来をしみじみと感じた。客はまだあまりいなかった。

野の花を展示販売している店も開いていた。先日、参考書で調べて見つけきらなかった〝花忍〟について、無駄とは思ったが、店員に聞いてみようと思った。店員は五十歳代の女性で、いかにも花の栽培に年季を入れた感じの人であった。

「あのう、〝花忍〟という花は実際に存在するのですか。幻の花となっていますが」

沢峰は恐る恐る尋ねた。あれは存在しない花です、と答えられるのが怖かった。

「はい、〝花忍〟は存在しています。日本でも、この九重と阿蘇あたりだけの存在になっていますが……」

「そうですか。それは、よかった。〝花忍〟は一体どんな花なのですか」

「薄紫色のとてもきれいな花です。花は透き通るみたいに見えて繊細で可憐なんですよ」

「そんなに素晴らしいのですか。何時頃咲くのですか」

「六月になれば咲きます。多年生で大変強い花です。冬の間は地上部は枯れますが、地下部はマイナス三〇度でも耐えられます」

「そうですか、安心しました。一度見てみたいですね」

「美智子様が、皇太子妃でありました頃、阿蘇を訪問なされた時に、〝花忍〟を御覧になって『これが花忍ですか』とおっしゃったという噂が知れ渡りまして、人がわっと押し寄せて乱獲しました。一時撲滅の危機に瀕しました。そのブームも去って、やっと落ち着いたところです」

「そうでしたか。〝花忍〟の苗なんかは売っていないのでしょう」

「いいえ、ありますよ」

と店員は、この季節に咲いている花々のなかから、まだ葉だけのものの鉢を持ってきた。

「水を朝晩二回たっぷりやって下さい。今でしたら露地に植え換えることも出来ます」

「私にもできますか」

沢峰は自信がなくて尋ねた。幻の花とも言われる花を咲かせることに全く自信がなかった。

「できますとも、花を愛する人であれば、大丈夫です」

沢峰は額の汗をふいた。

それから、店員がいろいろな花の説明をしてくれた。

そのなかから、〝花忍〟のほかに、今咲いている青の〝都忘れ〟と白の〝しらん〟を買った。

家に帰ると、沢峰は花忍を鉢から出して庭の、比較的陽当たりのよい所に植えた。

まだ野草にしか見えないが、三カ月後には透き通るような薄紫の花を咲かせるという。

希望というか、力が湧いてくるように沢峰は感じた。毎日、沢峰は丹念に水をやった。

四月中旬に母が退院してきた。

入院前とほとんど変わらぬ元気さを取り戻していた。一時は右片マヒと言語障害を残すとみられていたが、幸いに後遺症はなかった。

早速、母は荒れた畑を耕して、種をまいたり、苗を買ってきて野菜を植えたりした。

すぐには言い出さなかったが、母は沢峰に東京の家族の元に戻って仕事に復帰したらどうか、と暗に語りかけているように沢峰は感じた。

家族のこと、仕事、これからのことなどを母に告げたかったが、今話せば母の病状が再悪化することも考えられて、沢峰はふれないようにしていた。

五月の連休のなかば頃、あまりの好天気だったので、母に九酔渓の新緑を見に行こうと誘った。

まだ少し早いのではと母は言ったが、早ければ、また出直せばと言うと、母は毎日が日曜日だものねと笑った。

四月の終わりから長期の連休に入っている会社も多い。連休中にしては道路はあまり込んでいなかった。国道筋の山々は新緑が鮮やかで、好天気の陽光に新緑が盛り上がり、艶やかに光っている。

母は久しぶりの遠出で、嬉しそうであった。

九酔渓に入り込むと山々の緑は薄く淡く柔らかくなってきた。山が高くなっていくと緑がまだ幼かった。

新緑の季節のまだ幼い芽吹きの緑は、千変万化の色彩を持っていた。白く見える緑、青味を帯びた緑、黄色で溌剌とした緑、茶色の落ちついた緑、ピンクにさえ見えるような可憐な緑。木々によって、それらは種々な色をし、顔をしている。新緑で元気いっぱいに盛り上がっているもの、静かにしているもの、楚々《そそ》としているもの。

若緑にも、こんなに多彩な色があり、まるで様々な花が咲いているように見える。

「この山の緑だけは、昔と少しも変わっとらんね」

と母がつぶやいた。

沢峰はびっくりして、母の顔を見た。

母は道らしい道もなかった急峻《きゅうしゅん》な山に、十三曲りの名の屈折の道がやっと開通した頃からの九酔渓を知っていた。

人馬がやっと通れた道を、今は乗用車が軽々と越えていく。母には信じ難いことであった。だが、新緑の美しさは昔と少しも変わっていない。

沢峰にも母の感慨が分かる気がした。

桂茶屋を越していくと《震動《しんどう》の滝》の看板があがっていた。二月の厳寒の頃にだんご汁を食べた店の近くであった。母が滝を見てみたいと言った。二十年前に一度見たことがあって、とても良い滝なのでと沢峰に勧めた。日本の滝百選にもはいっているという。左に折れて舗装された狭い道を下っていくと駐車場があった。かなりの車がとまっていた。深閑とした杉木立の中にあった。ゴールデン・ウィークの喧騒のなかに訪れる所とは思われない静寂さである。

駐車場から滝まで一キロ余りの坂道であったが、コンクリート歩道であった。三々五々人が往《ゆ》き来している。

「こんなに良い道になって。この前まで、杉山の中の、道らしい道もない所を難儀して降りて行ったのに。変われば変わるものだね」

病後の母に、かなりの勾配の道は無理ではと心配していた時に母が述懐したので、沢峰は驚いた。

震動の滝は男滝《おたき》と女滝《めたき》がある。

対岸のうっそうとした岩山から、少し間隔はあるが、二条の滝が百メートル近く落下している。水の量は多くないが白い細い布みたいな滝水は楚々として優雅であった。

男滝の方は落下点に丸い淵が見える。

淵は深い緑色をしていて、不気味である。淵か川まで降りてみたかったが峡谷には木々が密集して、とても人を受け入れそうになかった。下を見ると目が回りそうだ。

「素晴らしいもの見せてもらったよ」

と沢峰は母に感謝のことばを掛けた。母は滝を見やりながら頷いた。

好天気なのに杉木立の中はひんやりとしていた。


《くじゅう・野の花の郷》は車がいっぱいで入れそうになかったので長者原に向かった。九州横断道路・やまなみハイウェーは車が渋滞するほどの賑わいであった。沢峰はどうしようかと迷ったが九重山の登山口の牧《まき》の戸《と》までとにかく行ってみようと思った。

長い車列にはいり込むと、沢峰はすぐに後悔した。遅々として進まなかった。車は瀬《せ》の本《もと》高原、阿蘇《あそ》、熊本方面に行くのだろう。逆の別府、大分に行く方は比較的すいている。

母も不安そうに前方を見ている。沢峰は牧の戸のドライブインの駐車場が満杯であるのを見ると、母にことわって方向転回をした。

車の流れは少しはよくなったが、それでも湯布院《ゆふいん》、別府まで足をのばすには、とても時間がかかりそうであった。初々しい新緑の飯田《はんだ》高原を見ていると、心が緑の風に洗われるようであった。左手に〝くじゅう自然動物園〟の看板が目にはいったので、沢峰は咄嗟《とっさ》にハンドルを切った。

若者が走り寄ってきて動物園の入口へ誘導しようとした。来た客は逃がさないといった感じであった。

「どんな動物がいるんだい」

沢峰は車を停めてたずねた。

「どんな動物でもいます。とにかく楽しいですよ。はいってみてのお楽しみです」

必死の形相で説得しているようである。

「動物園でもはいってみますか。車が込んで、あまり遠くには行けそうにないのですが」

沢峰は母に聞いた。

母は子供のように嬉しそうにうなずいた。

オート・キャンプ場や別荘地も園内には併設してあるらしく、かなりの人出であった。

園内にはいるといきなり、エサを求めるヤギたちに取り囲まれてびっくりさせられた。母は沢山エサを買い込んで楽しそうにエサをやっていたが、ヤギに囲まれて立ち往生して、沢峰に助けを求めた。

ヤギの他にヒツジ、ウサギ、トナカイ、ラマ、ポニー、アジアロバ、マーラ、ヒトコブラクダ、アライグマ、バッファローなどがほとんど放し飼いの状態であった。それぞれの動物たちがエサを求めて右往左往している。

どれも草食動物のようである。櫟《くぬぎ》が園内の隅々まで植えられているが、まだ芽が出たばかりであった。草食動物園であったので、園内の草は食べられてしまっている。草取りがされた直後のように、園内には雑草が生えてなくてきれいになっていた。またヤギがいるので紙くずも散らかっていなかった。これでは掃除の手間がいらないと沢峰と母は語り合って笑った。

櫟の木も動物がとどく高さまでは動物の爪跡が残っていて、木立の葉をエサとして食べていることを物語っていた。櫟の枝葉が幼いため園内は陽がよく通って明るく、気持ちがよい。沢峰と母は子供時代に帰ったように楽しんだ。

帰りの車のラッシュをさけて早めに家路についた。

六月になると、中旬にかなりの雨が降り、降り続いているうちに入梅が告げられた。降ったり止んだりを繰り返していた晴れ間の日に庭におりてみると、薄紫色の小さな花が一個咲いているのを見つけた。花忍を植えていた場所であった。沢峰は高鳴りながら近よっていった。細かい葉を持った三十センチぐらいの茎の先端に、五弁の花びらで十円玉の円中にはいるくらいの小さな花が咲いていた。透けて見えるかのように淡く、やわらかな薄紫色であった。

これが花忍なのかと、沢峰はつくづく見た。家からルーペを持ってきて見直した。花弁の真ん中から先端に黄色い粒のついた細い無色透明の柄《え》が何本も出ていた。これが恐らく雄しべと呼ばれるものではないかと思った。

それにしても、沢峰が想像していた以上に花忍は可憐であった。母を呼ぶと、沢峰は花忍を見せた。母も初めての花であったようで、嬉しそうにいつまでも眺めていた。

数日後、梅雨の合間に《くじゅう・野の花の郷》に登った。梅雨でもあり、農繁期になっていたので入園者はほとんどいなかった。

野の花を直販している館にいくと先日の女性がいた。

沢峰が花忍が咲いたことを話した。

「きれいでしょう」

「想像以上にきれいでした」

「それはよかったですね。〝野の花の郷〟の山にお登りになったら、かなり広い所に植えてありますよ」

と教えてくれた。

沢峰が山に登っていくと、山の一隅が薄紫色にみえた。近づくと花忍が一面に咲いていた。

大きいのは丈が一メートルくらいあって、花が沢山ついていた。一個の花忍を見るのもよいが、群生して咲き乱れているのもよかった。園内のレストランに寄ってコーヒーを飲んでいると、スピーカーから童謡の〝花嫁人形〟が聞こえてきた。

きんらんどんすの　帯しめながら
花嫁御寮は　なぜ泣くのだろ

文金島田に　髪結いながら
花嫁御寮は　なぜ泣くのだろ

あねさんごっこの　花嫁人形は
赤い鹿の子の　振袖着てる

……


レストランには、沢峰しかいない。

梅雨の暗い雲が重くのしかかり、今にも雨が降りだしそうであった。その雰囲気と童謡が合っていて、沢峰の心を静かに高揚させた。

たった今、花忍の群生を見たばかりであった。沢峰の心の中に二年前に結婚した一人娘の奈生子《なおこ》が浮かんできた。奈生子は今、アメリカのニューヨークに住んでいる。

沢峰と妻・由起子が別居生活をしていることを奈生子は知っているだろうか。心配かけまいと、由起子は知らせていないかもしれない。知っていれば、優しい奈生子はきっと沢峰に何か言ってきている筈である。

奈生子は二年前の六月に結婚した。

ジューン・ブライド（六月の花嫁）に憧れていた。婿の勇介《ゆうすけ》はアメリカでの生活が長かったし、奈生子も留学していたので、自然にそうなった。

六月といえば日本は梅雨であるので沢峰は最初に聞いた時には、天候のことを心配した。

二人はニューヨークの教会で式をあげたので、沢峰の危惧《きぐ》は笑い話ですんだ。

子供は奈生子ひとりだった。

まだ、あの頃は夫婦仲もこじれていなくて、沢峰と由起子は結婚式のために渡米した。現地の会社関係、友人、知人も沢山集まって、とてもよい結婚式と披露宴であった。

《野の花の郷》のスピーカーの〝花嫁人形〟が沢峰に奈生子のことを思い出させた。ジューン・ブライドを意識して、この店は六月に《花嫁人形》を流しているのだろうか。

そういえば四月には《さくらさくら》、《春の小川》、五月には《こいのぼり》、《背くらべ》が流れていた。ここの経営者は余程童心の持主なのだろうと沢峰は感心した。

翌朝、沢峰はニューヨークの奈生子に電話した。ニューヨークと日本とは十一時間の時差がある。

奈生子は夕食の準備中のようであったが、沢峰の電話にびっくりした。沢峰が会社を辞めて、田舎の母の看病に帰っていることは、由起子から聞いていた。

「おばあちゃんの様子はどうなの。お母さんから、だいぶよいと聞いていたけど」

「そう、一カ月前に元気に退院してきた。この前、二人で動物園に行ってきたよ」

動物園と聞いて、奈生子は笑い声をあげた。

「動物園ってステキね。私も行ってみたい。いろんな動物がいるのでしょう」

動物園といっても、草食動物のヤギや羊やロバの放し飼いで、動物達が園内の草を食べるので、園内はいつもきれいにしていると沢峰が説明すると、奈生子はさらに笑い声をあげた。

「日本にもたまには帰ってこないか。おばあちゃんも会いたがっているよ」

「うん、私も帰りたいのだけど、勇介が近くパリに転勤になりそうなの。パリに移れば移ったで、慣れるまでが大変だから、帰国できるのは来年になりそう」

「そうか、大変だね。でも世界各地を駆け回っているときが、振り返ると、一番充実している時かもしれないよ。体を大事にしなさい。勇介君によろしく言ってくれ」

そのあと奈生子は母と話した。

沢峰と由起子のことを、奈生子はかなり知っていると沢峰は感じた。

その夜、沢峰は意を決して母に、会社を辞めたこと、由起子と別居中のことを話した。

沢峰は大型コンピューターの研究、制作、ときにはセールスにも携わり、会社の中心的な役割を果してきた。ところが数年前からパソコンの時代を迎えて沢峰は閑職に追われ、四国の山中の研究所への転勤を打診されて、前から持ち続けていた故郷での生活がしたくて退職した。都会育ちの由起子は田舎での生活に気が向かず、田舎への転居を拒んで、今別居していることを母に話した。

由起子とのことは、他にもいろいろあった。

特に由起子の母が三年前に心臓発作でかなり長い間療養生活が必要になり、介護しなければならなかった時に、仕事が多忙であったことにかまけて、沢峰があまり協力できなかったことが、由起子の心の蟠《わだかま》りとなっていて、それが大きな原因であった。

一年半前に今度は沢峰の父が胃癌になって看病が必要になった時、由起子の仕事の方が大変忙しくなり、九州まで看病に来ることができなかった。

そのことが、ちょうど互いに報復し合ったみたいになった。

沢峰が長年勤めた会社を簡単に退職に踏み切ったのも、由起子を失望させた。そして、沢峰の故郷への思いを都会育ちの由起子は理解できなかった。

激しい言い争いも、無視し合うという陰気な戦いもほとんどなかった。

育った環境の違いをお互いに認めて、自分に合った生活を暗黙のうちに了承し合ったようなものであった。

「東京で由起子さんと暮らせばいいのに。田舎に住んでも仕事はないし、友達もいなくて淋しいものよ。私のことなら心配せんでもいいけん」

母は沢峰から視線をはずして言った。

「うん、お母さんの言うことも分かるけど、東京にいても、もうすることはないし、由起子とは憎み合っているわけでもないのだから、心配しなくていいよ」

沢峰は、自分でもいやになるような訳のわからない弁解をした。

母に話した以上、沢峰は仕事のこと、生活態度など積極的に動き出さねばならなくなった。

沢峰はコンピューターが専門であったが、大型のものが、パソコンのような小型でも高性能のものの時代にどんどん進歩していっている。

それは沢峰の手に負える範疇《はんちゅう》を越えつつある。いくら九州の山の中といえども、進歩は日本中同じ時代である。沢峰はコンピューター関係の仕事を辞めて、高校の頃まで父母とやっていた農業をやってみたいと思った。

五十歳を過ぎれば体力的には無理と思ったが、体力を考えながらもできるものもあると感じた。

九重《くじゅう》山地にあるK町の役場の農林課を沢峰は訪ねることにした。国道二一〇号線沿いの小さな丘の上の新築されたばかりの役場は、町民運動場や、温泉を利用した大浴場もある立派な複合の大施設の一部になっている。

ほとんどが森林と原野だけのような町でも、このような素晴らしい役場を持っていることに沢峰は驚き、途惑《とまど》った。

東京都の新都庁でも、豪華すぎると感じていたが、今、小さな町で目立つ建物は、役場、学校、老人ホーム、パチンコ屋、スーパーマーケットであるという世評が、沢峰にもよく分かった。

建物に気おされて、ロビーの椅子に座っていると、母が入院中に世話になった病院の師長が通りかかり、沢峰を見つけて寄ってきた。沢峰も気付いて立ち上がった。

どちらからともなく、お互いに何事ですかという感じになり、隅の方の椅子にいった。

加藤師長は介護保険が始まるので、介護員になるための研修を受けに来ているのだという。

「師長という立派な仕事を辞めてですか」

沢峰は驚いてたずねた。師長は看護師からも患者からも人望があり、慕われていることを知っていた。

「看護師や師長職がいやになったのではありませんが、もう一度看護師の原点に戻って患者さんと肌と肌を接するような仕事をしてみたいと思いまして……」

「そうですか。私たちから見ますと師長さんは白衣の天使そのもので、本当に感謝しているのですが……」

「いや、そんなに深い意味があるのではございません。もっと世間を広い視野で見てみたいと思いまして……」

それ以上、沢峰も聞くことはしなかった。門外漢でもあるし、加藤師長は病院で見た時より、ずっと爽やかな顔をしていた。

「沢峰さんこそ、役場でお会いするなんて、お母さんに何かあったのですか」

師長は心配そうにたずねた。

「いや、母は元気にしています。あの時は、本当に有り難うございました。私は東京を引きあげて、この地で何か仕事を見つけようと思っているのですが、とても有りそうにないので、農業をやりたいと、役場に指導を求めてきたのです」

「まあ、こんな田舎に住もうなどと。折角立派なコンピューターの専門職をお持ちになっているのに。お母様から、沢峰さんのことはよく聞かされていましたのですよ」

加藤師長は、信じられない目付きで沢峰を見つめた。

沢峰にも加藤師長の驚きがよく分かった。

三十年以上も故郷というのか、田舎を離れていたものが、実生活の経験のほとんどない田舎で暮らすというより、生計をたてようと言うのであるから。

師長は約束の時間が来て、席を立つとき、

「この山の上に最近完成した町田《まちだ》バーネット牧場という観光牧場があります。何か参考になるかもしれませんので、近いうちに御案内しましょう」と言った。

沢峰はロビーから九重の山々を見た。

初秋の風が濃い緑の山々を思う存分に吹き回っている。役場の運動広場で、運動会が行われている。軽快な音楽や黄色い声、旗や幟《のぼり》が風に舞っている。

そこには地域に根差した確固とした生活があるのを沢峰は感じた。

沢峰はロビーでしばらく考えたが、これから農政課を訪ねて、この地で農業をしてみたいと話すには、まだあまりにも何も知らなくて浅はかであることを感じた。


家に帰って、沢峰は母に加藤師長に出会ったことを言った。母は迷っていたが、沢峰に加藤師長のことを話した。

師長は、この地の生まれであるが、名古屋の看護学校に行っていた時に知り合った男性と結婚した。男性は後に名古屋の工業大学の助教授になるのであるが、二人の間に子供が生まれなかった。結婚後十五年、師長が三十七歳の時に、夫に子供を生ませた女性がいることがわかった。女性は夫の教え子であった。師長は自ら申し出て、離婚し故郷に帰ってきたという。

沢峰は話を聞いて、あの柔和な師長にそんな苦悩があったかと思うと、胸がしめつけられた。

九重高原では、彼岸に入る頃からコスモスが咲き始める。

彼岸を過ぎて二、三日経った日に師長から明日、町田バーネット牧場に行きませんかと電話があった。その日は大変天気が良く、天気予報でも数日好天が続くことになっていた。

師長はそこまで調べての誘いであった。

翌日、十一時にK町のスーパーマーケットの駐車場で待ち合わせた。

天気予報とは裏腹の雲の厚い日であった。

沢峰の車を見つけると、師長が助手席に乗ってきた。

「こんなに雲がおおって、雨になりそうとは予想もしませんでした」

師長は少し含羞《はにか》んだ表情で言った。

「昨日はあんなに好天でしたし、天気予報も当てになりませんね」

沢峰も心が高ぶり、ぎこちない言葉で応えた。

師長が道筋を教えた。

「師長さんは、介護の講習会は終わりましたか」

「ええ、もう終わりました。今は実習に時々行っています。近くケアマネジャーの試験を受けるつもりです。あのー、私、もう師長ではありませんので、師長とは呼ばないで下さい」

「何と、お呼びしましょうか」

「加藤信子《のぶこ》ですから、名前で呼んで下さい」

「そうですね。それでは加藤さんより、信子さんと呼ばせてもらいます」

沢峰の畏《かしこ》まった言い方に、二人とも同時に噴き出すように笑い声をあげた。

二人の間の壁が急にとれた。

バーネット牧場のバーネットは英語で《吾亦紅《われもこう》》という花の名前であるという。

沢峰は吾亦紅がどんな花か知らなかったが、バラ科の多年草で高さ一メートルぐらいあって、夏から秋にかけて、卵形で長さ二ないし三センチの濃紫色の花穂《かすい》をつけると信子が教えてくれた。

国道から山に登りはじめると、厚く張りつめた雲の下に、鷹が翼をひろげた形をした黒い雲が山の方から飛来して来たかと思うと急に風が起こり、山の姿が霧で消えて大粒の雨が降り出した。

雨脚が物凄く強く、ワイパーを最高にしても前方が見えなくなり、沢峰は危険を感じたのでライトをつけて、広くなっている道脇の広場に車を止めた。

夕暮時のように暗くなった。

信子も信じられないといった呆然とした顔をしていた。

「通り雨ですから、心配ないと思います」

と沢峰は信子を元気づけた。

それでも、雨は小降りにならず、風も激しく吹き続けた。

遠雷も鳴った。

雨は小降りになったかと思うと、また強くなり、何度かくり返した。

山道に水が溢れるように流れ出していた。

あまりの風雨の激しさと、降り続くのに二人は圧倒されて言葉もなかった。

どのくらい時間が経ったのであろうか。次第に雨は小降りになり、閉ざしていた霧も段々薄くなり目の前が開けてきた。

山道に溢れた水はなかなか引かなかったが、道は通れそうであった。

「あまりにひどい風雨でびっくりしました。こんな天気の日に、お誘いして申し訳ありません。バーネット牧場も、このひどい雨では行っても開いていないでしょう。戻りましょうか」

信子が申し訳なさそうに言った。

「天気予報は雨が降るなど全く予想してなかったくらいです。突然の通り雨です。車も往来し始めましたので、バーネット牧場の近くまででも行ってみましょう」

沢峰は、天気が回復しそうな予感もあったし、折角二人で出掛けて来たのだから、いろいろ見聞したいこともあった。

「では行ってみましょうか」

信子は不安げに空を見つめて言った。

行くほどに霧も晴れてきて、小雨が降りつづいた四季彩ロードに入った頃から雨もやんで、空が明るくなり、薄日も差しそうになった。

四季彩ロードは九重の山裾を縫うように走る眺望のよい観光道路で、九重連山や、涌蓋山《わいたさん》、崩平山《くえんひらやま》がすぐ近くに見える。

雨が降り続きながらも一部の空から陽がさしてきた。

「〝狐の嫁入り〟ですね」

沢峰は、子供の頃、このような天気のことをそういったことを思い出して言った。

「本当にそうですね。〝狐の嫁入り〟とか日照り雨とよく言っていましたね。私が子供の頃にもよくこんな天気がありました。これはやはり山の中によくある天気なのでしょうね」

「そう、天気の変わりやすい田舎に多いのでしょうけどね。私はパリで、こういう日照り雨を経験したことがあります」

「そうですか。パリで日照り雨を見るなんてうらやましいですね。パリは広いから、きれいだったでしょうね」

「通り雨の一種でしょうが、まわりには、ほのかに陽が照っているのに、雨がつながって一条の線のようになってシュッ、シュッと大きな音をたてながら、移動してくるのです。少し異様ですが、雨に陽があたって金色の細糸になって、それがエッフェル塔や凱旋門に当たって去っていくのですから、それはきれいでした」

「山々を越えてくる日照り雨もきれいですが、パリみたいな大都会を流れるのはもっと美しいでしょうね」

信子は溜息をついた。

四季彩ロードを登っていくと、日照り雨のなかを九重連山の上に虹が架かっていた。

二人ともあまりの壮大さと美しさに言葉もなかった。

バーネット牧場には平日で激しい雨の中でも、十数台の車が止まっていた。昼に近かったのでバーネット牧場のレストランで食事をすることにした。

豊後牛の焼肉定食を食べた。

レストランのパンフレットに《かつてオペラ歌手マリア・カラスが〝世界にこのような美味しい食べ物があるとは知らなかった〟と絶賛した日本の『和牛肉』。大分県で飼われている黒牛は全てこの品種で、昔の豊後にちなんで『豊後牛』と名付けられています》とあったので二人は思わず微笑んだ。

たしかに美味しかった。

レストランから道越しにバーネット牧場が見える。雨のあがった牧場に白毛の馬が一頭と黒牛が三頭、仲良く草を食んでいる。

白と黒の対照が雨あがりの空気のなかに鮮明に浮きあがって見えた。

食後、レストランのすぐ裏手にある牧場に登ってみた。先程の豪雨で動物は小屋に避難させられていたので、山羊が木陰に数頭いるだけだった。

天気がよければ、にわとり、がちょう、烏骨鶏、ポニー、ヒツジ、山羊などが見られるはずであった。

雨あがりの薄い雲が九重山の上に張っていた。沢峰は烏骨鶏に興味を持った。

卵や肉は栄養価が高く、最近ブームを呼んでいることを聞いていた。信子は沢峰の意を察して別の天気の良い日に見にいきましょうと言った。

雨に濡れたコスモスの淡紅、紅、白色の花が、風にかすかに揺れていた。

十月中旬になると、山の下の方ではコスモスはまだ盛りであるが、九重高原では薄《すすき》が穂を出しはじめていた。

秋晴れの日のバーネット牧場では、それぞれの動物が草原の囲いのなかを動き回っていた。陽をあびて、どれもが生き生きと見えた。沢峰が楽しみにしていた烏骨鶏も山の斜面で遊んでいた。

思っていたより小形で白、黒、赤褐色などがあり体毛は絹糸のように柔らかい。よく見ると頭に冠のような毛があり、足にも毛が生えている。コッケコッコーと大きな声でよく鳴く。

餌は小屋の中に置いてあって各々、自分のいい時につついている。実際に飼っている人は外出中とのことで詳しい話は聞けなかった。

帰りに四季彩ロードを登って、筌《うけ》ノ口《くち》温泉から九酔渓に抜けて、まだ早いかもしれないが紅葉を見に行ってみることにした。

その途中で緩やかな勾配の坂を曲がると、突然目前に紅葉が広がり沢峰と信子は同時に驚きの声をあげた。

紅葉谷の横の〝あいのせ茶屋〟という店の駐車場に車を入れた。まだ紅葉には間があるという時季なのに、ちいさな峡谷は紅、黄、褐色の鮮やかな色彩で、秋の日を受けて息をのむほどに輝いていた。

「私も初めてですわ。こんな早い時期にこれほどの紅葉を見られるとは思っていませんでした。紅葉は九酔渓とばかり思い込んでいました」

信子が車から降りると紅葉谷を見渡せる小さな展望台に向かいながら言った。

平日なのに結構見物客が押し寄せていた。

皆、紅葉に顔を染めながらほとんど声もなく見入っていた。

すぐ傍らに天ヶ谷《あまがたに》橋があり、この一帯を天ヶ谷峡谷と呼ぶのだろう。全山というのではないが、小さな峡谷を紅葉が埋めつくしていた。特に楓の紅がきれいであった。

紅葉谷をよく見ると紅葉の葉々の間に、深い谷が見え清流が幽《かす》かな音をたてて流れている。

まだ落葉している気配はない。桜でいえば五分咲きといったところであるようだ。

〝あいのせ茶屋〟から奥の深山に這入りこめそうになかったので、展望台から天ヶ谷橋に行ってみたりした。峡谷の下の方も紅葉が美しかった。

二人は茶屋に寄って〝あいのせそば〟を食べた。地鶏と山菜のはいったもので、よく味が出ていた。

若い女子の店員に紅葉のことを聞くと、奥にはいっていった。代わりに年配の女性が出てきて言った。

「九酔渓より標高も高いのですが、風、光、地形などでこの天ヶ谷は九酔渓より二、三週間早く紅葉します」

「それにしても色鮮やかですね。東北地方の紅葉がとてもきれいですが、それ以上かもしれませんね」

沢峰は仙台近郊で見た紅葉を思い出しながら言った。

「規模では九酔渓には敵《かな》いませんが、ここの色は、毎年見ている私でも、びっくりしますものね」

と女性は笑いながら言った。

食事をしている人たちも、あまりの美しさに、むしろ静まっていた。

茶屋を出ると左側に清水の湧水が、竹筒から落ちていた。

説明に、『この冷水は星生山《ほっしょうざん》（九重山群）の地下水で、千古の昔から旱魃《かんばつ》の年でも涸渇《こかつ》することなくこんこんと湧出し、昭和十六年から田圃の灌漑《かんがい》用水として利用していたが、平成四年広域農道（四季彩ロード）の開通で、こうして陽の目をみることになり、皆さんから愛飲されるようになりました。年間を通して摂氏一三度です。日本の名水に選ばれています』――とあった。

沢峰は柄杓《ひしゃく》で飲んでみた。

なめらかで、口の中で甘みが広がるのを感じておいしかった。

信子も飲んで、

「まあ、おいしいこと！」

と感嘆の声をあげた。

沢峰は、茶屋に持ち帰り用のポリ容器が売っていたのを見ていたので、二個買ってきた。

よく洗って、二つともに湧き水をいっぱい入れて蓋をしっかりしめた。

「信子さん、ひとつ持って帰って下さい」

「まあ、私にですか。お母さまへのものと思っていましたのに」

「私と母は、ひとつあれば、充分です」

「まあ、嬉しい。早速コーヒーをわかして飲んでみますわ」

「僕は焼酎の水割りです」

二人は声をあげて笑った。

九酔渓に行くことになっていたが、食堂の女性が、九酔渓の紅葉はあと二、三週後が見頃と言っていたので、信子がこの先の飯田高原に川端康成の文学碑が建っているので見に行きませんかと沢峰を誘った。

文学にはあまり縁のない沢峰も、高原にひっそり建っているであろう文学碑にこれまで感じたことのない深省な興味を覚えた。

草原と櫟や樫の林の屈曲のある道を登っていくと台地みたいな所に出た。初夏の頃、母と動物園に寄った時の道であったが、風情が全く違っていた。

薄《すすき》の白い穂波が見渡す限り一面に、眩《まぶ》しく広がっている。

飯田高原である。

南東の方向に九重連山が立ちならんでいる。

正面の三俣山《みまたやま》と星生山《ほっしょうざん》のあいだに、白い煙をあげているのが硫黄山《いおうさん》である。

九重連山に囲まれてあるのが飯田高原で、その北の端の小さい丘に川端康成文学碑は蕭条《しょうじょう》として立っていた。

沢峰と信子は文学碑をゆっくり見て回った。大きな碑であった。碑は九重山中を流れる玖珠川の下流の川石でできている。三メートル四方、厚さが五十センチある。

表面の黒御影石に『雪月花時最思共、康成』と康成の筆跡で彫られていた。沢峰にもこの文言には記憶があった。ノーベル文学賞受賞した時のものと思った。

昭和二十七年秋と二十八年夏に川端康成は九重・飯田高原を訪れ、筌ノ口温泉に滞在して『千羽鶴』の続編『波千鳥』を執筆したと信子が沢峰に説明した。

あの頃であれば、飯田高原はもっと茫々とした高原であったろうと沢峰は思った。

碑の裏面に、『波千鳥』の一節がこれも康成の筆跡で記されている。

山々に取りかこまれた、あるひは四方の山々にささへられて浮んだ、高原といふ圓さがあります。ほんたうに美しい夢の國がここに浮んだやうな高原でした。山は紅葉してゐますし、すすきの穂波は白いのですけれど、私は高原にやはらかい紫がただよってゐるやうに感じました。

この飯田高原は多くの人も言ふやうに、ほんたうにロマンチックななつかしさです。やはらかくて、明るくて、そしてはるばるといふ思ひをさせながら、静かに内へ抱きつつまれたといふ思ひをさせます。南につらなる山々も温和で気品のある姿です。

沢峰はしみじみとした気持ちになった。

爽涼《そうりょう》とした高原のなかの二人は、別世界にいるみたいと沢峰は感じた。

「作家は本当に感じたことを、そのように書けるものですね」

と信子が感嘆した。

「僕など何度生れ変わっても書けませんね」

沢峰の言葉に二人は笑った。

高原に紫色の夕闇が迫り始めた。二人はいそいで帰路についた。

烏骨鶏みたいな動物を飼育することの困難さを沢峰は意識し始めていた。一日たりとも目を離すことは出来ない。それを、まして一人でやるということは暴挙に等しいと感じていた。

しかし、烏骨鶏の姿はかわいらしく、帰りに買ってきた卵は小さいのにしっかりした実と味をしていて、烏骨鶏に愛着も覚えていた。

この周囲の町村ではいろいろな野菜、果物、茸類《きのこ》、花卉《かき》を造っていた。白菜、玉ねぎ、ナシ、ブドウ、梅、栗、シメジ、椎茸、えのき、バラの花など多種ある。

沢峰はいろんな本を買って自分ながら勉強していた。しかし、どれも簡単でないことがひしひしと分かってきていた。

そんな日、信子から部厚い大きな封筒が届いた。中にインターネットで集めた烏骨鶏の飼い方、扱い方などが入っていた。

近くのものもあれば、静岡の方のものもあった。

沢峰は信子が気に掛けていてくれたことが嬉しかった。

三日後の天気の良い日に沢峰と信子は、隣町で烏骨鶏を飼っている人を訪ねた。

晩秋の穏やかな日で、三十キロの行程があった。峠を越えていかねばならなかったが、銀杏の黄葉の盛りであった。十年前までは汽車が運行していたが、人口の流出で過疎になり、ひどい赤字線になったため廃線になった。地元の人々は廃線に反対したが、反対している人々もほとんどが汽車を利用していないため廃止になった。

道が拡幅され、トンネルが掘られている。

「エネルギーに行き詰まったら、また汽車の線路を造ることになるかもしれません

ね」と沢峰が言うと、

「本当に、そうかもしれませんね。なにしろ第二次大戦があったため工事が延びまして完成まで三十年かかったと聞いています。二十年ほど運行して廃止ですから、どうなっているのでしょうね」

信子の言葉に二人は大笑いした。

車の通りはほとんどないのに、道は大きく立派なものであった。

「この前の水おいしいですか」

沢峰が尋ねた。

「ええ、とてもおいしくて重宝しています。お茶もコーヒーもひと味違うように感じます。沢峰さんは焼酎の水割りで、もう使ってしまったのではないでしょうね」

「いくら酒好きの私でも、そこまで飲んではいませんよ」

真剣に沢峰が否定するものだから、二人はまた大笑いになった。

烏骨鶏を飼っているあたりの地理にはかなり詳しい信子でも、あまりの変貌ぶりにしばらく途惑った。

山深い所で道も狭く未舗装で、やっと車が一台通れるくらいの道という先入観があった。

ところが道は堂々たる舗装道路に変わり、一軒だけだったと思っていた温泉旅館は五軒に増えていた。

旅館と旅館の間の小川の木橋を渡った山陰に、二つの鶏舎があった。人は誰もいなかった。番犬らしいのが杉の木に繋がれていたが、沢峰たちを見ても吠えることはなかった。一つの鶏舎に五十羽ほどいるようで、白、黒、褐色のもいた。沢峰たちが近づいても騒ぐこともなく、時々コケコッコーとはっきりした大きな声で鳴いた。烏骨鶏は足が短く全身が柔らかい羽毛で覆われ、小さくてとてもかわいかった。

飼料は鶏舎の真ん中に置かれていて、食べたい時に食べているようで、見る感じではあまり手がいらないように思えた。

車に戻ると、建築現場に人がいたので、烏骨鶏の飼い主のことを尋ねると、丁度車が止まった。中に主婦らしい人と茶髪の少年が乗っていて、その人たちが飼い主の家族であった。

本業は不動産業と建築業であるが、主人が動物好きで烏骨鶏を飼っているとのことであった。沢峰は専門書や、信子がインターネットで集めてくれた資料で知ったことの疑問点、特に飼料について尋ねた。醗酵飼料と緑色の餌（緑の草や野菜のえさのこと）が大事で、嫌気性醱酵を行うことが大切と教えてくれた。

沢峰が都会からの帰参者であること、独身であることを聞くと、奥さんは驚いたようであった。生き物ですから、年中無休です。とても一人で飼育することは不可能でしょうと、同情して言った。

沢峰も、それは感じていたことであったが、直接指摘されると、胸にこたえた。烏骨鶏飼育の母子と別れると、沢峰と信子は町の中心部に行って昼食をとった。

やはり、一人では生き物は育てられないという気持ちが沢峰には衝撃であった。生き物といえば動物だけではない、植物もそうだ。

自分の甘い考えが、信子の前で、はっきり自覚させられたことが、沢峰は恥ずかしかった。

信子は沢峰の気持ちを察して、そのことには触れなかった。

風もない、本当に良い秋晴れであった。

信子が、高校時代に遠足で行ったことのある、この近くの遊水峡《ゆうすいきょう》という名勝に行ってみませんかと沢峰を誘った。

「遊水峡」の字を聞いただけでも、沢峰の心が躍った。

山奥に這入り込んでしばらく行くと、小さな看板が立っていた。急な坂を降りていくと、沢峰は思わず、あっと声をあげた。

坂道を降りたところに幅十五メートルぐらいの清流が、小さな瀬をつくって、サラサラという音を響かせて流れている。

上流は森陰《もりかげ》に隠れているが、下流はずっと先まで清冽な流れが見渡せる。

川幅は十五メートルから二十メートルぐらいであるが、川底は薄い褐色の畳を敷いたようにほぼ平面で、川石はほとんどない。

信子によれば昔、近くの山で大爆発が起こり、その溶岩が川のように流れ下って、その岩盤がそのまま川底になったのであろうということであった。

とにかく美しい川底の上に、この上なく澄んだ水が流れている。沢峰は信州の上高地を流れる川に似ていると思った。

春から夏、特に夏休みはキャンプ客が押し寄せるとのことである。峡谷の紅葉もきれいであった。

沢峰と信子は、誰もいない園内のレストランでコーヒーを飲んだあと、上流にある〝出会い滝〟と、〝かっぱ滝〟を目指して川沿いの道を歩いた。

上流も川底は同じ溶岩でできている。

〝出会い滝〟は小さな川が、本流に合流していて、小さな滝をつくっていた。川沿いの道は大小の石がゴロゴロしていて結構歩きにくい。沢峰は信子の手を取って引きあげてやったりした。その都度信子は恥じらいの色を見せたが、沢峰には、それが新鮮だった。

レストランから〝かっぱ滝〟まで一キロ近くあった。かっぱ滝は十メートルぐらいの高さと横幅の切石の壁みたいな垂直な滝で、白糸のように水が落ちてきていて、不思議なことに滝の周りに直径五メートルぐらいの小さな虹が架かっていた。

「珍しいですね。こんな小さな虹、初めてです」

信子は滝の虹の近いところまで見に行った。

「本当に珍しいですね。私も初めてです。滝の水煙が偶然、虹となったのでしょうね」

信子は滝水の落ちる淵に手を入れていた。沢峰も行って同じようにした。結構、冷たかった。

沢峰は田舎で生計を立てることの困難さをひしひしと感じていた。生き物を作ることは、とても絶望的に思えた。母に相談しようかとも思ったが、沢峰が烏骨鶏を飼ったり、野菜を作ったりしたいと言ったら一笑に付されると思った。

ハローワークの求人欄を見にいったりしたが、不況のせいかほとんど求人はなく、それも東京などの大都会に比べると、給料は半額程度である。

それは沢峰にとってショックであった。日本国内でも、こんなに較差があることを沢峰は全く知らなかった。エリート・コースを歩き、高給を普通と思っていた自分に、沢峰は嫌悪感を覚えた。

十一月中旬、沢峰はひとりで九酔渓《きゅうすいけい》を訪ねた。平日であったが、結構、紅葉狩りの人たちで賑《にぎ》わっていた。しかし、峡谷の広大な紅葉谷は頂上の方はほとんど落葉していて、山の下の川沿いのあたりだけに残っていた。

今年初めてきた頃は全山枯山であったし、それはそれで簡素な美があり、初夏の新緑は目に痛いほどであった。しかし、肝心な紅葉を見損なったという気持ちが占めた。うっかりしている間に、好機を逃した痛恨が残った。沢峰は呆然として茶店の展望台から峡谷を見続けた。

信子も九酔渓の紅葉を楽しみにしていたので、この様子を見たら、さぞ落胆するだろうと沢峰は考え、このことを信子に告げねばならないことを辛いと思った。

その夜、母と二人の夕食の時、沢峰は先日の遊水峡と、今日行ってきた九酔渓のことを話した。母は遊水峡にも行ったことがあって、昔は何里も歩いて行かねばならず大変だったと懐かしみ、九酔渓については、紅葉の盛りに行き当たるのは、桜と同じくらいに難しいと言った。

ずっと都会で暮らしてきた沢峰は、桜も紅葉も一番良い時季を意識して、見に行ったことはなかったのに気付いた。

夕食後、囲炉裏《いろり》の炭火で暖を取りながら、沢峰は、ゆっくりと、焼酎を九重山地の湧水で割って飲んだ。それは至上の喜びに思えた。

それから朝夕は、めっきり冷え込んできた。

沢峰は東京の妻・由起子のことを思い遣った。この時間であれば、まだ会社で仕事をしているだろうか、それとも同僚と食事でもしているか、家にやっと帰り着いて疲れた体をソファーに投げているのかもしれない。

電話を入れてみようかと思ったが、唐突なことに驚くだろうと止めた。パソコンでｅメールを送っておこうと、沢峰はパソコンに向かった。

ｅメールを開けてみると、由起子と娘の奈生子から便りが届いていた。二人とも着信して一週間以上が過ぎていた。沢峰は自分の不精を恥じた。

紅葉も終わり、そちらは朝夕の冷え込みが厳《きび》しいのではございませんか。結婚した頃に一度、貴方の実家の近くで、夕陽に映える素晴らしく美しい紅葉を見た記憶があります。年月や場所は覚えていません。奈生子も一緒だったと思うのですが……。人間の記憶というのはあやふやなものですね。それとも年齢的に記憶力が落ち始めているのかもしれません。お元気でいらっしゃる事と思います。私も一応元気に頑張っています。この数年フラッシングと呼ばれる、全身に急に火が付いたように熱っぽくなる、更年期の症状も大分緩解してきています。症状の強い時は、本当に滅入ってしまうほどで、アメリカでは女性ホルモンなどを積極的に投与するようですが、私はホルモンは使用せず、どうにか難関を突破できそうで、ほっとしています。

田舎の方で何か良い仕事が見つかりそうですか。農業をほとんど経験したことのない貴方が、農業の仕事を何か始めることは大変だろうと思っています。でも、貴方が田舎の自然のなかで生活したい気持ちは少し理解できるようになりました。過密になった大都会に住んでいても、もうこれ以上に、する事も欲しい物もそう有りませんものね。何時間も、また幾つかのデパートを梯子して回って買物する元気も、もうありません。シンフォニー、オペラ、歌舞伎などを生で見られるのは大都会の魅力ですが、それも、今はテレビで一日中流している放送もあり、ビデオ、ＣＤと何処ででも見られますものね。こうなってくればライブの魅力に惹かれて大勢の観客が押し寄せるのは、余程のことでしょう。日本は高度成長の波に乗って、頑張り過ぎたのでしょう。皆、いろいろのレベルで、虚脱感に陥っているのではないでしょうか。今、東京ではリストラばやりで、私も、そのうち淘汰《とうた》されるかもしれません。それは、それで仕方ない事と思い始めていま す。現在の日本の状態については、団塊の世代と呼ばれる私達の世代も責任を感じねばならないことですものね。長くなりましたので、ここで終わります。また、お便りします。お母さまに、よろしくお伝え下さい。

由起子

お父さん、私たちは今、ニューヨークに来ています。お元気ですか。お父さんの故郷、九州の真ん中にある九重山地では、紅葉の美しさは如何ですか。ずっと昔、私が六、七歳の頃でしたでしょうか。お父さんの故郷の近くに旅行したのを覚えています。大きな峡谷の全体が赤、黄、褐色に彩られ、それは物凄く美しいもので、今でも私の見た景色のなかでは印象に残っているものの一つです。

ニューヨークでは街路樹で紅葉が見られますが、むしろビル街を吹き抜ける風の流れの方向や冷たさで秋を知るか、街を歩く女性のファッションで、秋の到来と深まりを知ります。

一度、お父さんの故郷の秋を見に帰りたいと思っていますが、主人も私も仕事が忙しく当分望めそうにありません。お父さんの方はいかがですか。お母さんによれば、田舎で何か仕事を探しているとのことですが、長年の海外や大都会での生活ばかりでしたので、田舎で生活したい気持ちは良くわかりますが、いろんなことを考えると、やはり無理ではと心配しています。そうであったら、またお母さんのところに戻って下さいね。おばあちゃんによろしく。eメール待っています。

奈生子

沢峰は由起子と奈生子のeメールを見て、二人に申し訳ないことをしたと感じた。

このところパソコンをほとんど使わないし、eメールを開けて見ることをしていなかった。

何十年もコンピューターやインターネット、パソコンを扱ってきながら、最近は忘れたように無関心になってきていた。

長い間扱ってきただけに、反動的に離れようとしている気持ちからかもしれなかった。
そうだ、由起子、奈生子だけでなく、昔の仲間や得意先の人達にも積極的にeメールを使い、パソコンでいろんなことに挑戦すべきと感じた。由起子と奈生子にほぼ同じ文面のeメールを送った。

近頃多忙という訳ではないが、eメールを開けるのを忘れていて、申し訳ない。お便り有り難う。九重では今年は意外と紅葉が遅いと思って油断していたら、昔一緒に見た九酔渓の紅葉を見逃してしまいました。僕も、奈生子が七歳ぐらいの時に三人で一緒に見た記憶を思い出しました。本当にきれいだったね。もう一度三人揃って鑑賞する機会があるといいですね。コンピューター関係の仕事は田舎ではほとんどないようで、烏骨鶏を飼ってみるか、バラの花をハウス栽培してみるかなどと夢のようなことを考えていますが、とても実現に漕ぎ着けそうにありません。母の知人で親切な人がいて、烏骨鶏を見に行ったり名勝などを案内してくれ、いろいろ助言もしてくれて助かっています。当分の間、その人にお世話になろうと思っています。朝夕はとても冷え込んで、軒下には氷柱《つらら》が下がります。囲炉裏で樫《かし》を焚《た》いたり、炭火をあかあかと燃して暖をとっています。こういう時には、心身共に自然のなかに深く埋没している感じを覚えて、至福の境地です。こういう事をして老け込むのはまだ早い、と自省はしています。

もう暫くこの地で、いろいろ模索したいと考えています。昔みたいに夜の巷《ちまた》を徘徊《はいかい》することとも全くありませんので、体は至って健康です。ただ孤独という病気に負けないよう頑張ります。三人でゆっくり食事でもしたいですね。そんな日を楽しみにしています。母はとても元気になりました。安心して下さい。

沢峰は書き終わって、ほっとした。

久しぶりに由起子と奈生子と意思の疎通がはかれたと思った。日頃から、もっとするべきことと反省した。

加藤信子のことを、母の知人としたことに後ろめたさを感じた。しかし、母の知人が女性であることには気が付かないとも思った。

信子のことを意識している自分に、沢峰は初めて気付いた。

暮も迫った日に、信子から介護保険制度のなかのケアマネジャー試験に合格したと、知らせの電話があった。

沢峰はお祝いの言葉を述べて、近日中に食事をしましょうと言った。信子は嬉しそうに受けてくれた。

年が明けて成人式の数日後、二人は近くの街のレストランに昼食に行った。

ケアマネジャーは医師、看護婦、保健婦、薬剤師、理学療養士など医療に携わっている人であれば誰でも受験資格があり、介護保険法などに関する筆記試験で規定以上の点数をとれば合格できるとのことであった。

雪模様の寒い日であった。

フランス料理を頼んだ。

「こんなにして男の人と二人で食事をするなんて、私、もう十年以上経験していませんわ」

信子は上気した顔で言った。

「私もですよ」と沢峰も言った。

「本当ですか。沢峰さんは大都会の生活が長いですから、いろいろ機会はあったのでしょう」

信子は笑顔を見せながら、信じられないといった風であった。

「私たちの仕事は男性が相手ですから」

「奥様ともですか」

信子は楽しむよう茶化《ちゃか》すように言った。

「女房も仕事を持っていましたので、擦れ違い生活でしたから。それでも、若い頃はお互いの誕生日など、レストランで食事をすることはありましたが、最近はほとんど記憶にないですね。信子さんこそ、どうなんですか」

沢峰は母から聞いて、信子の離婚のことを知っていたので悪いことを言ったと後悔した。

信子の事を母が沢峰に話しているとは、信子は思っていないだろうと、沢峰は考えた。

「私もずっと共稼ぎでした。しかも私は看護師でしたから、夜勤が月に八回以上ありました。主人とは、擦れ違いばかりで、レストランなどでゆっくり食事することなど、ほとんどありませんでした。こうして沢峰さんと降り頻《しき》る雪を窓外に見ながらのロマンチックな食事など、したことはありませんでしたわ」

いつの間にか雪がしんしんと大降りになっていて、沢峰はびっくりした。窓の外に白いレースのカーテンが引かれたようになり、遠方は見えなかった。

「こういう機会を持てなくて、主人には悪いことをしたと思っています」

信子が伏し目がちに、ちょっと淋しげに言った。

沢峰は返す言葉がなかった。

事情を既に知っていただけに、すぐに聞き返せず、暫く沈黙が続いた。

「私、今でいう〝ばついち〟なんですよ……。沢峰さん、お聞きになっているでしょう。がっかりなさったのではありませんか」

「いいえ、なんで、そんなことがありましょう。信子さんはお綺麗でチャーミングな方ですから、これから先も男性がほうっておく訳《わけ》などないでしょう」

沢峰は感情を籠めて、静かに言った。

「なんなら、離婚の原因をお話ししてもよいのですが……」

「いいえ、私も〝ばついち〟みたいなもので、またの日に。今日はケアマネジャー合格のお祝いですから、ゆっくり雪を楽しみながら食事しましょう」

「本当ですね。不粋なことを言って、申し訳ありません」

「いいえ、いつか私のことも、ゆっくりお話ししましょう」

「まあ、沢峰さんが〝ばついち〟みたいなものだなんて、信じられませんわ。今日のところは、これ以上お聞きしないようにしますわ」

信子は元気を取り戻したように明るく笑ったので、沢峰も笑った。

雪が完全に窓を閉ざした。時々横なぐりの風が吹くと微《かす》かに外が見えるが、それも白一色の世界であった。

信子は看護学校時代に登山同好会に属して、日本アルプスの雪山に登ったりしていた話をした。その登山をしていた頃によく一緒に登っていて、別れた夫と知り合ったのであったが、それを沢峰には話さなかった。

思わぬ雪に出会い、信子は昔のことを思い出した。しかし、それは甘美なものではなく、むしろ心が痛む思い出であることを再認識させられた。

沢峰はスイスに在住していた頃に、登山はしなかったが、ロープウェーで登り、アルプスの山容を何度か見に行ったことを話した。

信子は羨ましそうであった。機会があれば、ヨーロッパのアルプスに登ってみたいと思っていたくらい、信子は山が好きであった。

沢峰も由起子と奈生子の三人で、アルプスを眺めた日を思い出した。

透き徹る青空のもとで、雪を戴いたアルプスの山々が妍《けん》を競うように屹立《きつりつ》している。そのあまりのスケールの大きさと凄絶な美しさに三人は呆然と立ち竦《すく》むだけであった。

あの頃は毎日せいいっぱいに生きて、将来のことなど考える余地もなかった。ただただ、光に満ちた日々であったと沢峰は思った。

沢峰も信子も、過去のことを語らなかった。

静かにワインを飲みながら、映画、音楽、文学など取留めのない話をした。

信子とはひと回り以上の年齢差があったが、話題が空回りすることがないのが沢峰には嬉しかった。

夕方になっても、雪のために外は明るかった。ワインを飲んでいたし、積雪もあり、代行車を呼んで沢峰は信子を送っていった。


大寒《だいかん》になってから、暦どおりの寒い日が続いた。毎日氷が張り、氷柱が下がり、時々雪が降った。山陰では雪が消えることがなかった。

沢峰は雪のへばりついた寒々とした冬山を見ながら、終日本を読んだり、音楽を聞いたり、ビデオで映画を見たりして、ひたすら春の来るのを待っているような日々を送った。

烏骨鶏を飼ったり、大根や白菜をつくる農業をしていたりしたら、この寒空のもとで働いていなければならなかったと思った。

この前のレストランで信子から、介護保険制度、ケアマネジャーの役割、訪問看護婦、ヘルパーの仕事などの概略を聞いた。

介護保険制度の理想と現実の差も、信子は少し話してくれた。だが、まだ発足して間がないから、これからが大事とも語った。

今ごろ、信子はケアマネジャーや訪問看護師として、この寒空のなかを走り回っているのだろうか、と沢峰は思いを馳せた。

二月上旬の立春も寒い日で、あまりの寒さに夜中に目が覚め、囲炉裏《いろり》に炭火を熾《おこ》した。

まだ外は明けていない、紫色の闇であった。

たまたまｅメールを開けて見ると、信子からのメッセージが届いていた。

暦の上では今日が立春です。今、真夜中の一時十分です。三人のケアプランを作りおえて、今から休みます。この仕事を始めて、まだ間がありませんが、大分慣れてきました。でも百人百様ですから対象の方の性格、気持ち、体力、家庭環境などを深く配慮しないといけませんので、まだまだ勉強、勉強です。沢峰さんが介護制度に興味をお持ちのようでしたので、暖かくなりましたら、訪問看護に廻る時にご一緒しませんか。もちろん相手方のご諒解はとっておきます。インフルエンザにかからないよう、ご用心下さい。

信子

何時間か前に打ち込まれた、まだ暖かみの残っているような便りを、明けやらぬ明かりのもとで見ることに、沢峰は新鮮な喜びを覚えた。沢峰はすぐにeメールで返事した。

確かに時代は変わりつつあると思った。

二月中旬、信子から明後日に訪問看護で二、三軒回るので同行しないかと電話があったので、喜んで沢峰は同意した。

この数日前から寒が解け、晴天が続き、そのあと暖かい雨が沛然《はいぜん》と降ったので遠山に残っていた雪も消え、春の到来の近いことを思わせる景色になっていた。

朝九時にいつものスーパーで落ち合って、沢峰は信子の車の後を付けることにした。

信子の車に同乗することは、沢峰が介護員の資格を持っていないし、途中で信子が別の用事で移動することもあると判断して、止めることにした。

春のような陽気と佇まいの山道を、信子は沢峰を先導して登って行った。

四、五軒の家が山際に立っている小さな集落にくると、道が幅広くなった所に車を止めた。
信子はスラックス型の白衣を着て、白衣の上に紺のカーディガンを羽織り、白い襟を外に出していたので、とても清潔で、若々しく見えた。

ナース・キャップは被っていなかった。

大きな茶色のバッグを肩にかけて信子は降り立ち、「沢峰さん、あなたはボランティアで介護を勉強中の人としてありますので……」

と言って、沢峰に微笑んだ。

「わかりました。しっかり勉強しますので、よろしくお願いします」

頭を下げながら沢峰が懸命に答えたので、二人とも笑い出した。田圃の脇を少し歩いて、農家に入っていった。

奥に信子が声を掛けると、すぐに明るい声が返ってきて、老婆が嬉しそうに信子を迎えいれた。

薄暗い玄関から廊下を通っていくと、南側の明るい部屋のベッドに老人が寝ていて、信子の姿を見て上半身を起こして微笑んだ。

信子が沢峰のことを紹介すると、丁寧に頭をさげ、それは、それは、有り難いことでございますと言った。沢峰の方が顔が赤くなった。

老人は八十歳ぐらいで、右半身が不自由のようであった。だが、リハビリなどで改善してきているという。

信子は血圧を測り、指先を小さな器具で挟み、体中の酸素量を調べた。そのあと、手足をマッサージしたり、体を起こして歩行練習をさせたりした。

老人は嬉しそうに、信子の指示に従った。

まさに、マンツーマンの看護であり介護である。信子は看護中もずっと老人に話し掛け励ましている。沢峰は、日本の厚生医療もここまで進んできたのかと驚いた。

沢峰が子供の頃など、農家の暗い部屋に寝たきりの人が居たことを思い出した。

終わるとお茶と干し柿と高菜の漬物が出された。どれもおいしかった。

沢峰は、ほのぼのとした気持ちになった。

国道筋で、昼食のうどんを食べたあと、夕方まで二軒回った。

老衰の人と、もうひとりは慢性関節リウマチで歩行できない人であった。体力と暖かい前向きの気持ちがないと介護の仕事はできないと、沢峰はつくづく思い知らされた。

その夜、沢峰は由起子《ゆきこ》と奈生子《なおこ》にｅメールを送ろうと思った。

その時、信子から電話があった。

「今日はお疲れになったでしょう。三軒も引っ張り回して申し訳ありません」

「とんでもない、全く別の世界があることを初めて知りました。とても感謝しています。世界を駆け回っている若いビジネスマンにも、こういう介護という地味なことが行われていることを知ってもらいたいですね」

「そんなにまで考えて下されば、本当に嬉しゅうございます」

「また、連れて行って下さい」


今日、友人の介護保険制度の専門家に、訪問看護で病人を看《み》て回るのに連れて行っていただいた。脳卒中後遺症、老衰、慢性関節リウマチの患者で、ひとりでは歩行もできない。なかには食事も食べさせてあげないといけない方もいた。ひと昔前であれば入院していなければならない人達ばかりですが、介護保険制度が発足してからは、自宅にいて、そこに看護師、ヘルパー、リハビリ療法士、栄養士などを派遣して介護できるようになってきている。ヘルパーさんは部屋を掃除し、洗濯をし、病人の入浴を介助し、料理を作る。訪問看護は看護師が来て、血圧を測ったり、全身状態をチェックし、薬を飲ませたり、褥瘡《じょくそう》があれば丁寧にその手当てをし、マッサージをしたり、採血して検査に回したりする。リハビリ士は体を動かして全身の機能回復に努める。現実に急性の病気がなければ、家庭にいろいろの人が入れ替り立ち替り出入りして、皆で病人を家庭で介護しようという制度なのです。北欧では以前からそのような制度が発展していたようですが、日本もここまで手を伸ばし始めたかと思うと、今昔の感があります。ビジネスの第一線で働いていると、福祉とか介護とか、弱者とか、ボランティアとか遙か彼方のこととしか思わないものね。でも若い時には、それでよいと思う。でもある年齢になると、それは急に身近なものになってくる。今、僕がその年齢との境目に居ることを、今日の介護を見せてもらってつくづく感じた。長くなりました。またいろいろ経験したら便りする。

沢峰は由起子と奈生子にeメールを送り終わって、少し興奮しているのを感じた。そしてeメールに書いたように、今後の人生についてなにかを決断しなければならない時に来ているのを覚えた。

しかし、それは漠然としていて自分のことでありながら、皆目見当がつかなかった。

沢峰はインターネットで介護保険制度関連の本を買って勉強した。

そして、介護保険制度にも大きな問題を内蔵していることが分かったように思った。

動物や植物を作って生計を立てる農業生活には向いていないこと、というより肉体的に不可能なことを、沢峰は感じていた。

そうと言って、三十年間打ち込んできたコンピューター関係の仕事が田舎でできることは、先《ま》ずなさそうであった。まだ、五十代前半の沢峰は、少なくとも、あと七、八年は仕事をしていかねばならなかった。

失業保険もすぐ終わりになり、そのあとは退職金に手を付けねばならない。年金を貰うには、今の社会情勢では、あと十数年かかりそうである。

沢峰はまだまだ頑張らねばならないことを、信子の訪問看護に同行して以来、特に感じていた。

農業、コンピューターが駄目なら、あと何がこの田舎に残っているかを真剣に考えねばならないと自覚した。

それでは、介護保険制度のなかに仕事を見つけるとなると、何があるだろうか。

看護婦、ヘルパー、理学療法士などの免許は全部持っていない。これからも取れるかもしれないが、全てがもう遅い。

ボランティアで介護を加勢すれば何かの仕事はあるだろうが、収入はない。それでは生計は立てていかれない。

沢峰は密かな悩みを持って、九重《くじゅう》・玖珠町《くすまち》の近郊をドライブした。そうして、何となく道に迷って車を降りたところに城址《じょうし》があった。

沢峰は車から降りて、あたりを見渡した。

早春の、それは静かな佇《たたず》まいであった。

沢峰は道はしの立て看板を見に行った。

肌寒い日に、眼前に寂寞《せきばく》として横たわる広場は、立て看板によれば久留島藩《くるしまはん》の城址である。久留島公は現在の大分県玖珠町とその周辺を支配した一万二千五百石の江戸時代の大名であった。

二豊（豊前《ぶぜん》・豊後《ぶんご》。現在の大分県と福岡県東部）には江戸時代、小藩が分立していた。

そのなかでも、久留島藩は唯一の無城藩であった。江戸城、白鷺城、熊本城に見るような壮大な城郭はなく、小さい石垣が残っているが、それは神社の石垣である。

現在三島公園と呼ばれている一角に久留島公の居所があった。

大名であれば、どの藩も大きな城郭を持っているとばかり沢峰は思っていたので驚きであった。

公園の奥まった所に回遊式庭園や枯山水の庭があった。

公園には誰もいなかった。

簡素な庭園の佇まいに、小藩の哀感を覚えた。

少し石垣を登ると全国一といわれる、大きな石造りの《常夜燈《じょうやとう》》が立っていた。

沢峰が常夜燈を見あげていると、少し離れた坂道から、遠山を眺めている人影に気付いた。

信子であった。

静かに信子が振り返った。沢峰を見て驚いて微笑んだが、どこか淋しい翳《かげ》があった。

「こんなところでお会いできるとは思いませんでした」

沢峰は故意に明るい声を出した。

「私も……。沢峰さん、この城址を知っていらしたのですか」

「考え事をして町を走っていたら、ここに迷い込んだのです」

「まあ、考え事しながら運転なんて危ないですよ。そんなに考え込むことでもおありになるのですか」

信子が、少し意地悪げに笑いながら聞いた。

「それは、僕にも考えることはあります。いや、頭いっぱいと言った方がよいかな」

沢峰も笑いながら答えた。

「信子さんこそ、日曜日なのに。どうしてここに」

「患者さんから電話がかかってきて、処置をしての帰りです。時々、ここに寄るのですよ。私は城址がとても好きなのです。でもここは城郭もありませんし、淋しいところですがね……」

「大名で城郭のない藩があったとは、私も知りませんでした」

「小さな藩ですもの。一万二千石で、旗本に毛がはえたぐらいでしたからね。こんなに小さかったから、藩の運営も大変だったでしょうね」

「江戸幕府の領国支配は苛酷《かこく》だったんですね。肥後《ひご》の細川《ほそかわ》藩など、現在の熊本県ですからね。それに比べて、この久留島藩の領地は大分県の一つの町にしかすぎません。考えると悲しくなりますね」

沢峰と信子は三島公園を出口の方へ歩いていった。

「そうだ、沢峰さん、あそこにある角埋山《つのむれやま》に登りませんか。三十分ぐらいで登れますし、道も整備されていますから。昔、山城《やまじろ》の角埋城《つのむれじょう》があった所です」

信子が公園の北側の山を指して言った。

見た目にはあまり高くなく、登りやすそうであった。数年前に買ったゴム底のゴルフ用の靴をはいていたので、登れそうで、このところ運動不足でもあり、沢峰は喜んで承諾した。

農家の傍《わき》を抜けると石段が整備されていた。

信子が先に立った。

登山をしていた信子の足取りは軽い。

沢峰のことを考えて、ゆっくりと登ってくれていた。それでも沢峰は段々と息苦しさを覚えだし、また足もがくがくとしてきた。

信子は時々立ち止まり、沢峰の呼吸の整うのを待ってくれた。

途中から勾配が厳しくなり足場も悪くなった。沢峰は運動不足をつくづく感じた。

「思ったより、きついですね」

沢峰は思わず呟いた。

「そうですね。山頂あたりで勾配が急にひどくなりますからね。でも、もう少しですよ。沢峰さんの運動不足もありますよね」と信子は励まして言った。

頂上からは楚々とした玖珠盆地が眺望できた。遠く九重連山も見える。玖珠盆地を取り巻く山々にはメサと呼ばれる、頂上が平坦で、周囲が急傾斜した卓状の山が多い。角埋山もメサの小型のビュートと呼ばれるものである。

同じような型の万年山《はねやま》、大岩扇山《おおがんせんざん》、小岩扇山《こがんせんざん》、伐株山《きりかぶさん》などが玩具のように可愛く見える。

角埋城は十二世紀の久寿《きゅうじゅ》年間に源為朝《みなもとのためとも》が築城したと伝えられている。戦国時代に中国地方の毛利氏と敵対する豊後の大友氏の重要拠点であったようだ。現在は礎石が残っているだけである。

肌寒いような日であるのに、沢峰は汗ばんでいた。

頂上の枯れ草に座って、沢峰は信子が用意してきた冷茶を飲んだ。渇いた喉においしかった。

そのうち沢峰は足元がすかすかするのを感じた。

靴底をみると、底部が緩んで外れそうになって、一部には穴があいていた。疲れのなかを懸命に登ってきたので、気が付かなかったのであった。両方の靴が哀れにも、ばらばらに分解寸前であった。

信子も驚いて見ていたが、あまりの破壊のひどさに二人とも思わず声を出して笑い出した。

古くはなっていたが、こんなにまでなってしまうとは考えられないことであった。

ゴルフと山登りの重力のかかり方の違いを思い知らされた。靴底が抜けてしまえば裸足で下山する以外にない。

信子がハンカチを出して二つに裂き、両方の靴を外れないようにしっかり縛ってくれた。

沢峰はゆっくりと慎重に下山した。

車に辿り着いた時には、ハンカチも切れそうになっていた。足も痛んできていた。早々に二人は靴屋に寄って靴を買った。

新しい靴で足を引き摺《ず》りながら歩く姿を、二人はまた声を出して笑い合った。夕暮が迫っていた。

沢峰は帰りに御礼の気持ちで、信子を座敷のある料理屋に誘った。

炬燵《こたつ》の炭火が心身を暖めてくれた。

「今日は靴のことも考えず、山登りのご無理をさせて申し訳ありませんでした」

信子が盃を傾けながら気の毒そうに言った。

「いいえ、いいえ。誘って下さって感謝しています。あんなに体力が落ちているとは思いませんでした。それを自覚しただけでもいい薬になりました。それにしても、靴があんな壊れ方をするとはショックでした。幼い頃は皆貧しかったので、靴底が摩《す》り切れるまで履くことはありましたが、あんなに一遍にばらばらに壊れるのを見たのは初めてです。

「いいえ、ありませんね。あんなの見たことありますか」

恐かったですね」

「いやいや、本当に恐かったですね」

二人は大声で笑い合った。

信子は相当にいける口であるようで、二人は暫くの間、飲み続けた。

「あんな淋しい公園にひとり佇んでいた私を見て、沢峰さん、私のことどう思いました」

信子が沢峰をじっと見詰めて言った。

沢峰は突然の言葉にどぎまぎした。

「どうと言って、とにかく、びっくりしました」

「それだけではないでしょう。なんという淋しい悲しい女かと思ったのではありませんか」

「いや、そんなことはありません。静かな所を愛する人と思いました」

「私、時々、無性にあんな淋しい所に自分を置いて、自分を苛《いじ》めてみたくなるのです。沢峰さんには、何時か何処かで、そんな私の姿を見られると覚悟していました。沢峰さん、私が〝ばついち〟であることは、先日お話ししましたね。離婚の原因もお母さまから聞いていらっしゃるでしょう」

「いいえ、何も知りません。母も全く知らないと思います」

「そうですか、それでは、その原因を沢峰に知っていただきます」

沢峰は咄嗟で、嘘をつかざるを得なかった。

信子は酔っているのかと思ったが、表情からもそうは思われなかった。

「誰かに聞いてもらいたかった。ずっと話し合える人がいなかった。沢峰さんを知ってから、どうしても沢峰さんに知ってもらいたいと思っていました。私は酔ってはいませんし、気持ちが異常に高ぶっているのでもありません。聞いていただけますか」

沢峰は信子の気迫に押されたし、聞くことが信子の心を鎮めることになると思った。

「私と夫は山登り同好会で知り合い、恋愛結婚をしました。夫は優しくて、とても楽しい新婚生活を送りました。私は看護師でしたから夜勤が月に八回ぐらいありましたし、夫とは行違いの生活が多くありました。夫は、私の仕事を理解して不平も言わずに協力してくれました。私も夫に迷惑をかけないように人一倍気をつかい、努力しました。都合をつけてよく山登りもしました」

信子は少し涙ぐんできていた。

「私達の間には子供がなかなかできませんでした。私も夫もまだ若かったし、二人共仕事に追われていましたので、あまり気にしていませんでした。結婚五年後、夫や私の両親からも、孫がほしいという声があがり始めましたので、私が看護師をしていることもあり、夫は嫌がりましたが、二人で病院で検査を受けました。二人とも不妊の原因になるものはないとのことで、安心したものでした。しかし、結婚して十五年目を迎えても、私達には子供は生まれませんでした。そんなある日、夫が出張中のことでしたが、女の人が三、四歳ぐらいの女の子を連れて私を訪ねてきました。その子は、夫とその女性の間に生まれた子供だったのです。まさに青天の霹《へき》靂《れき》でした。女性は懸命に私に謝りました。その数日後、夫が女性と子供のことを告白して、離婚を申し出てきました。女の子の円《つぶ》らな瞳《ひとみ》を見てからは、私は離婚を決意していました。夫の申し出に私は何も言わずに承諾しました。精神的に大打撃を受けているのに私は顔色も変えず、涙も流さず淡々としていました。今から考えると、私は、私の心のままに夫とその女性と闘うべきだったのです。もっと泣き叫び、夫と女性を罵《ののし》り、打ちのめさねばならなかったのです。それが礼儀だったのです。私は聖人君子《せいじんくんし》のように振舞ったのです。私は夫にも、女性にも無礼をしたのです。時間が経つにつれてますますそれを感じはじめて、惨めになるのです」

信子はテーブルに泣き臥《ふ》した。

「あまり考え過ぎないように……」

他に沢峰は言葉を見つけられなかった。

沢峰は信子がいとおしく、抱き寄せたいと思った。

翌日信子からeメールが届いた。

昨夜はとんだ醜態をお見せして、申し訳ありません。私は泣き上戸《じょうご》では決してありません。昔のことを考えると、とても寂しい気持ちになることがあります。あんなことを話したのは、沢峰さんが初めてです。お話ししたら、気持ちが信じられないほど楽になりました。自分でも驚いています。こんな私を笑わないで下さいね。明日から研修のため東京に一カ月行ってまいります。帰ってくるのは桜の頃になります。

信子が上京して一週間後に、退職した会社を通して公的な大病院からコンピューターのプログラム作成の要請があった。

医療行為、看護、薬剤、レントゲン写真、血液、エコーなどの諸検査、リハビリ、介護関係、料理、栄養などと、病院ほど多種の業務が複雑に混じり込んでいる業種はない。

沢峰は門外漢であったが、やってみたい意欲が湧いてきた。

昔の部下と福岡のホテルに泊まり込んで、病院の業務、組織などについて説明を受け、今後の方針を検討した。

近いうちに、東京をはじめ各地の大病院を研究のために視察することになった。

パソコンを開くと信子からｅメールが入っていた。

東京に来て早くも十日間が経ちました。私には九州の田舎が合っているようです。沢峰さんは何か思い立っていますか。私は毎日、午前中が講義で、午後は実習です。介護は心《こころ》と思っていましたが、心を実践するためには知識やテクニックが必要なことが段々わかってきました。御上《おのぼ》りさんらしく休みの日には銀座へ出てみようと思っていますが、疲れて寮で寝ているばかりです。それでは桜の頃にお会いしましょう。

沢峰は無性に信子に会いたくなっていた。

先日、離婚のことを告白されてから、一層その気持ちが高ぶっていた。自分でも考えられないほどであった。五十代の団塊の世代の男がと自制したが、耐えられない心情になってきていた。

沢峰は医学と病院管理の専門書を読むことで信子への思いを断とうと頑張った。

沢峰は上京することになった。

妻の由起子に電話を入れると留守電になっていた。eメールを見ると由起子のメッセージが届いていた。

緊急の用ができて今日からシンガポールに行き、そのあと東南アジアの各国を回ってきますので、十六日間留守にします。先程お電話しましたが通じませんでしたので、eメールに入れておきました。近頃病院関係のプログラミングの仕事をなさっているとか。期待しています。

沢峰は自宅の合鍵は持っていたが、ホテルに泊ることにした。仕事の都合上その方がよかったし、由起子の留守中に長い間戻っていない家に入り込むことに、沢峰は躊躇《ちゅうちょ》を覚えた。由起子の一人暮らしの生活を覗くのを危惧《きぐ》するのもあったが、沢峰にもはっきりしない感情からであった。

ホテルでeメールを見てみると、信子から届いていた。

実習に通っている病院の通路や中庭の桜も小さな蕾《つぼみ》が目立ってまいりました。九重の山はまだ少し早いかもしれませんね。それでも土や乾《か》れ草の下で、野の花が静かに芽吹きはじめていることでしょう。野の花だけでも何千という種類があるとのこと、人知れず楚々と咲くさまは、それは本当に心を洗われます。この地上に何十億と住む人類、それを囲む樹々、花々、そして動物達と、それらに思いを馳せる時、生きとし生ける物に限りない愛情と憐憫《れんびん》を覚えます。先日の夜、お話ししようと思っていましたが、あんな風になり機会を失いました。

『K町史』を編纂《へんさん》している委員のひとりから聞いたことです。

大分県のある町の幕末・維新の頃のことです。戦乱に巻きこまれたある一家で、妻子を失くした男と残された老母が、戦乱の中を山から港の方へ逃げていました。男は先祖伝来の仏壇を背負い、老母の手を引いていました。老いた母は歩けなくなってきました。男は仏壇を置いていこうとしました。しかし、老母は大切な仏壇の方を持って逃げなさい、私はもう間もなく死にますから、と言いました。男はそれは絶対にできないことで、先ず母を背負ってある距離を歩き、道脇の小屋に母を置き、引き返して仏壇を取りに戻るといったことを繰り返しました。老母はその度に、私を捨てて行けと男に頼みました。

男は仏壇の方を置いて行こう、と母にまた言いました。それはならぬ、先祖の方々が祀《まつ》られている大切なもの。私も、入れて貰わねばならぬ。男はどちらも置いていけず、同じ行動を繰り返しました。夕方になっても港は遠く、それでも頑張りました。日暮れが近くなった頃、男は途中の村が近いことを知り、老母を木陰の小川の傍に置いて仏壇を運んでいましたが、あまりに疲れがひどく、農家の馬小屋で休みました。そして、ちょっとの間、寝入ってしまいました。まわりの人溜《ひとだ》まりの声に男が目覚めると、数人の役人に取り囲まれ、縄で縛られました。母を殺して遺棄した罪でした。男がちょっと寝入った間に、老母は小川に落ちて死んでいたのです。男が仏壇を運んでいるうちに、母を面倒に思い、川に落として殺したと断定されたのです。男は死罪になりました。こんな暗い話を知らせて申し訳ありません。この話を聞いた時から、とても印象に残り、なにか人間の悲しみが籠められているように思われたからです。実習も楽しく思われはじめましたので、嬉しく思っています。もうすぐ、お会いできる日がまいります。

沢峰はeメールの悲しい話に感動した。

こういう便りを送ってくれた信子に親近感を覚えた。信子に無性に逢ってみたくなり、それを抑えることができなかった。寮に電話すると、実習から戻って休んでいるところであった。

「もしもし、沢峰さん、今どちらからですか」

「東京です。それも、あなたのすぐ傍にいます」

「まあ、本当ですか。嬉しい」

「これから会えますか」

「本当に会えるんですね。どこへでも、行きますよ」

「それでは午後六時、銀座《ぎんざ》服部《はっとり》セイコーの前で待っていて下さい」

夕闇《ゆうやみ》に灯《とも》る明かりが、一年で一番美しい季節であった。冬から春に移る季節の気温、風、湿度が微妙に変化する頃で、春宵の中の明かりの鮮やかな色彩がひときわ目立ちながら、どこか潤んで見えた。

銀座のネオンが覆い被せるように沢峰と信子を迎えた。

「沢峰さんて、人が悪いのだから、上京してくるのなら、知らせてくれればよいのに」

信子が拗《す》ねたように言った。

「ごめん、ごめん、急に上京が決まったんだ」

沢峰は現在、病院のプログラミングの仕事を始めたことを話した。

「それは、よかったですね」

と信子は心から喜んでくれた。

二人は、昔から沢峰が利用していたレストランに入った。

静かで奥深い雰囲気であった。クラシックが流れている。

「良いお仕事が見つかってよかったですね」

「いや、まだ序の口です。医療の世界は複雑です。全部を包括するプログラムを作成するのにこれくらい困難なものはありません」

「いよいよ、九州を去る日が来ましたね」

信子は、もう涙ぐんでいた。

「いや、九州は離れません。九重でも仕事はできます」

「いくらインターネットの時代でも、ものを創るには大都会に居なければならないのではありませんか」

「そういう考えもありますが、私は九重を離れません。いや、あなたの傍を離れません」

「えっ」

信子が驚いて、沢峰の顔を見直した。

「それは、どういう意味でしょうか」

沢峰は、これまでの生き方のなかで、自分でも信じられないような、心の中から湧きあがってくる熱い思いを覚えた。

「信子さんと、一緒に暮らしたいということです」

「まあ、沢峰さん。なんということを仰《おっしゃ》いますか。この前、私が、夫とのことを告白したので、そのお返しとして、私のために同情して仰ってるのではありませんか。沢峰さんが、そんなことを仰ってはいけません」

沢峰はワインを飲みながらも、決して自分が酔っているとは思わなかった。

「いや、この一年、九重に越して来て、あなたに教えられることが多々ありました。私はあなたと暮らしたいと思い始めました。もうこれは、僕としてはどうしようもない感情になりました。信子さん、結婚しましょう」

「まあ、なんということを仰いますか。長い間、一流会社に勤め、立派な家庭を持っていらっしゃる方です。そんなあなたが、何ということを仰いますか」

「いや、信子さん、過去のことは、どうでもよいのです。私と結婚して下さい」

「沢峰さん、ゆっくり時間をおいてまたお話ししましょう」

信子の言葉に沢峰も冷静に戻った。沢峰は自分は冷静であると信じていた。

しかし、いきなり信子への愛を告白したことを反省したが、後悔はしていなかった。

信子と逢って以来の様々な出来事が、愛となって熟成されてきているのを感じていた。

「奥様に、このことをお話しになっていらっしゃるのですか」

　信子が聞いた。

「いや、何も」

「それはよかった。よく考えてからにして下さいね。私も真剣に考えますから。それまでは決して早合点《はやがてん》なさらないように」

「わかりました。では私が一時の感情で言っているのではないことは、分かって下さい」

　二人は銀座を歩き回った。街の明かり、ネオン、店舗の装飾、街行く人の装いの派手やかさ、きらびやかさに信子はしばしば感嘆の声をあげた。沢峰が過去に慣れ親しんできた光景に、子供のように驚嘆する信子が、沢峰にはいとおしく思われた。それはまた、沢峰から発せられた求愛の言葉を、信子が懸命に考えようとしている動作とも感じた。

　二人は四月中旬に九重で再会することを約束して別れた。

　沢峰は日本各地の大きな病院のコンピュータープログラムを見学して回った。思ったより、それは困難な仕事であることが次第に分かってきていた。信子が言ったように九重の山に引き籠もっていては、実現不可能とも思い始めていた。

信子は信子で、東京の最後の二週間で在宅介護療法の実習を経験した。自宅で人工呼吸器を使って生活している人々を見て、この仕事の大変さを思いしらされていた。喉仏のところを切開し、そこに人工呼吸器を挿入して、二十四時間器械によって呼吸を補助するのである。筋肉が弱ってくれば言葉を発することも、食事をすることもできなくなる。家人が二十四時間監視している。その合間に看護師やヘルパー、理学療法士などが出入りして看護したり介護したりする。それにはスタッフの綿密な打合せと協力がいる。大変な愛情と技術と責任感のいる仕事であることが、ひしひしと判ってきた。

四月八日、桜の満開の東京を、信子は後にした。

九重《くじゅう》の山の桜は、まだ五分咲きぐらいであった。九酔渓《きゅうすいけい》の落葉樹の山々の緑の蕾もまだ固かったが、春の到来を迎えて全山薄い緑で覆われて初々しかった。

留守の間に前勤めていた病院の総師長から、信子に〝九重春の風・コンサート〟の招待券が二枚届いていていた。

飯田《はんだ》高原近くの湯坪《ゆつぼ》温泉に一年前にできたインペリアル・ボードルームが会場

で、四月十八日の午後三時開演である。

ソプラノ二人とピアノ独奏の細やかなコンサートのようである。

優美な涌蓋山《わいたさん》を正面に見上げる高原に、瀟洒《しょうしゃ》なホールは立っている。隣にレストランもあって結婚式なども行われ、信子は一度行ったことがあった。

信子はずっと沢峰のことを考えていた。今、沢峰はどこで仕事をしているのだろうかと思った。

信子はeメールで、コンサートのことを沢峰に知らせた。

その夕方、沢峰から返しのメールが届いた。今、名古屋にいるとのことでコンサートには必ず行くとあった。

信子は心のときめきを覚えた。先日、沢峰に告白されたことを思い浮かべた。沢峰と知り合って一年ほどのことを、いろいろ思い出してみた。孤独で寂しい信子に、沢峰は同情した。沢峰も孤独であった。妻の由起子とは、啀《いが》み合ったり、憎み合ったりしている風では全くなかった。表面は平静を装いながらもお互いの心の中には、冷たい風が吹いているといったものでもないようだった。中年夫婦の倦怠期でもなさそうであった。長年外国生活が長く、その疲れが出てきているのであろうと想像した。いくらか時間をおけば、静かに氷解して元の鞘《さや》におさまるに違いない、と信子は思った。妻の由起子は、沢峰の信子への告白を全く知らない。聞けば動転し、奈落の苦しみに陥るだろう。信子も夫とは、もちろん憎み合うこともなかった。普通の穏やかな夫婦と思っていた。ただ、子供が生まれなかった。それは世間にはよくあることで、信子は運命と思っていた。夫もそれを享受《きょうじゅ》してくれるものと信じていた。だから、それを裏切られた衝撃は深かった。沢峰の妻、由起子の心を思うと、信子は耐えられなかった。

足を踏まれた痛みは、踏まれた者でなければ決して分からない、と信子は思っている。

信子は沢峰となら新しい生活を営めると思ったが、一人でも人を不幸にしてまでする勇気はなかった。信子は沢峰には、どうしても断ろうと決めた。

コンサートの日は春霞《はるがすみ》の穏やかな天気であった。山裾では桜はほとんど終わっていたが、山の上では満開で、農家の庭先、校庭、山道などに爛漫《らんまん》と咲いていた。

湯坪温泉の奥まった小さな杉山の丘に、英国の伝統的なハーフティンバー様式の二階建ての建物が立っており、すぐ近くに平屋の同じつくりのレストランがあった。一階は濃い鼠色の煉瓦で、二階は白壁に幾何学模様が施されていた。レストランには樹齢七百年の杉の巨木のテーブルや飾りが置いてある。

ホールは定員二百人ぐらいである。

春の午後の駘蕩《たいとう》とした大気の中を三々五々と人が集まってきた。大半が若い人であったが、お年寄りもいた。

ソプラノもピアノも、九州の大学でクラシック音楽を教えて、地味に活動する人であった。

信子はレストランのビック・シーダーでコーヒーを飲んで待ったが、沢峰は現れなかった。

コンサートが始まるので、信子は一番後ろの席に座り、沢峰の席をとっていた。沢峰は必ず来ると信子は思っていた。

ソプラノもピアノも心に浸みるもので、日本の童謡、桜の歌などもあった。

休憩の間にホールを見てまわった。

建物全体が美術館になっている。

欧米のアンティークの飾り棚、テーブル、オルゴール、ピアノ、陶器などが何気無く置かれてあった。

後半が始まって間もなく、隣の席に静かに座る人がいるので、見ると沢峰だった。信子の手を握りしめた。

信子も目礼した。

アンコールはホールの隣の、ヨハネス・ブラームス縁《ゆかり》の十九世紀中頃のスクエアピアノの置いてある部屋で行われることになった。

ピアノとブラームスの解説があって、「ブラームスの子守歌」がピアノ演奏され、ソプラノで歌われた。信子は歌声を聞きながら、沢峰とは、やはり別れねばならないと考えていた。

あとがき

福岡市の弦書房から、昨年（二〇一七）に、私の処女作である『富貴寺悲愁』、十数年前に書き上げた長編小説『肥後細川藩幕末秘聞』、『漂泊の詩人・岡田徳次郎』の三作品を文庫本タイプで発行して頂きました。

そして、各作品の解説を熊本県八代市在住の作家・前山光則さんが書いて下さいました。その後、前山さん、弦書房の小野静男さん、私の三人で話し合い、こうなれば私の作品のほぼ全作を今年（二〇一八）から来年（二〇一九）にかけて数冊発行しようではないか、ということになり、この本『耳納連山』が、今年の第一作となったわけであります。

この作品集『耳納連山』の主要作品である「耳納連山」の舞台、耳納連山という山について、少し書いておきます。

私は処女作『富貴寺悲愁』を書いたのが、三三歳の時（一九七二・昭和四七年）でありました。それから数年間、いわゆる習作の時代、いろんな事を題材にして、懸命に勉強しました。昭和五十年代（一九八〇頃）、久大本線に乗っていて、久留米と日田間を移動中に、耳納連山の静かで優しい姿に気付き、それからは週に一回ぐらい、自家用車や徒歩で、七、八年間耳納連山に通いました。

東西二五キロメートルの山並を廻り尽し、それから二年間で、この「耳納連山」を書きました。

自然そのものの美しさ。人手のかかった美しさ。自然と人工の合作の美しさ。耳納連山にはいろいろの美しさと楽しさがあります。

どうぞ思う存分、耳納連山と連携して下さい。

「結麗桜」は耳納連山の麓に咲く佳麗な桜の話です。

その他数編、お読み下さい。

「解説」の前山さんには、拙作をご丁寧にお読み頂き、心から感謝申しあげます。弦書房には拙作の発行にあたっていろいろとお世話になりました。ありがとう。

年齢を重ねるにつれて、私には、文章を書くのが大変とわかってきました。

平成三十年一月十五日　　　　河津武俊

［解説］「癒し」としての自然、そして女の人生

前山光則

河津武俊氏は、医師としての仕事に励むかたわら三十歳に達した頃から作家としても活動を続けてきた。『富貴寺悲愁』『漂泊の詩人・岡田徳次郎』『肥後細川藩幕末秘聞』『新・山中トンネル水路――日田電力所物語』『森厳』といった長篇の作品があり、どれも綿密な調査・取材を重ねた上で書かれている。しかも、河津氏はこれら長篇力作を一作一作まとめていく途中で数々の中篇・短編作品も執筆してきており、本書に収められた六編の小説はその一端である。本業である医療の仕事だけでも激務の連続だったと思われるだけに、こうした精力的な作家活動ぶりは驚嘆に価するのではなかろうか。

六編のうち、最も古いのが四十歳になって間もない頃の「桜翳」で、昭和五十九年（一九八四）刊行の私家版作品集『富貴寺悲愁』に収められている。あとの五編は平成に入ってからの、つまり作者が五十歳を越えてからの作品であり、同人誌

「詩と眞実」や「日田文学」に発表されている。

「桜翳」は、短い作品でありながら余韻を湛える作品だ。「私」の娘が、自分から町の塾へ通いたいと申し出た。娘の自発性を尊重して許し、塾の入学式には「私」も同伴することにしたのだが、その日、娘と一緒に見た桜がとても良かった。そして山道をもう少し登ってみたら、先客がいた。まだ三十歳前後の若妻と、その背中には三歳ぐらいの女の子。この母娘を目にして、「私」は遠い昔に見た光景を思い出すのである。それはある山奥でのことで、やはり桜の花が咲いていた。着物姿のまだ若い母親が、十歳ぐらいのおかっぱの女の子の手を引き、背中には乳飲み子をおんぶしていた。おかっぱの女の子は、桜を見て喜ぶ。と、そこへ男が現れる。男は手を広げて、女の子を迎え入れ、抱いてやった。母親が、何か訳《わけ》ありげなことを告げると、男は再び女の子を抱きあげた――そういうような、桜の木の下の光景である。背景に複雑な事情が窺えたから、「私」はこうした印象的な記憶を自分の娘に語って聞かせたいものの、躊躇するのである。そのように、「桜翳」は桜の花がかもし出す幽玄な空気を描きつつ、同時に桜を見る人間たちの姿も情感豊かに捉えた作品である。

大自然の美しさが人間たちの悲喜劇と絡み合って描かれるというのは、河津文学の特徴の一つだと言えよう。そんな中で格別の出来を示すのが、「耳納連山」だろう。これは、題名が示すとおり筑後平野の南方に横たわる耳納連山を愛好する人たちの話である。達岡という男が主人公であるが、耳納連山は彼に「途方もなく大きく深く、暖かく優しいものに抱擁されているといった限りない安堵感」「母親が子供を自分の着物で被ってくれたような感じ」をもたらしてくれる。彼は妻を病気で失うのだが、連山に惹きつけられ、定点観測を重ねることで心が癒されるのである。

達岡は両筑大橋を渡って少し行ったところに車を止めて、田んぼの畦道にはいり込んでみた。耳納連山が真正面に悠然と構えていた。

あまりの耳納の美しさに、達岡は気後れを感じる程であった。耳納連山を真っすぐ見る畦道を達岡は、いつの間にか歩きはじめていた。しばらく歩いた時、横道から人影が近づいて来るのが見えた。稲穂の蔭に、その小さな人影は時々消える。段々近づいて見ると、それは手押し車を押している老婆であった。青っぽいもんぺ姿で、顔に日除けの白いタオルを被っている。耳納連山の方向へ進んでいた。達岡は黙って見送った。手押し車の中には、何もはいっていなかった。

見渡す限り人も家も見えない。

しばらく行くと、三才ぐらいの黄色い服を着て、麦わら帽子を被った女の子が、これも黙々と泣きもせずに歩いてきた。声を掛けたが返事をしない。先程の老婆とも、関係ありそうになかった。それからまたしばらくすると、黒猫が一匹歩いてきていた。赤い首輪に鈴がついている。これもまた黙々と、急ぎもせずにゆっくり耳納連山の方へ歩いていく。大平野の中の畦道を老婆、幼女、猫が同じ道を同じ方向に歩いていく。そして、それらにはお互いに関係がありそうになかった。達岡は別世界に迷い込んだような錯覚と不安に襲われ、あわてて耳納連山を見上げると、耳納連山はそのままの姿で達岡を優しく見つめている。

達岡は恐怖心に襲われて、車に戻った。


これは九月下旬のある日の、やや陽が弱くなってきた刻限でのことが描かれているのであるが、そのような折りには耳納連山は右のような情景を見せていたわけである。「達岡は恐怖心に襲われて、車に戻った」とあるように、彼はすっかり耳納連山の魅力の虜《とりこ》になっていた。そして、同じく連山を愛して止まぬ人たちとの交流が生じる。これが作品に厚みをもたらしている。たまたま出会った、古森という人物と山談義をしてみる。すると、古森が耳納連山に対して以前から深い思いを抱く人間であることが分かる。耳納連山は巨大な鯨とも見えるが、しかし釈迦の涅槃像《ねはんぞう》とも言える、というのが古森の持論である。ついで、土建業の西。この人物も耳納連山を涅槃と見なしているのだが、しかもその鼻の部分に土石を運んで積み上げ、もう少し高くしてやりたいものだと愉快なことを夢想している。そして、耳納連山に惹かれるあまりとうとう離婚までしてしまった八代田綾という女性も登場する。これらの登場人物達が、連山を一緒に観に行ったり、酒を酌み交わしながら山談義を重ねる。この「耳納連山」は、こうした人間たちの交遊の模様を存分に愉しむことができるのである。

古森という男の生き方は、考えさせられる。彼は海外旅行をすると言って、しばらくみんなの前から姿を見せなくなる。だいぶん経ってから再登場し、久しぶりに達岡や西や綾たちと一緒に原鶴温泉の河原で酒宴を愉しむのである。だが、やがて冬に入り、西から達岡に古森が肝臓癌で死去したとの連絡が入る。海外旅行というのは、実は自らの闘病生活のことを皆に知らせぬための、気遣いなどさせぬための配慮だったのである。

妻を失った悲しみを抱きながら、耳納連山に惹かれる達岡。連山をもう少し高くしたら、と夢想する西。自らの病いを隠しつつ、なおかつ耳納連山を愛好して止まなかった古森。耳納連山を好むあまり、離婚までしてしまった八代田綾。耳納連山を愛する者たちの、それぞれのドラマが展開し、そして、耳納連山は何も語らぬが、彼らを見おろし、包み込む。読む者を悠久の時間の中へ誘ってくれるのが、この「耳納連山」の魅力ではなかろうか。

ところで、この作品中には不思議な伝承を持つ桜のことがちょっとだけ出てくる。福岡県久留米市田主丸町の高山果樹園の敷地内にある樹齢数百年の老木、結麗桜である。この桜にまつわる哀話を主題として描いた作品が、「結麗桜」である。結麗桜は、八重桜系統の樹齢数百年といわれる老木だ。かつてこれが、田主丸町に存在した遊郭で働いていた遊女「結」と「麗」の心を癒してくれた桜だからこの名があるのだという。「私」は、その田主丸の町を小島さんという人に案内してもらう。もはや当時の面影はないものの、遊郭がとても広い範囲に存在したことは分かるのだった。堀割が遺っている。堀割の洗い場のことを「ギンバ」と書くのだそうで、それは昔、遊郭で女たちが間違って身籠もってしまった際に堀割の流れの中に身を浸して堕胎した。だから、「ギンバ」は「犠産場」ということになるのだそうだ。「私」は、暗闇の流れの中に彼女らの白い桃のような下半身を幻視するのであった。本格的な小説でなく随筆風であるが、贅肉を付け足さないかたちで淡々と綴られているので味わいが出ている。土地の来歴がじんわりとせり上がってくる佳編である。

「桜翳」「耳納連山「結麗桜」と辿ってくれば、自ずから「野の花」もまた同傾向の秀作であることが納得できるだろう。大型コンピューターの開発をする仕事で会社から重宝がられていたが、パソコンの普及によって閑職に追いやられた沢峰淳三。彼は、母親が脳卒中で倒れたため、看病のため職を辞して東京から帰ってきている。母の容体は良くなりつつあり、帰京を勧めてくれるが、東京に残っている妻・由起子とはうまくいっていない。田舎で暮らそうと思う沢峰は、色々自分にできそうな仕事を考え、探してみる。そんな中、病院で母の世話をしてくれた師長の加藤信子と出会う。加藤信子は、夫が教え子に子を産ませたため離婚して帰ってきている。信子は沢峰の考えを聞いて、協力してくれる。烏骨鶏《うこつけい》の飼い方に関する資料が送られて来る。実際、二人は烏骨鶏を飼っている人を一緒に訪ねたりもする。信子の看護の仕事について回ったりもする。このようなことが重なるうちに、互いに好意を抱くようになるのである。沢峰は、信子と一緒になりたいと願い、プロポーズする。しかしながら、信子は自身の過去のことも思い出しつつ、加えて沢峰の妻の由起子のことにも思いを馳せた。人を不幸にしてまで再婚する気には、なれなかったので、それはできない、お断りするしかない、と思う。湯坪温泉のホールでの音楽会。二人は一緒にそれを聴くが、幸せな時間を過ごしながらも、信子はあの話はお断りしようと決心する。大自然の豊かさに包まれた中での、若くない男と女の交友、いわば、大人の恋の物語である。時代の移り変わりも的確に捉えられている。河津武俊氏は単純な自然派ではなく、人間のこうした悲喜劇を知り尽くした上で物語る作家なのである。

さて、「寒菊物語」と「おとよ」になると、河津氏のまた違った面が発揮されている。

「寒菊物語」は、双子の姉妹が数奇な運命を辿る、という話である。百合乃は旧庄屋竹若の家に嫁に来て間もなく、夫に死なれてしまう。しかも、出産が重なった。百合乃が双子の女子を産んだ時、その姉の藤乃が、自分に子がないため一人を秘密に貰い受ける。百合乃が育てる方はウメ、そして藤乃が貰った子はキクと名づけられる。このことを知る者はごくわずかで、秘密もよく保たれていたが、それから六年経ったひな祭りの日、出産の日のことを藤乃と百合乃が話しているのを幼いキクが押し入れの中で聞いてしまうのである。後年になって、キクはウメの恋い慕う先生を強引に奪ったり、ウメが亡くなって百合乃の家が没落すると、今度は叔母であり実母である百合乃を自分の家に引き取っていじめ抜く。キクは、自分は出生時に実母から捨てられたのだとする恨みからついに解放されることがなかったわけで、実におどろおどろしい物語である。一方、「おとよ」は九州の山峡の小さな温泉町が舞台になっていて、料理人の多市とおとよとの愛が物語られる。多市は、三十歳も年下のおとよを一人前にするため外の者には見せない厳しさでつらく当たる。ところが、それが伝わっておとよは父親ほども年上の多市を強く愛するようになっていく。二人は一緒に暮らすわけだが、後に多市は癌に冒されてしまう。多市亡き後、川べりの道をおとよが歩いているのを見かけた人がある。あるいは、桜の満開の峠道を骨壺みたいな荷物を背負ったおとよが越えていくのを見た人もある、というような話が紹介されてこの小説は終わる。

つまり、「寒菊物語」も「おとよ」も、「耳納連山」等の大自然と人間との交歓に裏打ちされた作品と比べてずいぶんと趣きが異なるのである。いわば、人間くさい「世話物」と言わねばならない。しかも、二編とも描かれているのが女の世界である。

あの頃のおとよちゃんは、ありきたりの表現しかできなくて申し訳ないのでございますが、いわゆる小股の切れあがった物凄くいい女で、眼は錫をはったように涼しげに澄んでいました。女が女に惚れるといった風情で、それに緑の黒髪が艶々と耀き、髪の量が多く、きれいなうなじを見せるように丸まげにあげた時の髪は、その高く結った前髪の部分が廂のように突き出て、それが体が動くたびに少し上下するのでございます。髪の少ない人でそうあったら笑止ものですが、おとよちゃんのはびっしりと固く結われた豊かな黒髪がそうなるものですから、横からそれを眺めている時など溜息の出る程に惚れ惚れとしたものでございます。私は女性の美しさというものは、全体の均整が一番だと思っているのでございます。そのうえに豊かな黒髪、色白の肌、涼やかな眼だと思っていますが、おとよちゃんは、それを全て持っていたのでございます。（「おとよ」）

「おとよ」に至っては、見て分かるように語り手の「私」はお清という女性である。女性を語り手として設定し、小説が展開されるのだ。女性の女性らしさをうまく書き分けることのできる作家が疑いもなくここに居るわけで、河津氏はたいへん優れたストーリーテラーである。「桜翳」「耳納連山」「結麗桜」「野の花」といった大自然と人間との交歓の世界が展開される一方で、「寒菊物語」「おとよ」では女性の生き様が物語られる。作家・河津武俊氏の幅広さを示してくれるのがこの一冊、と評して良いはずだ。

（作家）

〔著者略歴〕

河津武俊（かわづ たけとし）

昭和一四年（一九三九）福岡市生まれ。現在大分県日田市で内科医院を開業。

主な著書に『秋澄——漂泊と憂愁の詩人・岡田徳次郎の世界』（講談社、一九八八）、『山里』（みずき書房、一九八八）、『肥後細川藩幕末秘聞』（講談社、一九九三）、『新・山中トンネル水路——日田電力所物語』（西日本新聞印刷、二〇〇五）、『秋の川』（石風社、二〇〇六）、『耳納連山』（鳥影社、二〇一〇）、『森厳』（鳥影社、二〇一三）、『富貴寺悲愁』（弦書房、二〇一四）、句集『花吹雪』（弦書房、二〇一六）、文庫・新装改訂版『肥後細川藩幕末秘聞』『漂泊の詩人 岡田徳次郎』（以上、弦書房、二〇一七）などがある。

耳納連山《みのうれんざん》

二〇一八年二月二五日発行

著者　河《かわ》津《づ》武《たけ》俊《とし》
発行者　小野静男
発行所　株式会社弦書房
〒810-0041
福岡市中央区大名二—二—四三
ELK大名ビル三〇一
電話　〇九二・七二六・九八八五
FAX　〇九二・七二六・九八八六

印刷・製本　シナノ書籍印刷株式会社

ISBN978-4-86329-166-9 C0195

◆河津武俊作品選集〈文庫判〉

富貴寺悲愁

玄妙な黄金色の滋光の中で——薄倖の者たちを見守り包み込んでくれる大いなるものを確かに感じながら、人間の情愛の深さ、悲愁の深さを描いた秀作。
【解説】前山光則 【2刷】 500円

肥後細川藩幕末秘聞

藤本義一氏・絶賛「全体に漂う詩人の姿の描写は素晴らしいと思います。一人の詩人が貴兄の文章で現在に甦ったと実感しました。」——現世を、澄徹した眼で洞察し自身の生き方を問い直す作業にこだわり続けた男の生涯。
【解説】前山光則 900円

漂泊の詩人 岡田徳次郎

小さな村に伝わる驚愕すべき謎。阿蘇・小国地方の小村はなぜ消されたのか。黒船来航が招いた藩内抗争が原因か、かくれキリシタンの虐殺だったのか。伝承の真実に迫る出色のノンフィクション。
【解説】前山光則 800円

＊表示価格は税別